HARTSVILLES SEAL HELDEN

Die Scheinehefrau des SEALs

Das Überraschungsbaby des SEALs

Die plötzliche Familie des SEALs

Die Mitbewohnerin des SEALs

Die Behandlung des SEALs

Die Affäre des SEALs

Leslie North ist ein Pseudonym, welches von Relay Publishing für gemeinsam verfasste Liebesroman-Projekte erstellt wurde. Relay Publishing arbeitet mit hervorragenden Teams von Autoren und Redakteuren zusammen, um die besten Geschichten für unsere Leser zu erstellen.

Cover Design von *Mayhem Cover Creations*

RELAY PUBLISHING EDITION, JANUAR 2025

www.relaypub.com

Die Behandlung des SEALs

HARTSVILLES SEAL-HELDEN: BUCH 5

USA TODAY BESTSELLER

LESLIE NORTH

KLAPPENTEXT

Die Behandlung des SEALs: Ein Navy SEAL-Militär-Liebesroman über einen verwundeten Navy SEAL und die schöne Physiotherapeutin, die ihm hilft

Sie hilft ihm, seinen Körper zu heilen, aber was ist mit seinem Herzen?

Die Physiotherapeutin Kinley James tut nichts lieber, als ihren Patienten zu helfen – bis sie zufällig entdeckt, dass einer von ihnen ein Mafia-Killer ist. Jetzt weiß sie zu viel und das bedeutet, dass ihr Leben in Gefahr ist. Zum Glück ist ihr neuer Patient Matthew Templeton nicht nur attraktiv, sondern auch ein tapferer Navy SEAL.

Matthew kämpft damit, sich von einer schweren Verletzung zu erholen *und* zu lernen, wie er seiner kürzlich verwaisten Nichte ein Vater sein kann. Er ist fest entschlossen, die Reha-Maßnahmen durchzuziehen, damit er zu seinem geliebten Job zurückkehren kann – und er ist nicht gerade begeistert, als Kinley ihn warnt, dass das vielleicht nicht realistisch ist. Doch Kinley ist nicht nur eine warmherzige und schöne Frau. Sie kann auch wunderbar mit seiner Nichte umgehen.

Und er wird auf keinen Fall zulassen, dass ihr etwas passiert.

Zunächst ignoriert Kinley die immer gefährlicheren ‚Unfälle', die sich in ihrer Umgebung ereignen, aber Matthew macht sich Sorgen … und keiner von beiden kann leugnen, dass sie sich immer stärker zueinander hingezogen fühlen. Kann Matthew Kinley beschützen und ihr seine Liebe gestehen, bevor es zu spät ist?

INHALT

1

Matthew Templeton schnallte seine Nichte in ihrem Kindersitz ab, balancierte sie auf einer Hüfte und versuchte, sich ihren winzigen Disney-Prinzessinnen-Rucksack über die Schulter zu werfen. Er passte gerade so über seinen Arm. Da seine immer noch heilende rechte Hand die schmalen Riemen nicht greifen konnte, war das die beste Art, ihn zu tragen.

Als sie die Treppe zu Kentons und Mias viktorianischem Haus hinaufgingen, drückte Anaya ihr Gesicht an Matthews Hals. „Ich habe Angst“, flüsterte sie.

„Du brauchst keine Angst zu haben, Kleine. Das sind meine Freunde.“ Und ehrlich gesagt waren sie ein Geschenk des Himmels, denn sie sprangen ein und passten auf sie auf – nicht, dass er erwartete, dass eine Zweijährige dies verstehen würde. Nein, Anaya wusste nur, dass ihre Mama weg und dadurch alles neu und fremd war.

Er hasste es, sie nach allem, was passiert war, in einem fremden Haus bei ihr unbekannten Menschen zurückzulassen. Anaya schien sich damit abgefunden zu haben, dass ihre Mama nicht mehr nach Hause kommen würde, aber diese Erfahrung hatte sie verständlicherweise aus dem Gleichgewicht gebracht und machte sie manchmal unsicher. Matthew selbst war immer noch dabei, sich damit abzufinden – der Tod seiner älteren Schwester bei einem Autounfall drei Wochen zuvor hatte ihn schwer getroffen, vor allem weil es bedeutete, dass die Zweijährige in seinen Armen niemanden mehr auf der Welt hatte außer ihm.

Als er ein Kind gewesen war, hatte es immer nur ihn, seine Mutter und seine Schwester gegeben. Mom war vor drei Jahren gestorben. Jetzt war Candace tot und sie hatte Matthew zu Anayas Vormund bestimmt. Das Gericht würde es offiziell machen, sobald Candace' Testament rechtskräftig wurde. Tatsächlich war es bereits Realität – Matthew hatte jetzt ein Kind.

Das hatte er nie erwartet. Aber er würde es hinbekommen. Irgendwie.

Die reich verzierte Holztür öffnete sich, bevor Matthew anklopfen konnte. „Hey", sagte Kenton. Hinter ihm rannten seine Zwillinge Emma und Ava herbei, um zu sehen, wer ihre Besucher waren.

„Ist sie das Mädchen, das mit uns spielen soll?", fragte Ava.

Anaya hob den Kopf und der Anflug eines Lächelns zeigte sich auf ihrem Gesicht, als sie die Zwillinge sah.

„Das ist Anaya", stellte Matthew sie vor.

„Komm." Emma gestikulierte in Anayas Richtung. „Wir spielen Verkleiden."

„Okay?", fragte Matthew seine Nichte, die sich bereits in seinen Armen wand, um herunterzukommen. Eine Sekunde später rannten die Mädchen zu seiner Erleichterung ins Wohnzimmer. „Ich weiß das wirklich zu schätzen", sagte er zu Kenton. „Ich muss mit der Physiotherapie anfangen."

„Keine Sorge. Ich bin ein Profi im Umgang mit kleinen Mädchen. Ich habe alle Bücher gelesen." Kenton lachte, als Matthew ihm einen skeptischen Blick zuwarf. „Okay, ich habe viele Bücher gelesen, aber das meiste, was ich weiß, stammt aus praktischer Erfahrung. Sie wird schon klarkommen.“

„Das denke ich auch, aber es ist das erste Mal, dass ich sie verlasse, seit ich nach Charleston gefahren bin, um sie dort abzuholen.“ Matthew wusste, dass er dringend aufbrechen musste. Trotzdem war es schwer, Anaya zurückzulassen, selbst bei einem SEAL-Kameraden, dem Matthew sein eigenes Leben anvertrauen würde.

„Geh schon. Nimm dir ein paar Stunden Zeit für dich und finde heraus, was Dr. James für deine Hand tun kann. Sie ist die Beste.“

„Ich weiß. Deshalb bin ich hier.“ Matthew war vorübergehend nach Hartsville gezogen, um mit der angesehenen Handspezialistin zusammenzuarbeiten, aber es war auch gut, in der Nähe einiger seiner SEAL-Kameraden zu leben, vor allem nachdem ihre letzte Mission schiefgelaufen war und die Verletzung herbeigeführt hatte, die sein ganzes Leben auf den Kopf stellte.

Er musste sich auf seine Genesung konzentrieren, damit er in den aktiven Dienst zurückkehren konnte. Seiner Hand ging es nach den Operationen besser, aber sie war noch lange nicht zu hundert Prozent wiederhergestellt. Jeden Tag kämpfte er damit, einfache Aufgaben zu bewältigen, und jetzt musste er sich auch noch um Anaya kümmern … Das Leben hatte ihn in den letzten Monaten vor gewaltige Herausforderungen gestellt.

Aber er würde alles wieder in den Griff bekommen. Er würde herausfinden, was Dr. James ihm als Therapie verordnete, und alles geben. Dann hätte er endlich wieder ein Ziel und das wäre viel besser als das Warten, zu dem er nach den Operationen und während der Heilung der Verbrennungen verdammt gewesen war.

„Daddy, willst du der Prinz sein?“ Emma lief zu Kenton und ergriff seine Hand. Die beiden anderen Mädchen waren ihr dicht auf den

Fersen. Anaya trug bereits eine Krone auf dem Kopf und eine Perlenkette um den Hals. Ihr ging es offenbar gut, was bedeutete, dass Matthew sich auf den Weg machen konnte.

„Bekomme ich eine Umarmung?“ Er kniete sich hin und öffnete seine Arme für sie. Sie schmiegte sich schnell und fest an ihn, bevor sie mit den Zwillingen davonrannte.

„Bis später – und lass dir Zeit!“, rief Kenton, während er den Kindern ins Wohnzimmer folgte. „Ich mache das schon.“

Matthew eilte durch die Haustür und fuhr zum medizinischen Zentrum. Er betrat die Praxis der Physiotherapeutin und nahm im Wartebereich Platz, wobei er sein Handy im Auge behielt, falls Kenton ihm eine Textnachricht schickte. Er wusste, dass er aufhören musste, sich Sorgen zu machen. Anaya würde auch ohne ihn zurechtkommen. Er war allerdings nicht sicher, wie er sich ohne sie fühlen würde. Vielleicht ein bisschen verloren.

Die drei Wochen seit Candace’ Tod waren wie im Flug vergangen. Zwei Wochen in Charleston und dann nach Hartsville, um dort ein Haus zu mieten und zu lernen, wie man sich um ein Kleinkind kümmerte. Seine Freunde hatten alle angerufen und ihre Hilfe angeboten, aber er hatte zunächst nur mit Anaya allein sein wollen. Die Sozialarbeiterin, die im Rahmen des Vormundschaftsverfahrens mit ihm gesprochen hatte, hatte gesagt, dass sie eine Bindung aufbauen müssten.

Er glaubte, dass sie das getan hatten, und es hatte seinem Leben einen Sinn und einen neuen Fokus gegeben, sich um sie zu kümmern, auch wenn er mit seinen körperlichen Einschränkungen zu kämpfen hatte.

„Matthew?“, rief eine zierliche Frau in einer schwarzen Sporthose und einem hellblauen Shirt, als sie durch eine Tür kam.

„Das bin ich.“ Er stand auf, ging auf sie zu und streckte automatisch seine rechte Hand aus, um ihre zu schütteln. Das war etwas, das er sich einfach nicht abgewöhnen konnte, auch nicht als seine Hand noch bandagiert gewesen war.

„Freut mich, Sie kennenzulernen. Ich bin Dr. James – oder Kinley, falls Ihnen das lieber ist.“ Sie drückte seine Hand, wenn auch nur leicht, um ihm nicht wehzutun. Ihm gefiel, dass sie nicht zögerte und ihn nicht mit Samthandschuhen anfasste. Ihr Blick verließ sein Gesicht und wanderte seinen Arm hinunter, wo sich ihre Handflächen berührten. Beurteilte sie ihn bereits?

„Folgen Sie mir.“ Sie führte ihn an einem kleinen Fitnessbereich vorbei zu einem Behandlungsraum. „Wir werden die Untersuchung heute hier durchführen.“ Sie drehte sich um und sah ihm dabei zu, wie er den Raum betrat, wobei sie den Kopf ein wenig zur Seite neigte. „Setzen Sie sich schon einmal auf den Untersuchungstisch.“

Er hasste die gepolsterten Untersuchungstische mit dem zerknitterten Papier und die Fragen, von denen er wusste, dass sie kommen würden, aber wenigstens war die Frau angenehmer als einige der Militärärzte, mit denen er bislang zu tun gehabt hatte. Er betrachtete sie, während sie einen Laptop aufklappte. Ihre gewellten, braunen Haare, die sie zu einem Pferdeschwanz zusammengebunden hatte, sahen weich aus. Er ertappte sich dabei, dass er sich fragte, wie sie offen aussehen würden. Sie hatte große, braune Augen, die ihn in ihren Bann zu ziehen schienen. Und obwohl er wusste, dass sie seine Physiotherapeutin und kein potenzielles Date war, konnte er nicht umhin zu bemerken, wie sich ihr durchtrainierter, aber kurvenreicher Körper beim Gehen bewegte.

So wie er sich Dr. James vorgestellt hatte, sah sie nicht aus und sie war um Jahre jünger, als er angesichts ihres Rufs in ihrem Fachgebiet erwartet hatte. Etwa so alt wie er, wenn er raten müsste.

Sie setzte sich auf einen niedrigen Drehhocker und wandte ihm mit einem professionellen, aber freundlichen Gesichtsausdruck ihre Aufmerksamkeit zu. „Ich habe die Berichte über Ihre Operationen und die Notizen der Navy-Ärzte gelesen, aber ich möchte mir direkt beim Patienten ein Bild von der Situation machen. Ich verstehe, dass es keinen Spaß macht, darüber zu reden, und dass Sie das Ganze wahrscheinlich schon eine Million Mal durchgegangen sind, aber es würde mir wirklich helfen, wenn Sie mir erzählen könnten, wie es zu der Verletzung gekommen ist."

Er hob eine Augenbraue. SEAL-Einsätze waren geheim und dieser Einsatz wurde immer noch von der Führungsebene untersucht, weil er in einem Desaster geendet hatte. Sein Teamkamerad und Freund Sebastian Valenti hatte auf dem Areal eines Drogenkartells in Kolumbien das ultimative Opfer gebracht. Und Matthew war nicht der Einzige, der im Krankenhaus gelandet war.

„Nur wie Sie verwundet wurden", sagte sie, als er zögerte. „Ich muss keine Details wissen, die Sie mir nicht mitteilen dürfen. Hier geht es um Sie, nicht um die Mission. Sie haben Ihren Job dort bereits erledigt – jetzt bin ich an der Reihe damit, meinen Job hier zu erledigen."

Seltsamerweise half ihm diese Sichtweise. „In Ordnung." Er fuhr sich mit der linken Hand über das Gesicht und versuchte zu entscheiden, wo er mit seiner Erzählung beginnen sollte. „Ich habe versucht, eine Bombe zu entschärfen. Es war ein komplizierter Mechanismus, der … Das spielt keine Rolle. Ich hatte meinen rechten Handschuh ausgezogen, um besser arbeiten zu können. Letztendlich habe ich zu lange gebraucht."

„Also hat die Wucht der Explosion Ihnen die Knochen gebrochen und die Verbrennungen verursacht?"

„Ja, aber ich wurde dabei auch nach hinten geschleudert und bin auf meiner rechten Hand gelandet." Der Schmerz war so stark gewesen, dass er befürchtet hatte, seine Hand wäre weggesprengt worden. Er hatte verdammtes Glück gehabt, dass das nicht der Fall war – und dass er sich nicht noch weitere schwere Verletzungen zugezogen hatte.

„Das stimmt mit dem überein, was die ersten Röntgenbilder gezeigt haben“, murmelte sie. „Also gut. Können Sie mir sagen, was Sie sich von dieser Therapie erhoffen?“

War das nicht offensichtlich? „Ich muss zurück in den aktiven Dienst.“

„Als Sprengstoffexperte?“

„Nun, ja.“

„Haben Sie noch andere Ziele?“

„Ich habe vor Kurzem die Vormundschaft für meine Nichte übernommen. Ihre Mutter, meine Schwester, ist bei einem Autounfall ums Leben gekommen. Anaya ist erst zwei Jahre alt, also muss ich in der Lage sein, für sie zu sorgen. Die Hand“, er hob sie hoch, „macht es mir schwer, ihr beim Anziehen oder beim Zubinden ihrer Schnürsenkel zu helfen.“ Unter anderem. Anaya die Haare zu frisieren, war nahezu unmöglich, aber das lag zum Teil an seinen mangelnden Fähigkeiten und Erfahrungen auf diesem Gebiet.

„Eine Zweijährige?“ Ihre Stimme wurde weicher. „Das arme Kind. Seine Mutter auf diese Weise zu verlieren … Und Sie haben Ihre Schwester verloren … Das tut mir leid.“

Er nickte. Er war nie sicher, was er sagen sollte, wenn ihm jemand Mitgefühl entgegenbrachte. Wenn er sich unwohl fühlte, machte er am liebsten einen Witz. Aber nicht in dieser Situation. Darin war keinerlei Humor.

„Ein Kind zu betreuen, ist eine große Herausforderung, aber ich finde es großartig, dass Sie sich um sie kümmern. Ich werde alles tun, was ich kann, um Ihnen zu helfen, die dafür erforderliche Fingerfertigkeit wiederzuerlangen. Aber jetzt lassen Sie uns erst einmal mit der Untersuchung beginnen.“ Ihr Tonfall war sachlich, als sie ihm erklärte, was er tun sollte. „Legen Sie sich für den ersten Teil der Untersuchung auf den Rücken. Sie werden ein gewisses Unbehagen verspüren, aber wenn Sie richtige Schmerzen haben, müssen Sie es mir sagen."

Matthew legte sich so auf den Rücken, dass seine rechte Seite ihr zugewandt war, während sie seine Schulter und seinen Ellbogen untersuchte und seinen Arm auf verschiedene Arten beugte. Nach einigen Minuten bat sie ihn, sich aufzusetzen. Sie ergriff sein Handgelenk und drehte es, um seine Hand hin und her zu bewegen. Als sein Atem stockte, hielt sie inne. „Tut das weh?"

„Es ist in Ordnung", sagte er. „Kümmern Sie sich nicht darum, Dr. James."

Sie schüttelte den Kopf und hielt den Blickkontakt auf eine Art und Weise, die keinen Zweifel daran ließ, dass sie es ernst meinte. „Es ist mein Job, mich darum zu kümmern. Als Nächstes werde ich direkt mit der Hand arbeiten. Ich möchte, dass Sie mir ehrlich sagen, wie stark die Schmerzen sind." Ihre schlanken Finger tasteten sein Handgelenk und seine Handfläche ab. Als sie auf seinen Handballen drückte, schoss der Schmerz in seinen Arm – und dem Blick in ihren Augen nach zu urteilen, bemerkte sie es. Er war es nicht gewohnt, dass Frauen, die er gerade erst kennengelernt hatte, ihn so gut durchschauen konnten, aber er hatte das Gefühl, dass ihren warmen, braunen Augen nichts entging. Sie bewerteten ihn, aber als der Schmerz nachließ, konnte er nur noch sehen, wie schön sie waren. Er verdrängte den unangemessenen Gedanken.

„Drücken Sie meine Finger." Sie hielt ihm zwei ihrer Finger hin. Er nahm sie in seine und drückte sie leicht. „Nur zu. Sie werden mir nicht wehtun." Er verstärkte seinen Griff, spürte aber, dass er nicht mehr das war, was er einmal gewesen war.

„Meine Kraft hat nachgelassen, während meine Hand nach den Operationen bandagiert war." Es gefiel ihm nicht, vor ihr schwach zu wirken, aber er würde das, was er verloren hatte, wieder zurückgewinnen. Das musste er, denn seine Zukunft hing davon ab. Die Navy war das einzige Leben, das er kannte – zumindest das einzige Leben, das ihm gutgetan hatte. Er brauchte die Disziplin, die ihm das Militär auferlegte.

„Nehmen Sie das hier und halten Sie es so fest wie möglich." Sie reichte ihm den Gummiball, den er zusammendrücken sollte. Er konnte eine Delle hineinpressen, mehr aber nicht. „Das ist gar nicht schlecht. Wie sieht es mit Ihrer Fähigkeit aus, Drehbewegungen zu machen?" Sie griff in einen Behälter und holte ein Glas mit einem Deckel heraus. „Können Sie das öffnen?"

„Sicher." Er schaffte es ohne große Schwierigkeiten. Als sie ihm jedoch eine Wasserflasche aus Plastik reichte, wusste er, dass er es mit seinem Erzfeind zu tun hatte. Schon zu Hause hatte er damit zu kämpfen gehabt, weil es seinen Fingern nicht gelungen war, den kleinen Deckel zu schließen. Er würde es trotzdem versuchen. Mit zusammengebissenen Zähnen griff er nach dem Verschluss, aber er konnte ihn nicht drehen.

„Okay, gut – jetzt weiß ich, wo wir stehen", sagte sie, während sie zurücktrat und etwas in ihren Laptop eingab. Er runzelte grimmig die Stirn, als er glaubte, dass sie abgelenkt war, aber sie musste ihn ertappt haben, denn sie schenkte ihm ein schiefes Lächeln, als sich ihre Blicke wieder trafen. „Hey, wir müssen alle irgendwo anfangen", erinnerte sie ihn. Errötend nickte er.

Während der nächsten Minuten untersuchte sie seine Finger, betastete jedes Gelenk und drehte seinen Daumen. Dabei konzentrierte sie sich auf seine Hand, was ihm die Möglichkeit gab, sie zu betrachten. Ein sanfter Duft, vielleicht Parfüm oder Shampoo – etwas Leichtes und Blumiges –, lag in der Luft. Er mochte ihn. Und ihm gefiel, wie sie ihre Unterlippe zwischen die Zähne zog, wenn sie sich konzentrierte. Zum ersten Mal seit seiner Verwundung genoss er es, dass jemand sich an seiner Hand zu schaffen machte.

Schließlich trat sie einen Schritt zur Seite, um wieder auf ihrem Laptop herumzutippen, und sah ihm dann in die Augen.

„Gut, jetzt zum schwierigen Teil. Nach meiner Erfahrung ist es unwahrscheinlich, dass Sie Ihre Feinmotorik so weit wiederherstellen können, dass eine Rückkehr auf Ihren alten Posten möglich ist."

Matthew erstarrte und hatte das Gefühl, dass ihm der Boden unter den Füßen weggezogen wurde und seine Welt aus den Fugen geriet. Er konnte sie kaum verstehen, als sie weitersprach.

„Es tut mir leid. Ich weiß, dass Sie das nicht hören wollen. Die gute Nachricht ist, dass es noch viel Raum für Fortschritte gibt. Wenn wir uns auf die Ergotherapie konzentrieren, bin ich zuversichtlich, dass Sie all die alltäglichen Aktivitäten meistern können, die Sie brauchen, um produktiv zu leben und sich besser um Ihre Nichte zu kümmern. Und wenn Sie in der Navy bleiben wollen, gibt es dort sicher andere Karriere-Optionen für Sie, die mit Ihren neuen Fähigkeiten kompatibel sind."

Was zur Hölle sollte das heißen? Sie konnte nicht so schnell ausschließen, dass seine Hand irgendwann wieder voll funktionsfähig sein würde. Das akzeptierte er nicht.

„Was meinen Sie mit *unwahrscheinlich*?", fragte er. „Nennen Sie mir die Wahrscheinlichkeit." Wovon sprachen sie hier? Lag seine Chance auf eine vollständige Genesung bei zwanzig Prozent? Zehn Prozent?

Sie seufzte. „Die Zahl, die ich Ihnen nenne, würde Ihnen nicht gefallen. Sagen wir einfach, Ihre Chancen stehen nicht gut."

„Vielleicht, aber das war schon einmal so und ich habe es trotzdem geschafft." Mit siebzehn hatte es so ausgesehen, als würde er einmal das Leben eines Kriminellen führen. Dank seines Highschool-Direktors, strikter Disziplin und verdammt viel Entschlossenheit hatte er einen anderen Weg eingeschlagen. Der Eintritt in die Navy war dabei entscheidend gewesen und seit er seinen Platz in seinem Team eingenommen hatte, hatte er das Gefühl, endlich das Zuhause gefunden zu haben, das er immer gesucht hatte. Er würde seine Karriere nicht kampflos aufgeben.

„Lassen Sie es mich Ihnen erklären." Sie drehte den Laptop so, dass er den Bildschirm sehen konnte. Er hörte zu und konnte gerade noch den Anschein von Höflichkeit wahren, als sie ihm die genaue Art seiner Verletzung erläuterte und sagte, dass seine Hand irreparabel beschädigt sei. Einiges von dem, was sie ihm erzählte, hatte er schon von den Ärzten der Navy gehört, aber sie ging mehr ins Detail.

Trotzdem … „Ich bin nicht überzeugt", sagte er, als sie fertig war. „Ich werde alles tun, was Sie von mir verlangen. Sie können mich hart rannehmen. Ich kann es aushalten." Als SEAL war es sein Job, schwierige Herausforderungen zu bewältigen. Die gleichen Prinzipien galten auch hier.

„Ich arbeite gern mit Ihnen darauf hin, dass Sie so viel wie möglich erreichen, aber ich möchte, dass Sie sich realistische Ziele setzen, sonst werden Sie nur enttäuscht. Es ist meine Aufgabe, Ihnen zu helfen – und dazu gehört auch, Sie nicht anzulügen und Ihnen keine falschen Hoffnungen zu machen. Ihr Leben wird von jetzt an anders sein. Das ist eine Tatsache. Aber es ist noch nicht vorbei. Auch das ist eine Tatsache." Sie begegnete seinem Blick. „Ich weiß, dass es im Moment vielleicht nicht so aussieht, aber im Großen und Ganzen haben Sie wirklich Glück. Wenn man bedenkt, wozu Sie immer noch fähig sind, müssen Sie nur auf wenige Dinge verzichten."

„Dazu gehört zufällig auch mein Job." Das klang für ihn nicht nach Glück, obwohl er ihre Perspektive verstand. Er hätte schwerer verwundet werden können – oder sogar getötet. So wie Sebastian. Im Vergleich dazu hatte er eigentlich gar keinen Grund, sich zu beklagen.

Abgesehen davon, dass er nicht das tun konnte, wofür er jahrelang trainiert hatte, worin er gut war und was er liebte.

Er konzentrierte sich wieder auf das Wort ‚unwahrscheinlich'. Es bedeutete nicht das Gleiche wie ‚unmöglich'. Wenn es eine Chance gab …

„Sie werden mir also dabei helfen, so viel wie möglich zu erreichen?", fragte er nach langem Schweigen. Er war nicht begeistert von ihrer Diagnose, aber sie zählte zu den führenden Spezialisten für Handrehabilitation an der Ostküste. Er war wegen ihres Fachwissens nach Hartsville gekommen und ein erneuter Umzug kam für ihn nicht infrage. Er wollte Anayas Leben nicht noch mehr durcheinanderbringen, indem er seine Zelte so schnell wieder abbrach.

„Natürlich. Ich werde einen Therapieplan für Sie erstellen – und ich bin sicher, dass Sie angesichts Ihres beruflichen Hintergrunds wissen, wie wichtig es ist, diesen Plan genau einzuhalten." Sie zeigte mit dem Finger auf ihn und fuhr mit fester Stimme fort. „Wir müssen uns aber von Anfang an darüber im Klaren sein, dass es nicht möglich ist, den Schaden, den Sie erlitten haben, rückgängig zu machen. Das, was passiert ist, ist jetzt ein Teil von Ihnen und Sie werden es mit sich herumtragen, wohin Sie auch gehen. Der Versuch, die Zeit zurückzudrehen, ist zwecklos und führt nur zu Frustration."

„Na gut." Es gefiel ihm nicht, aber er musste akzeptieren, was sie sagte. Und dann daran arbeiten, ihr das Gegenteil zu beweisen. Er konnte und würde wieder der Mann werden, der er einst gewesen war – ein hoch qualifizierter Experte, der seinen Job hervorragend machte. Er weigerte sich, eine andere Option in Erwägung zu ziehen. „Wann fangen wir an?"

„Noch diese Woche. Meine Sprechstundenhilfe wird mit Ihnen die Termine vereinbaren. Sie ist heute Nachmittag nicht hier, aber sie wird Sie anrufen."

„Danke, Doc." Matthew verließ die Praxis mit grimmiger Entschlossenheit. Er würde ihr zeigen, wozu ein SEAL allen Widrigkeiten zum Trotz in der Lage war.

Er hielt am Supermarkt an, um ein paar Dinge zu kaufen – es war erstaunlich, wie oft ihm mit einem Kleinkind im Haus das Nötigste ausging –, und biss die Zähne zusammen, als er sich abmühte, seine Finger um den Griff der Plastiktüte zu krümmen. Aber er blieb hartnäckig und schließlich gelang es ihm. Na also, er konnte das schaffen. Er konnte alles tun, was er tun musste.

Sein Optimismus bekam einen kleinen Dämpfer verpasst, als er Anaya abholte, die länger bleiben wollte, um mit ihren neuen Freundinnen zu spielen, und auf dem Heimweg ein paar Tränen vergoss. Es fiel ihm schwer, sie zu trösten, denn er wusste manchmal nicht, was er zu ihr sagen sollte. Und das war nur eine von vielen Herausforderungen. Er überlegte immer noch, wie er sich um Anaya kümmern sollte, wenn er wieder im Einsatz war. Das war der einzige Lichtblick in Bezug auf die Reha-Maßnahmen für seine Hand – zumindest wusste er, dass er eine Weile in der Stadt sein würde, und diese Zeit konnte er nutzen, um eine längerfristige Lösung zu finden. Probleme zu lösen, war schließlich seine Spezialität.

Aber jetzt wollte er erst einmal zurück zu dem kleinen Ranchhaus, das er gemietet hatte, und irgendwie den Abend durchstehen.

Er lenkte den Truck in seine Einfahrt und stieg gerade aus, als er eine Frau sah, die vor dem Nachbarhaus ihr Auto verließ. Er hatte seine direkte Nachbarin noch nicht kennengelernt und war nicht sicher, ob dies ein guter Zeitpunkt dafür war.

Dann erkannte er das hellblaue Shirt. Es war Dr. James. Sie trug ihre Haare jetzt offen. Und verdammt, sie waren genauso schön, wie er es sich vorgestellt hatte. Für einen Moment glaubte er sogar, ihren Duft in der Luft zu riechen, und er spürte, wie sich sein Herzschlag beschleunigte. Es war lange her, dass er mit einer Frau zusammen gewesen war. Noch etwas, das ihn frustrierte.

Er schüttelte den Gedanken ab. Er konnte nicht noch mehr Komplikationen gebrauchen, zusätzlich zu denen, mit denen er bereits zu kämpfen hatte. Er öffnete die hintere Tür der Fahrerkabine und stellte fest, dass Anaya eingeschlafen war und ihren Kopf an die Seite des Kindersitzes gelehnt hatte. Sie so zu sehen, beruhigte ihn. Sie war verdammt süß. Er liebte sie seit ihrer Geburt und wollte sein Bestes für sie geben.

Irgendwie würde er es schaffen und seine Hand wieder richtig einsetzen können – egal was eine gewisse hübsche Physiotherapeutin darüber dachte.

2

„So ist es gut. Halten Sie Ihre Hand in Bewegung“, ermutigte Kinley ihren Patienten. „Fällt es Ihnen heute leichter?“

Frank Smit ging die Übungen durch, die sie bei der letzten Sitzung mit ihm gemacht hatte.

„Ein bisschen“, brummte Frank. Er starrte auf seine Hand, als ob ein Willensakt die Muskeln und Sehnen heilen lassen könnte.

Trotz der manchmal mürrischen Art des älteren Mannes fand Kinley es einfach, mit ihm zu arbeiten, und deshalb hatte sie zugestimmt, seine Therapie in dem Haus, das er in Hartsville gemietet hatte, durchzuführen. Er hatte einen schrecklichen Unfall gehabt, bei dem er sich an der Hand verletzt und beide Beine gebrochen hatte. Seine Beine waren größtenteils verheilt und seine allgemeine Beweglichkeit verbesserte sich, aber an seiner Hand musste noch viel gearbeitet werden.

„Okay. Sie können eine kurze Pause einlegen“, sagte sie, als er die erforderliche Anzahl der Wiederholungen beendet hatte. „Lassen Sie mich mal sehen.“ Sie untersuchte ihn kurz und stellte fest, dass er in der letzten Woche Fortschritte erzielt hatte, obwohl seine Greifkraft und Feinmotorik noch unterdurchschnittlich waren. Außerdem waren seine Muskeln nach links verzerrt, was ihr Sorgen bereitete. Sie musste sich etwas einfallen lassen, um das auszugleichen. Sie biss sich auf die Unterlippe, während sie sich konzentrierte.

„Ich kenne diesen Blick“, sagte Frank misstrauisch. „Was ist los?“

„Ich überlege mir gerade, wie Sie Ihre verbleibenden Herausforderungen meistern können.“

„Je früher, desto besser. Ich muss zurück an die Arbeit und dafür brauche ich meine Hand.“

Das sagten ihr alle und sie riet zu Geduld … aber die schien bei den Männern, die sie in letzter Zeit behandelte, Mangelware zu sein. Sie war überrascht gewesen, als sie am Vorabend gesehen hatte, wie Matthew Templeton seine Nichte in sein Haus trug. Sie hatte nicht damit gerechnet, dass er direkt neben ihr wohnte.

„Ich verstehe.“ Sie wandte ihre Aufmerksamkeit wieder ihrem aktuellen Patienten zu. „Lassen Sie uns als Nächstes mit dem Daumen arbeiten.“ Sie zeigte ihm eine weitere Übung und sah dabei zu, wie er sie ausführte. Der Prozess war langsam und gab ihnen Zeit, sich zu unterhalten. Small Talk war nicht der Teil ihrer Arbeit, in dem sie besonders gut war, aber sie hatte früh gelernt, dass es notwendig war, etwas über ihr Leben zu erzählen und die Patienten nach ihrem zu fragen.

Vertrauen war ein wesentliches Element in der Therapeuten-Patienten-Beziehung und es ließ sich leichter aufbauen, wenn die Patienten das Gefühl hatten, mit ihr auf einer persönlichen Ebene verbunden zu sein. Frank war ein Sonderfall, denn er war ziemlich zurückhaltend, wenn es darum ging, über sein Privatleben zu sprechen, aber er hatte einen gewissen Charme unter seiner harten Schale, der die Konversation leicht machte, solange sie nicht zu ernst wurde.

„Haben Sie Ihr Auto in die Werkstatt gebracht?“, fragte er. Als sie sich das letzte Mal getroffen hatten, hatte sie ihm erzählt, dass ihre Bremsen quietschten.

„Ja. Der Mechaniker sagte, dass ich noch ein paar Tausend Meilen vor mir habe, bevor ich neue Bremsen brauche.“

„Holen Sie eine zweite Meinung ein“, empfahl Frank.

„Ich vertraue der Werkstatt, in die ich mein Auto gebracht habe. Ich hatte bisher keinen Grund, es nicht zu tun.“ Sie war nur wenig besorgt wegen der Bremsen. „Außerdem habe ich jetzt keine Zeit.“

„Man darf bei solchen Dingen nicht nachlässig sein.“

„Ich weiß. Hier, genau so.“ Sie korrigierte seine Haltung. „Das steht auf meiner Liste der Dinge, die ich diesen Sommer erledigen muss. Außerdem muss ich meinen Schuppen aufräumen. Er ist ziemlich unordentlich geworden.“

„Die Hälfte der Sachen, die darin lagern, brauchen Sie wahrscheinlich gar nicht. Das ist immer so.“

„Sie haben wohl recht“, sagte sie und unterdrückte einen Seufzer. Sie *wollte* all die Dinge brauchen, die sie dort aufbewahrt hatte. Eines Tages würde sie das tun. Daran musste sie glauben.

Sie blieb noch eine Viertelstunde und zeigte Frank zwei neue Übungen, die er auch ohne ihre Hilfe durchführen konnte. „Zweimal am Tag, möglichst morgens und abends, aber übertreiben Sie es nicht“, mahnte sie, während sie die Griffe, Bälle und anderen Therapiegeräte, die sie für die Sitzung mitgebracht hatte, wieder einpackte. „Ich weiß, dass Sie so schnell wie möglich wieder arbeiten wollen, aber Sie könnten sich selbst schaden, wenn Sie sich überanstrengen. Das würde den Genesungsprozess deutlich verlangsamen. Wir treffen uns in ein paar Tagen wieder. Dann sehen wir, wie es weitergeht.“

Sie verabschiedete sich und ging wie immer allein nach draußen, um Frank die zusätzlichen Schritte zur Tür zu ersparen. Sie hatte ihr Auto gerade rückwärts auf die Straße gefahren, als ihr auffiel, dass sie ihr Handy nicht dabeihatte. Sie musste es im Haus vergessen haben. Sie parkte wieder, ging zur Tür und klopfte, aber es kam keine Antwort.

Verdammt. Sie konnte nicht ohne ihr Handy von hier weg. Sie wollte gerade wieder anklopfen, als sie bemerkte, dass die Tür nicht ganz geschlossen war. Das war ihr Fehler gewesen. Sie wusste, dass die Tür klemmte und fest zugezogen werden musste, besonders bei der frühsommerlichen Feuchtigkeit.

Vielleicht könnte sie einfach …

Normalerweise war sie zu höflich, um uneingeladen in ein fremdes Haus zu gehen, aber sie war vor weniger als fünf Minuten bereits drinnen gewesen und wenn sie Frank ein paar Schritte ersparen konnte, wäre das doch nur nett, oder? Sie stieß die Tür auf und entdeckte ihr Handy auf einem Beistelltisch. Sie musste es dort hingelegt haben, als sie auf dem Weg nach draußen ihre Tasche abgestellt hatte, um die Tür zu öffnen.

Sie trat in den Eingangsbereich und griff gerade nach ihrem Handy, als sie Franks Stimme aus der Küche hörte. Sie wollte nach ihm rufen, um ihn wissen zu lassen, dass sie da war, aber dann wurde ihr klar, was er sagte.

„Hey, ich bin ein Profi. Die Waffe ist an einem sicheren Ort und es gibt keine Beweise, die irgendjemand finden könnte.“ Sein Tonfall war hart und hatte nichts von der guten Laune, die er bei ihren Gesprächen oft an den Tag legte.

Kinley erstarrte. Sie musste sich verhört haben.

„Ja, ja", fuhr Frank fort. „Aber auch wenn es nicht glatt gelaufen ist, ist der Bürgermeister nicht mehr im Weg, genau wie ich es versprochen hatte. Machen Sie sich keine Sorgen."

Nicht mehr im Weg? Das bedeutete sicher nicht das, wonach es klang. Aber … eine Waffe? Beweise? Sie erschauderte.

Das sollte sie nicht hören. Sie rannte zurück zur Tür und zog fest daran, um sie hinter sich zu schließen. Zu fest. Sie zuckte zusammen, als sie laut ins Schloss fiel. In der Hoffnung, dass Frank es nicht mitbekommen hatte, fuhr sie so schnell wie möglich weg.

Ein paar Blocks weiter parkte sie schließlich am Bordstein. Ihre Hände zitterten, während sie das Lenkrad umklammerte. Das Telefonat war vielleicht ganz harmlos gewesen. Es waren ja nur Worte gewesen und möglicherweise hatte sie ihren Sinn falsch interpretiert.

Aber was, wenn nicht?

Sie dachte darüber nach, was sie von Frank wusste. Er war gebaut wie ein Ochse und hatte eine Menge Narben. Seine Nase war eindeutig ein- oder zweimal gebrochen worden. Das bedeutete aber nicht, dass er sich irgendetwas hatte zuschulden kommen lassen. Er hatte einfach ein hartes Leben gehabt.

Allerdings konnte sie den bedrohlichen Unterton, den sie in seiner Stimme gehört hatte, nicht vergessen. Sie konnte auch nicht vergessen, wie ausweichend er stets auf persönliche Fragen antwortete. Er sagte immer wieder, dass er zu seiner Arbeit zurückkehren müsse, aber er blieb vage in Bezug darauf, was das für eine Arbeit war. Er vermied es auch, zu erwähnen, woher er kam, oder über seine Familie zu sprechen. Alles, was sie wusste, war, dass er einen Unfall gehabt hatte – einen Unfall, den er nicht näher beschreiben wollte – und dass er es kaum erwarten konnte, wieder … etwas zu tun. Etwas Gefährliches? Etwas Tödliches? Sie wusste es nicht, aber die Möglichkeiten beunruhigten sie.

Sie überlegte noch ein paar Minuten, bevor sie Brendan Hogue anrief, einen Detective der Polizei von Hartsville. Er war einer ihrer ersten Patienten gewesen, als sie ihre Praxis in der Stadt eröffnet hatte, und sie waren Freunde geworden.

„Hier spricht Hogue."

„Hi, Brendan. Ich bin's. Kinley." Sie war dankbar, seine Stimme zu hören.

„Hey, wie geht es dir?"

„Nun, genau deswegen rufe ich an. Ich hatte gerade ein seltsames Erlebnis und wollte wissen, was du davon hältst." Sie erzählte ihm, was sie gehört hatte, und wartete, während er es zu verarbeiten schien. „Es kam mir verdächtig vor", fügte sie hinzu. „Aber ich bin nicht sicher. Du bist hier der Experte."

„Ich verstehe, warum du dir Sorgen machst, aber vielleicht gibt es eine ganz unschuldige Erklärung. Wenn man nur eine Seite eines Gesprächs hört, kann man leicht einen falschen Eindruck bekommen. Du hast aber das Richtige getan, indem du mich angerufen hast. Ich werde mir die Sache genauer ansehen, nur um auf Nummer sicher zu gehen", sagte Brendan. „Wenn du dich bei ihm unwohl fühlst, kannst du jederzeit die Therapie abbrechen. Es ist dein gutes Recht, dir deine Patienten selbst auszusuchen."

„Stimmt." Das hatte sie bisher nur gemacht, wenn sie das Gefühl hatte, dass ein Patient den Reha-Prozess nicht ernst nahm, nie wegen persönlicher Probleme, aber sie war froh, daran erinnert zu werden, dass sie nicht länger mit Frank zu tun haben musste, wenn sie nicht wollte. „Ich denke, das mache ich. Danke für deine Zeit, Brendan."

„Ich melde mich bei dir, wenn ich etwas finde, das mir seltsam vorkommt. Versuche, dir nicht zu viele Sorgen zu machen."

„Ich versuche es."

Während sie den Rest des Weges zu ihrem Haus fuhr, ging sie noch einmal durch, was sie Frank hatte sagen hören. Hatte sie sich das nur eingebildet? Sie schüttelte den Kopf. Sie hatte zwar nur einen Teil des Gesprächs mitbekommen, aber da war … etwas Dunkles in seiner Stimme gewesen. So unwahrscheinlich es auch schien – sie wurde den Eindruck nicht los, dass er wie ein Killer geklungen hatte. Wie jemand, der bereit war, Gewalt anzuwenden, wenn die Situation es erforderte. Sie hatte immer versucht, Menschen nicht nach ihrem Äußeren zu beurteilen, aber das hier war etwas anderes. Oder doch nicht?

Vielleicht hatte all das nichts zu bedeuten, aber Frank konnte sich einen anderen Physiotherapeuten suchen. Sie würde nicht mehr zu ihm nach Hause gehen, entschied sie, als sie in ihre Einfahrt fuhr.

Ihr Blick fiel auf das Haus ihres Nachbarn. Dort stand der Truck, aus dem Matthew am Vortag ausgestiegen war. Das war eine weitere frustrierende Situation. Es war nicht ungewöhnlich, dass Patienten, vor allem jüngere Männer, sich weigerten, zu akzeptieren, dass sie dauerhaft eingeschränkt sein würden. Nach ausreichend Therapiesitzungen sollte Matthew keine Probleme mehr mit normalen Alltagsaktivitäten haben, aber könnte er eine Bombe entschärfen oder das tun, was SEALs im Einsatz taten? Das war äußerst unwahrscheinlich.

Es hatte ihr keine Freude gemacht, ihm das zu sagen, und sie war besorgt über seine Reaktion. Seine aggressive Entschlossenheit könnte seiner langfristigen Genesung abträglich sein. Er musste offen dafür sein, zu akzeptieren, wie seine neue Realität aussehen würde, sonst handelte er sich noch mehr Probleme ein. Das hatte sie schon mehrfach erlebt.

Bei der nächsten Sitzung würde sie versuchen, das Thema erneut anzusprechen und ihm klarzumachen, dass es nicht hilfreich war, wenn er seiner eigenen Heilung im Weg stand. Seiner muskulösen Statur nach zu urteilen, wusste er, wie man trainierte und sich anstrengte. Und er war irgendwie süß gewesen mit seinen überraschend sanften, braunen Augen.

Bis sie ihm ihre Einschätzung gegeben hatte. Seine Augen waren schärfer geworden und hatten einen Blick sturer Entschlossenheit angenommen, der in ihrem Kopf eine Alarmsirene auslöste. Er hatte eindeutig die Absicht, seine Therapie wie eine Mission und ohne Rücksicht auf Verluste anzugehen, aber verletzte Körper funktionierten einfach nicht so.

Sie betrat ihr Haus und ließ ihre Tasche neben der Tür fallen. Vielleicht war sie zu direkt zu ihm gewesen. Sie hätte das, was sie gesagt hatte, vorsichtiger formulieren können … aber so war sie als Therapeutin nicht. Es war ein schmaler Grat, mit den Patienten realistisch über ihre Chancen zu sprechen, ohne gefühlskalt oder hartherzig zu wirken, aber sie bemühte sich darum. Es war wichtig, dass ihre Patienten wussten, dass sie auf ihrer Seite war und ihnen dabei helfen würde, ihre Ziele zu erreichen – aber sie durfte sie nicht in die Falle unrealistischer Erwartungen tappen lassen. Das wäre ihnen gegenüber nicht fair. Gerade *weil* sie sich um sie kümmerte und wollte, dass sie Erfolg hatten, würde sie ihnen keine falschen Hoffnungen machen. Am Ende wären sie nur enttäuscht.

Sie ging ins Wohnzimmer und versuchte, die Arbeit zusammen mit ihrer Tasche an der Tür zu lassen. Sie klappte ihren Laptop auf, um ihre E-Mails zu überprüfen. Bei einer schnellen Durchsicht entdeckte sie eine Nachricht von ihrer Mutter, eine weitere von einer Studienfreundin und jede Menge Werbung.

„Verdammt“, murmelte sie. Die eine E-Mail, die sie lesen wollte, war nicht da. Sie hatte auf eine Antwort von der Adoptionsagentur gehofft, mit der sie seit über einem Jahr zu tun hatte. In ihrer Verzweiflung hatte sie am Vorabend eine E-Mail an ihre Kontaktperson geschickt, um zu fragen, ob sie glaubte, dass eine Überarbeitung ihres Profils helfen würde.

Kinley war die Enttäuschungen leid. Sie hatte alles korrekt ausgefüllt und eigentlich hätte ihre Bewerbung schon längst erfolgreich sein sollen. Sie war zwar alleinstehend, aber sie hatte ein gutes Einkommen und ein schönes Zuhause. Sie hatte sogar schon eine Kindertagesstätte, die sie nutzen wollte, im Blick. Außerdem hatte sie einen Doktortitel, um Himmels willen. Sie war zwar keine Ärztin, aber sie hatte als Physiotherapeutin eine gründliche Ausbildung durchlaufen und wäre gut gerüstet, um kleinere Verletzungen bei Kindern zu behandeln. Sollte das nicht ein gewisses Gewicht haben?

Offenbar nicht, denn ihr Profil war immer wieder übergangen worden. Sie klappte den Laptop zu und schloss ihre Augen. Sie wollte einfach nur ein eigenes Kind. War das zu viel verlangt? Anscheinend schon.

Was für ein mieser Tag!

Sie musste etwas Produktives tun, um ein beruhigendes Gefühl von Ordnung in ihr Leben zu bringen, das zunehmend außer Kontrolle zu geraten schien. Sie ging zu der Hintertür und griff nach ihren Gartenhandschuhen. Unkrautjäten war eine Aufgabe, die sowohl ihrem Verlangen nach Produktivität als auch ihrer Ordnungsliebe entgegenkam. Es beruhigte sie immer, etwas Chaotisches zu ordnen. Sie konnte nicht alle Probleme der Welt lösen, aber sie konnte dieses kleine Fleckchen Garten in Ordnung bringen und zusehen, wie es dadurch gedieh.

Sie ging am Zaun ihres Gartens in die Hocke und entfernte ein bisschen Unkraut zwischen den Geranien und Petunien, die sie einen Monat zuvor gepflanzt hatte. Als sie sich nach ein paar Minuten wieder aufrichtete, ging es ihr schon besser.

Bis sie über den etwa 1,20 Meter hohen Zaun in Matthews Garten blickte. Das kleine Mädchen, das sie am Vortag gesehen hatte, als es aus dem Kindersitz gehoben worden war, saß jetzt auf dem Boden und zerdrückte Erdklumpen zwischen den Fingern. War es allein?

Kinley sah sich um und entdeckte weder Matthew noch einen anderen Erwachsenen.

Wie konnte er es wagen, ein Kind unbeaufsichtigt zu lassen? Als Kinley sah, wie die Kleine ihre mit Dreck gefüllte Hand vor ihr Gesicht hielt, als wollte sie den Matsch essen, konnte sie es nicht mehr ertragen. Sie marschierte zu dem Tor, das die Grundstücke trennte, und riss es auf.

Sie ging gerade auf das Mädchen zu, als sie Matthew erblickte, der auf der Terrasse saß und eine Zeitschrift oder ein Rätselbuch in den Händen hielt.

„Was ist los mit Ihnen?“, fragte sie. „Sie will Dreck essen. Unternehmen Sie etwas!“ Vielleicht wäre sie an einem anderen Tag ruhiger und vernünftiger gewesen, aber im Moment war ihr alles zu viel. Er hatte ein Kind in seiner Obhut – das Einzige, was sie sich mehr als alles andere auf der Welt wünschte – und er konnte sich nicht einmal die Mühe machen, es zu beschützen?

Matthew warf einen Blick auf das Mädchen, das ihn anlächelte, während Dreck zwischen seinen winzigen Fingern hervorquoll, bevor er seine Aufmerksamkeit wieder auf Kinley richtete. „Das ist nur ein Schlammkuchen. Kinder machen das schon seit Jahrhunderten.“

„Aber … aber …“ Kinley verstummte. Sie beobachtete, wie das kleine Mädchen die Hand zum Mund führte … und dann, nach einer kurzen Kostprobe, angeekelt das Gesicht verzog und wieder mit dem Matsch spielte, ohne noch einmal zu versuchen, ihn zu essen.

So war es doch mit Kindern, oder? Sie probierten etwas aus, fanden heraus, ob es ihnen gefiel oder nicht, und machten weiter. Worüber hatte sie sich so aufgeregt? Ihre Wut verflog und sie fühlte sich erschöpft. Sie legte ihre Hände auf ihre Schultern und dehnte ihren schmerzenden Nacken, um den Stress abzubauen. Dann schloss sie die Augen und seufzte.

„Geht es Ihnen gut?“ Seine Stimme war freundlich – und viel näher, als er es noch Sekunden zuvor gewesen war. „Sie wirken ein bisschen … mitgenommen.“

Sie öffnete die Augen und starrte ihn an, während sie sich bemühte, die richtigen Worte zu finden. Seine Augen waren wieder so sanft, wie sie es bei ihrer ersten Einschätzung seiner Verletzung gewesen waren. Um seinen Mund herum sah sie tiefe Lachfältchen und fragte sich, ob es noch eine andere Version von ihm gab – einen Mann, der gern und oft lachte. Doch dann schob sie den Gedanken beiseite. Das ging sie nichts an. Genauso wenig musste er von ihren Problemen erfahren. Sie sollte ihm ohnehin nichts davon erzählen. Er war ihr Nachbar und ihr Patient, mehr nicht.

Sie straffte die Schultern und setzte ein Lächeln auf. „Mir geht es gut. Ich hatte nur einen schlechten Tag. Entschuldigen Sie die Störung.“

„Sie haben mich nicht gestört. Möchten Sie meine Nichte kennenlernen?“

Das wollte sie so sehr, aber sie konnte es nicht. Nicht jetzt. Nicht nach der Funkstille von der Adoptionsagentur und allem anderen, was an diesem Tag passiert war. „Ein anderes Mal. Ich sehe Sie bei Ihrem nächsten Termin.“

„Dann bis morgen.“

„Ja. Schönen Abend.“ Sie behielt ihr falsches Lächeln bei, bis sie durch das Tor gegangen war und es hinter sich geschlossen hatte.

3

Matthew wischte sich den Schweiß von der Stirn. Wer hätte gedacht, dass er von den Übungen mit seinen Händen und Fingern um Atem rang, als hätte er gerade einen Zehntausend-Meter-Lauf absolviert? Oder besser gesagt, einen Zehntausend-Meter-Lauf über hügeliges Gelände.

Er warf einen Blick in Kinleys Richtung. Sie befand sich auf der anderen Seite des Behandlungsraums und tippte auf ihrem Laptop herum, wobei sie ab und zu auf einen Zettel blickte, auf dem sie sich während der Sitzung Notizen gemacht hatte. Wenn er erwartet hatte, dass sie ihn heute anders behandeln würde, hatte er sich getäuscht. Abgesehen davon, dass sie ihn mit „Nennen Sie mich bitte Kinley. Da ich gestern Abend in Ihren Garten eingedrungen bin, denke ich, dass wir das ‚Doktor' weglassen können" begrüßt hatte, war sie einfach nur professionell. Sie verhielt sich freundlich, aber genau nach Vorschrift. Er dehnte die Finger seiner rechten Hand und genoss den Schmerz, der ihm sagte, dass er seine Kraft und Beweglichkeit wiedererlangte. Dafür war er schließlich hier.

„Ich habe Ihnen ein paar Übungen, die Sie zu Hause machen können, ausgedruckt.“ Sie reichte ihm ein Blatt Papier. „Lassen Sie uns alles einmal durchgehen, bevor Sie aufbrechen, damit Sie sie auch wirklich verstehen.“

Er überflog die Anweisungen und Abbildungen der drei Übungen und führte sie ihr vor. „Ist das alles? Es muss noch mehr geben, was ich tun kann. Ich bin viel körperliche Aktivität gewohnt.“

„Überanstrengung verhindert Fortschritte und könnte sogar zusätzlichen Schaden anrichten. Machen Sie diese Übungen zweimal am Tag. Auch an den Tagen, an denen Sie zur Therapie kommen. Sie können natürlich auch andere Arten von Training machen. Achten Sie nur darauf, dass dabei die Hand nicht belastet wird.“

Er zwang seine Schultern, sich zu entspannen. „Ja, Ma’am.“

„Das ist mein Ernst. Überstürzen Sie nichts.“

Er warf ihr einen Blick zu. „Ich habe Ziele zu erreichen.“

„Sie sind stur“, murmelte Kinley.

„Entschlossen“, korrigierte er sie.

Sie seufzte und setzte sich zu ihm auf die Bank. „Ich weiß, dass Sie größere Ziele haben. Aber ich empfehle Ihnen, sich zumindest im Moment auf die Therapie zu konzentrieren, um Ihre Fähigkeit, alltägliche Aktivitäten auszuführen, zu maximieren. Eine Ergotherapie könnte es Ihnen deutlich leichter machen, den Alltag zu bewältigen. Dazu gehören bestimmte Aufgaben, die Sie üben müssen, wie etwa die Verwendung eines Messers bei der Essenszubereitung oder das Öffnen von Behältern unterschiedlicher Größe. Bei unserem ersten Gespräch haben Sie erwähnt, dass die Betreuung Ihrer Nichte für Sie Priorität hat. Kleinkinder sind im wahrsten Sinne des Wortes eine Handvoll.“ Ja, das hatte er schnell herausgefunden, aber Kinleys Taktik gefiel ihm nicht. Sie nutzte das, was sie über ihn wusste, um ihn zu manipulieren. „Oh, es gibt noch etwas, das Sie tun können, wenn Sie Ihre Hände zwischen den Sitzungen trainieren möchten. Stricken und Häkeln eignen sich hervorragend dafür, aber Sie müssen trotzdem aufpassen, dass Sie es nicht übertreiben. Ich weiß, das Klischee besagt, dass Handarbeit nur etwas für Frauen ist, aber auch zahlreiche Männer haben Spaß daran."

„Nein." Oder besser gesagt, *verdammt* nein. Er hatte nicht vor, im Schaukelstuhl vor dem Kamin zu sitzen und Socken zu stricken. Aber in einem Punkt konnte er ein wenig nachgeben. „Ich werde eine andere Form von Ergotherapie in Betracht ziehen, wenn es sein muss."

Noch nie hatte er einen solchen Loyalitätskonflikt erlebt. Anaya brauchte ihn … und sein Team brauchte ihn auch. Aber Anaya musste im Moment Vorrang haben, also ergab es vielleicht Sinn, seinen Fokus zuerst auf eine Ergotherapie zu legen.

Nachdem er Kinleys Praxis verlassen hatte, fuhr er zu der Kindertagesstätte, die Anaya besuchte. Heute war ihr erster Tag. Es war ihm schwergefallen, sie dort abzusetzen, selbst wenn er nur ein paar Stunden weg sein würde. Aber sie war freiwillig hingegangen, also hoffte er, dass es gut gelaufen war.

An der Tür zeigte er seinen Ausweis, da ihn noch nicht alle Angestellten kannten, und ihm wurde gesagt, dass Anaya im grünen Spielzimmer am Ende des Flurs sei. Bevor er es erreichte, wurde er von Tricia, der Leiterin der Kindertagesstätte, abgefangen.

„Ich habe Sie schon erwartet, Mr. Templeton. Anaya ist vor etwa einer Stunde ein kleines Missgeschick passiert." Sie sprach leise. „Sie war zu sehr mit dem Spielen beschäftigt und hat den Toilettengang bis zur letzten Sekunde hinausgezögert. Wir werden in Zukunft besser darauf achten, sie rechtzeitig zur Toilette zu bringen, aber Sie müssen ihr ein paar Sachen zum Wechseln einpacken oder eine Notfallgarnitur hierlassen."

Anaya war schon fast sauber gewesen, als ihre Mutter gestorben war. Die Sozialarbeiterin in Charleston hatte ihn gewarnt, dass ein Trauma sie in ihrer Entwicklung zurückwerfen könnte, aber Anaya hatte sich in den Wochen, in denen sie bei ihm war, erstaunlich gut geschlagen. Nun … bis jetzt.

„Wird erledigt“, versprach er. „Was hat sie jetzt an?“

„Wir haben natürlich immer ein paar Sachen für Notfälle hier“, versicherte Tricia ihm, „aber Kinder fühlen sich in ihren eigenen Sachen wohler.“

„Alles klar.“

Dreißig Minuten später, als Anaya nur in einem T-Shirt und ihrer Prinzessinnenunterhose in der Küche herumlief, musste er zugeben, dass ihm gar nichts ‚klar‘ war.

Wie zum Teufel bereiteten Eltern ein anständiges Essen zu, während Kinder um sie herumtollten? Wie brachte man ein Kind dazu, sich eine Hose anzuziehen, wenn es das nicht wollte?

Als Anaya zum dritten Mal gegen seine Beine prallte, während er versuchte, Gemüse in Stücke zu schneiden, gab er auf. Es war schon schwierig genug, das Messer in der linken Hand zu halten. Es zu tun, während ein Kleinkind ihn als Klettergerüst benutzte, war unmöglich.

Pizza. Schon wieder. Er beruhigte sein Gewissen damit, dass er Pilze, Paprika und Tomaten als Belag wählen würde. Das war doch gesund, oder?

Er gab die Bestellung auf und unterhielt Anaya, indem er ihr zweimal *Aschenputtel* vorlas, während sie auf das Essen warteten.

„Draußen“, sagte Anaya und reckte stur das Kinn, als er nach erfolgter Lieferung die Pizza auf den Küchentisch legte.

„Du willst draußen essen?“ Das war eine gute Idee, denn es war ein warmer, schöner Abend. Aber sie hatte immer noch keine Hose an. Er sah seine Chance auf ein Druckmittel. Vielleicht funktionierte es auf diese Weise. „Ich schlage dir einen Deal vor. Wenn du dir eine Hose anziehst, essen wir draußen.“

Anaya rannte in ihr Zimmer und kam mit einer Pyjamahose zurück. Das war gut genug. Er half ihr, sich hineinzuwinden, und dann gingen sie nach draußen. Die Pizza war gut, aber das Tischgespräch war mangelhaft. Anaya unterhielt sich hauptsächlich mit ihrem Plüschtier, einem rosafarbenen Pony, was für Matthew in Ordnung war, denn er hatte keine Ahnung, was er zu einem Kind in diesem Alter sagen sollte.

Als Anaya mit dem Essen fertig war, beschloss sie, mit Pansy, dem rosafarbenen Pony, eine Runde durch den Garten zu galoppieren. Matthew trug die Reste des Abendessens ins Haus und ließ sie nur kurz allein, aber als er zurückkam, sah er, wie Anaya unter dem Tor durchkrabbelte. Er pirschte sich heran, zögerte und blieb davor stehen, anstatt Kinleys Garten zu betreten.

Als er in sein gemietetes Haus eingezogen war, hatte er bemerkt, dass seine Nachbarin einen grünen Daumen hatte. Im Abendlicht sah Kinleys Garten wie ein Märchenland aus. Sträucher, Zierbäume und Blumen bildeten eine wunderschöne Landschaft. In einigen Bäumen leuchteten weiße Lichterketten und unter dem rötlichen Abendhimmel war er von all der Pracht geradezu verzaubert. Er konnte sehen, dass es Anaya auch so ging. Sie stand ein paar Meter hinter dem Tor und sah sich staunend um.

„Hallo“, hörte er Kinley sagen. „Dein Pony ist sehr hübsch.“

Er sollte sich einmischen. Anaya hatte in Kinleys Garten nichts zu suchen. Er wollte das Tor öffnen, aber Kinley winkte mit einem Lächeln ab.

„Pansy", sagte Anaya.

„Ist das sein Name?" Kinley zog ihre Gartenhandschuhe aus und streichelte den Kopf des Ponys. „Wie schön. Ich habe Stiefmütterchen in meinem Garten. Möchtest du sie sehen?"

Anaya nickte und ergriff Kinleys dargebotene Hand. Gemeinsam erkundeten sie den Garten und blieben immer wieder stehen, um sich die Blumen und die kleinen Dekorationen anzusehen, die hier und da platziert waren: ein steinerner Hase, eine Vogeltränke aus Terrakotta, eine reflektierende grüne Kugel und winzige geflügelte Feen, die auf den Rändern der Blumentöpfe saßen.

Anaya schien im Himmel zu sein, während sie mit Kinley plauderte. Das Gesicht des kleinen Mädchens zeigte mehr Freude, als Matthew seit Candace' Tod dort gesehen hatte. Er schlüpfte durch das Tor, hielt aber Abstand, um den zauberhaften Moment nicht zu unterbrechen. Schließlich schien Pansy durch den Garten galoppieren zu wollen. Während Anaya mit ihrem Pony herumrannte, machte sich Kinley auf den Weg zu ihm.

„Setzen Sie sich", sagte sie mit einer Geste zu zwei weißen, schmiedeeisernen Stühlen. „Von hier aus können wir sie im Auge behalten."

„Sie können wirklich gut mit Kindern umgehen." Nach dem, was er gesehen hatte, war sein Kommentar eine Untertreibung. Sie war fantastisch.

„Sie ist süß." Kinley sah viel entspannter aus als am Vorabend in seinem Garten oder bei seinem Termin in ihrer Praxis.

„Das ist sie, aber ich habe keine Ahnung, was ich tue", gab er zu. „Ist Müsli das Beste zum Frühstück? Oder soll ich Toast machen? Soll ich die Kruste abschneiden oder nicht? Ich kann nur raten, was richtig ist."

„Neue Erfahrungen."

„Ja. Neu und anders. Mein Leben war vorher ziemlich routiniert.“

Sie lachte leise. Sie sah wunderschön aus, sogar mit einem Schmutzfleck auf ihrer Wange. „Bomben entschärfen ist Routine?“

„Dafür bin ich ausgebildet worden.“ Dafür und für eine ganze Menge anderer Dinge, die er Kinley aus rechtlichen Gründen nicht mitteilen konnte.

„Ich kann mir vorstellen, dass Sie auch andere Fähigkeiten haben“, sagte sie und richtete ihren Blick auf Anaya, die eine Blüte von einer Pflanze zupfte und die rosafarbenen Blütenblätter zwischen ihren Fingern zerrieb.

„Tut mir leid“, sagte er und öffnete den Mund, um seine Nichte zu rufen. Kinleys Hand auf seinem Arm hielt ihn auf und er spürte, wie ein elektrischer Funke zwischen ihnen übersprang. Sie hatte ihn während ihrer Therapiesitzungen schon öfter berührt, aber das war etwas anderes. Er holte tief Luft und erinnerte sich daran, dass es nur die Kulisse des romantischen Gartens war. Nichts weiter. Sie zog ihre Hand zurück und ihre Augen trafen für eine Sekunde seine. Hatte sie den Funken auch gespürt? Er wusste es nicht.

„Blumen sind dazu da, gepflückt zu werden“, sagte sie. „Ich bringe nicht oft genug Blumen ins Haus.“ Sie saßen einige Minuten lang schweigend da und sahen zu, wie Anaya durch den Garten wanderte und weitere Blumen sammelte. Schließlich ergriff Kinley wieder das Wort. „Es muss seltsam sein, unerwartet ein Kind in seinem Leben zu haben – und das aus einem so tragischen Grund –, aber sie ist ein Schatz. Sie hat Glück, dass Sie für sie da sein können, und Sie können sich glücklich schätzen, sie zu haben. Das ist etwas, das ich mir schon lange wünsche.“ Ihre Stimme war so leise, dass er nicht sicher war, ob er die letzten Worte richtig verstanden hatte.

„Ein Kind?“ Er musterte ihr Gesicht.

„Ich versuche, eines zu adoptieren. Es läuft nicht gut.“ Sie schenkte ihm ein schwaches Lächeln, aber er konnte die unvergossenen Tränen in ihren Augen sehen.

Spontan nahm er ihre Hand, zog sie mit sich hoch und schlang seine Arme um sie. Sie versteifte sich kurz, aber dann entspannte sie sich in der Umarmung und drückte ihr Gesicht an seine Schulter. Er rechnete schon fast mit einem Schluchzen, aber es war nur das Zirpen der Grillen in der Dämmerung zu hören.

„Danke, ich … ich habe das gebraucht.“ Sie löste sich aus der Umarmung und wich zurück.

„Okay. Ich mache Anaya jetzt besser für das Bett fertig.“ Er konnte nicht sagen, warum er Kinley umarmt hatte, aber es hatte sich richtig angefühlt, sie festzuhalten und zu beruhigen.

Das sah ihm nicht ähnlich. Er machte eher einen Witz, um die Situation zu entspannen, als dass er Trost spendete. Das und der Funke zwischen ihnen ließen ihm keine Ruhe, als er Anaya holte und durch das Tor zu seinem Haus zurückkehrte. Er hatte sich von dem Moment an zu Kinley hingezogen gefühlt, als er sie zum ersten Mal gesehen hatte, aber ihr professionelles Auftreten hatte dafür gesorgt, dass sie auf Distanz blieben. Doch hier in ihrem Garten, wenn sie so bezaubernd aussah … Er musste vorsichtig sein, sonst könnte er sie vielleicht zu sehr mögen.

4

Kinley atmete ein paarmal tief durch, bevor sie zu ihrem Praxistelefon griff, um Frank Smit anzurufen. Sie hätte es schon früher tun sollen, aber sie hatte es aufgeschoben und jetzt würde er wahrscheinlich – zu Recht – verärgert sein, dass sie nur ein paar Stunden vor seinem Termin absagte. Sie war versucht, eine Ausrede zu erfinden, eine Krankheit oder einen Notfall, aber sie war keine Lügnerin. Sie musste ehrlich und professionell sein, auch wenn sie sich in diesem Moment nicht sehr professionell fühlte.

Eine leise Stimme in ihrem Kopf erinnerte sie daran, dass sie am Vorabend in ihrem Garten auch nicht professionell gewesen war, als ihr Patient und Nachbar sie besucht hatte. Das Gespräch war zu persönlich geworden und die Umarmung war genau das gewesen, was sie gebraucht hatte und nicht hätte zulassen dürfen. Aber die paar Sekunden, in denen ihr Kopf an Matthews muskulöser Schulter geruht hatte, waren … schön gewesen.

Sie verdrängte den Gedanken an den attraktiven Navy SEAL und wählte Franks Nummer.

„Smit“, sagte er mit schroffer Stimme.

„Hi, Frank, hier spricht Dr. James.“ Sie hatten einander beim Vornamen genannt, aber sie brauchte die Förmlichkeit zwischen Therapeutin und Patient für dieses Gespräch. „Es tut mir leid, dass es so kurzfristig ist, aber ich rufe an, um Ihnen mitzuteilen, dass ich nicht länger in der Lage bin, Sie bei Ihrer Rehabilitation zu begleiten.“

„Warum das denn?“, fragte er. „Wir haben doch so gut zusammengearbeitet.“

„Ich bin rechtlich nicht dazu verpflichtet, meine Gründe zu nennen“, sagte sie. Sie befolgte Brendans Rat und sie hatte das Gesetz auf ihrer Seite. Therapeuten konnten die Behandlung verweigern, solange der Patient nicht in einer lebensbedrohlichen Situation war.

„Das ist schade“, erwiderte Frank, aber er klang unbeeindruckt. Das überraschte sie. Die wenigen Male, als sie Patienten fallen lassen musste, waren sie wütend oder feindselig geworden. Einige hatten sie sogar angebrüllt.

„Ich entschuldige mich für die entstandenen Unannehmlichkeiten und wünsche Ihnen alles Gute. Wenn Sie einen anderen Therapeuten finden, werde ich Ihre Unterlagen gern weiterleiten. Vielen Dank.“ Sie legte schnell auf und war froh, die Sache hinter sich zu haben. Mit etwas Glück würde Frank Hartsville bald verlassen. Es gab noch andere Therapeuten in der Gegend, aber sie war die Einzige in ihrem Fachgebiet. Wenn er Zugang zu jemandem mit ihren Qualifikationen haben wollte, musste er umziehen. Und es war sowieso immer klar gewesen, dass er nicht dauerhaft hierbleiben würde.

Sie ging in ihren Behandlungsraum und bereitete sich auf ihren nächsten Patienten vor, der zufällig ihr sexy Nachbar war. *Professionell*, erinnerte sie sich. Es war das Wort des Tages. Sie musste professionell sein.

„Guten Morgen“, sagte sie, als ihre Sprechstundenhilfe Matthew hereinführte. „Sind Sie bereit, hart zu arbeiten?“

„Darauf können Sie wetten“, antwortete er und sie konnte nicht umhin, seinen lässigen Gang und das Navy-T-Shirt zu bemerken, das seine Brust- und Schultermuskeln zur Geltung brachte, als er auf sie zukam. Bei ihm fühlte sie sich klein und weiblich, was sonst nicht oft vorkam. Für ihre Größe war sie sehr stark und sie hatte hart daran gearbeitet, das Klischee zu überwinden, Frauen könnten nicht mit Militärangehörigen und Veteranen zusammenarbeiten.

Indem sie professionell geblieben war.

„Wie geht es Ihnen heute Morgen?“, fragte er und betrachtete ihr Gesicht.

„Gut.“ Sie schenkte ihm ein übermäßig strahlendes Lächeln. „Und Ihnen?“

„Mir auch. Wegen gestern Abend … Ich wollte nicht zu weit gehen oder wegen der Sache mit dem Kind neugierig sein …“

„Keine Sorge“, unterbrach sie ihn, da sie nicht noch einmal persönlich werden wollte. „Lassen Sie uns anfangen.“

Sie hatte eine einstündige Sitzung für ihn geplant, mit einigen anspruchsvollen Übungen zu Beginn, bei denen Druck auf seine Hand ausgeübt wurde. Das brachte nichts für die Feinmotorik, aber ein SEAL musste Liegestütze und andere Kraftübungen machen. Nicht, dass er so aussah, als wäre er aus der Form geraten, aber sie wollte nicht, dass er seine Verletzung kompensierte, indem er seine linke Hand zu stark belastete.

„Noch einmal“, sagte sie, nachdem er eine sechzig Sekunden lange Verschnaufpause eingelegt hatte.

„Verdammt, Lady“, murmelte er, aber er begann die Serie erneut und führte sie trotz des Schweißes, der ihm auf der Stirn stand, einwandfrei aus.

Als er fertig war, wandte er sich ihr zu. „Was kommt als Nächstes?“

Seine Körpersprache verriet ihr, dass er alles machen würde, was sie verlangte. Sein leichtes Grinsen verhieß das Gleiche. Er wusste, was sie vorhatte. Wenn sie ihm etwas beweisen wollte, wollte er das auch. Vielleicht würde ihn eiserne Entschlossenheit tatsächlich wieder fast normal werden lassen. *Fast*.

„In Ordnung. Lassen Sie uns etwas anderes ausprobieren.“ In den nächsten vierzig Minuten stellte sie ihn immer wieder vor neue Herausforderungen, wies ihn zurecht, wenn er versuchte, auf ungesunde Weise zu kompensieren, und forderte ihn, wie sie noch nie zuvor einen Patienten gefordert hatte – wobei sie natürlich darauf achtete, seine Verletzung nicht zu verschlimmern. Das tat seiner selbstbewussten, ja sogar eingebildeten, Haltung allerdings keinen Abbruch.

So etwas war normalerweise nicht ihr Ding. Normalerweise mochte sie intellektuelle Männer, nicht dass sie in Hartsville viele Dates gehabt hätte. Matthew war sehr intelligent, aber in anderer Hinsicht. Sie musste zugeben, dass seine Körperlichkeit attraktiv war. Er wirkte echt mit seiner rauen Art, aber sie hatte auch gesehen, wie er am Vorabend seine Nichte in den Armen gehalten hatte. Auch das war echt gewesen.

„Mache ich das nicht richtig?“, fragte er und sie bemerkte, dass sie ihn zu lange beobachtet hatte, ohne zu sprechen. Sie fühlte sich ertappt, aber sie erinnerte sich daran, dass er ihre Gedanken nicht lesen konnte.

„Sie machen das gut. Wir sind aber schon spät dran.“ Ihre Sitzung hatte eigentlich vor zehn Minuten geendet, was bedeutete, dass jetzt

Mittagspause war und ihre Sprechstundenhilfe schon weg sein würde. Sie waren also allein.

„Ich treffe Sie draußen, wenn Sie sich umziehen wollen." Sie brauchte eine Minute für sich und ließ ihn in dem Behandlungsraum zurück. Er hatte eine Tasche dabei und sie dachte, er würde sich ein frisches Shirt anziehen. Aus beruflichen Gründen bestand für sie keine Notwendigkeit, sich seinen nackten Oberkörper anzusehen, aber die Neugierde …

Sie stellte sich all die Muskeln auf seinem Rücken vor, während sie zum Empfangsbereich ging, und blieb wie angewurzelt stehen. Beth war zum Mittagessen gegangen, aber der Raum war nicht leer. Frank Smit stand dort. Er lächelte, aber irgendetwas an seinem Gesichtsausdruck wirkte falsch. Ihre angenehmen Gedanken an Matthew verschwanden blitzschnell und ihr Magen drehte sich um.

Frank machte einen Schritt auf sie zu. „Hallo, Dr. James", sagte er. „Ich hoffe, es macht Ihnen nichts aus, dass ich einfach so vorbeikomme." Instinktiv wich sie einen Schritt zurück und stieß gegen die Wand, sodass sie gefangen war. Entschlossen reckte sie ihr Kinn.

„Was kann ich für Sie tun, Mr. Smit?", fragte sie und war froh, dass ihre Stimme nicht zitterte. Frank war breitschultrig – nicht groß, aber er sah aus, als könnte er ein Auto hochstemmen. Er war immer nett zu ihr gewesen, mit einer Art ruppigem Charme. Doch angesichts der Kälte in seinen Augen war dieser Charme wohl nur eine Fassade gewesen.

Jetzt konnte sie sich ihn als Verbrecher vorstellen.

„Ich möchte wissen, warum Sie mich nicht mehr als Patient wollen. Wir haben gut zusammengearbeitet. Wir haben Fortschritte gemacht. Ich mache mir Sorgen, dass ein Therapeutenwechsel mich bei meiner Genesung zurückwerfen könnte. Dafür wollen Sie bestimmt nicht verantwortlich sein."

Er hatte nicht unrecht. Aber ihr Bauchgefühl sagte ihr, dass sie zu ihrer Entscheidung stehen sollte. „Wie ich schon am Telefon sagte, bin ich nicht verpflichtet, Ihnen eine Erklärung zu geben. Es tut mir leid, dass Ihnen Unannehmlichkeiten entstanden sind, aber wenn Sie sich unverzüglich einen anderen Therapeuten suchen, sollte es keine negativen Folgen für Sie haben."

„Ich verstehe es einfach nicht." Franks Körper war wie eine Wand und sein eisiger Blick machte sie nervös. „Bei der letzten Sitzung war noch alles in Ordnung und heute lassen Sie mich im Stich. Ich will wissen, was sich geändert hat."

„Ich mache nur von meinem Berufsrecht Gebrauch", sagte sie. „Meine Praxis ist jetzt zur Mittagspause geschlossen. Ich möchte, dass Sie gehen."

„Was ist hier los?" Matthew kam aus dem Behandlungsraum.

„Das geht Sie nichts an", knurrte Frank und lenkte seine Aufmerksamkeit von ihr auf Matthew. Sie nutzte die Gelegenheit und rutschte schnell zur Seite, um außer Reichweite zu sein.

„Dr. James?" Matthew hatte seine Tasche fallen lassen und sein ganzer Körper wirkte wachsam.

„Mr. Smit war auf dem Weg nach draußen", sagte sie.

Einen Moment lang herrschte Schweigen, bevor Frank nachgab und zur Tür ging. Sie hatte schon fast erwartet, dass er ihr drohen würde, aber er verhielt sich ganz ruhig.

„Geht es Ihnen gut?", fragte Matthew, sobald sich die Tür schloss. „Was sollte das denn?"

„Alles in Ordnung." Sie ging zu der Tür und verriegelte sie, bevor sie sich auf einen der Stühle im Wartebereich setzte. Ihre Knie zitterten, aber das wollte sie weder vor Matthew noch sonst jemandem zugeben.

„Ihre Sprechstundenhilfe sollte sich vergewissern, dass die Praxis abgeschlossen ist, bevor sie zum Mittagessen geht“, sagte Matthew. „Sie wollen bestimmt nicht, dass jemand unbemerkt hereinkommt. Die Einstellung des Kerls hat mir nicht gefallen.“

„Ich habe ihm heute mitgeteilt, dass ich nicht mehr seine Therapeutin sein kann. Die Leute nehmen das nicht immer gut auf.“

„Ein Grund mehr, auf Ihre Sicherheit zu achten.“ Er kam näher und setzte sich neben sie. Sie hätte wissen müssen, dass er scharfsinnig sein würde. Er musste daran gewöhnt sein, Bedrohungen einzuschätzen. Das war eine Welt, mit der sie nicht vertraut war – und es auch nicht sein wollte. „Wahrscheinlich kann die Polizei nicht viel tun, aber Sie sollten es vielleicht trotzdem melden. Zumindest sollten Sie es aktenkundig machen, falls er wieder hier auftaucht.“

Sie seufzte. „Das habe ich schon getan. Ich meine, natürlich nicht, dass er gerade hier war …“ Sollte sie Matthew erzählen, was sie belauscht hatte? Es ging ihn nichts an und es gab auch keinen Grund, warum er es wissen sollte.

„Oh?“, erwiderte er. Es war keine Aufforderung, der sie sich vielleicht widersetzt hätte. Er klang wie ein besorgter Freund. Wäre er heute nicht hier gewesen, hätte es viel schlimmer kommen können. Eine kurze Erklärung würde nicht schaden.

„Ich habe Hausbesuche bei Frank gemacht, um ihn zu behandeln. Ich kann natürlich keine vertraulichen Informationen über seinen Gesundheitszustand herausgeben, aber ich war vorgestern bei ihm. Wir beendeten unsere Sitzung und ich war schon draußen, als ich bemerkte, dass ich mein Handy drinnen vergessen hatte. Ich klopfte an, aber er muss mich nicht gehört haben. Die Tür war nicht verriegelt und als ich einen Blick hineinwarf, entdeckte ich mein Handy auf einem Tisch im Eingangsbereich. Also schlich ich mich hinein und holte es.“

Wie sehr sie diesen Moment bereute. Wenn sie nicht die Entscheidung getroffen hätte, sein Haus zu betreten, wäre sie jetzt nicht in dieser Lage. Andererseits würde sie immer noch mit einem Mann zusammenarbeiten, der ein gewalttätiger Krimineller sein könnte. Sie war nicht sicher, was schlimmer war.

„Und was ist dann passiert?"

„Ich habe ihn bei einem Telefonat belauscht. Er sagte einige Dinge, die … beunruhigend waren."

„Was für Dinge?"

Sie wiederholte, was sie Frank über eine Waffe und den Bürgermeister hatte sagen hören. „Das hat mir Angst gemacht. Also rief ich einen Detective bei der Polizei an, den ich kenne, und er sagte, dass er sich die Sache genauer ansieht. Aber er meinte auch, dass ich das, was ich gehört hatte, wahrscheinlich missverstanden habe."

„Smits Verhalten vorhin war kein Missverständnis", sagte Matthew. „Er wollte entweder Informationen einholen oder Sie einschüchtern – oder beides. Hat er Grund zu der Annahme, dass Sie ihn belauscht haben?"

„Ich habe die Tür auf dem Weg nach draußen zu laut geschlossen", gab sie zu. „Sie klemmt und man muss sie zuschlagen. Vielleicht hat er das gehört. Oder er hat mich gesehen. Er war in seiner Küche, die auf die Einfahrt hinausgeht. Es ist möglich. Im Grunde sogar wahrscheinlich." Sie versuchte, bei all dem ruhig zu bleiben, aber das wurde immer schwieriger.

„Rufen Sie den Detective noch einmal an. Erzählen Sie ihm, was gerade passiert ist", riet Matthew ihr. Dann wurde seine Stimme weicher. „Kinley, was ich gesehen habe, hat mir nicht gefallen. Mein Instinkt sagt mir, dass dieser Mann gewaltbereit ist."

Es machte sie noch unruhiger, dass ein SEAL das sagte, aber sie wollte nicht in Panik geraten. „Keine Sorge, das wird schon wieder. Frank ist nicht von hier. Er wird die Stadt bald verlassen und dann ist es vorbei. Außerdem hat Brendan gesagt, dass er sich um die Sache kümmert. Er wird mir bestimmt Bescheid sagen, wenn er etwas herausfindet."

Sie konnte sehen, dass Matthew diese Antwort nicht gefiel. Er öffnete den Mund, aber sie hatte nicht vor, sich mit ihm darüber zu streiten. Sie hatte ihre Entscheidung getroffen, also stand sie auf und ging zur Tür, froh darüber, dass ihre Beine nicht mehr zitterten. Sie entriegelte die Tür und hielt sie für ihn auf.

Sie rechnete ihm hoch an, dass er den Wink verstand. Er war schon halb aus der Tür, als er innehielt. „Versprechen Sie mir, dass Sie vorsichtig sein werden. Schließen Sie Ihre Türen ab, halten Sie Ihr Handy griffbereit und sehen Sie auf dem Rücksitz Ihres Autos nach, ob dort jemand ist."

„Das mache ich." Ihr Ton war forsch. Schließlich ging er, wenn auch nur ein paar Schritte nach draußen. Sie schloss wieder ab und sah sein leichtes, zustimmendes Nicken. Sein Kopf bewegte sich von einer Seite zur anderen, während er den Parkplatz abzusuchen schien. Wahrscheinlich war das Gewohnheit, aber er wirkte jetzt noch wachsamer als zuvor.

Als sie zum Praxiskühlschrank ging, um ihren Salat zu holen, musste sie zugeben, dass sie seinen ausgeprägten Beschützerinstinkt mochte. Sie brauchte ihn nicht, aber es war trotzdem schön.

5

„Halt still, Kleine“, sagte Matthew zum sechsten Mal. Er hatte Anaya zwischen seinen Knien, während er auf einem Küchenstuhl saß.

„Au, das tut weh.“ Sie bedeckte ihren Kopf mit den Händen, um seine Versuche, ihre dichten, widerspenstigen Haare zu kämmen, abzuwehren.

„Tut mir leid, aber ich muss etwas damit machen.“ Wie konnten ihn die Haare eines kleinen Mädchens nur so fertigmachen? Er hatte Kentons Frau Mia um Rat gefragt, da ihre Mädchen fast so alt waren wie Anaya. Sie hatte vorgeschlagen, dass Zöpfe das beste Mittel seien, um Anayas Locken zu bändigen. Mia hatte ihr sogar einen ausgefallenen Zopf geflochten – einen sogenannten französischen Zopf, wenn er sich richtig erinnerte –, der zwei Tage lang gehalten hatte, bevor die Haare wieder zerzaust gewesen waren.

„Nicht mehr kämmen!“ Anaya war den Tränen nahe und ihr Flehen zerriss Matthew das Herz.

Er wusste, wie man einen einfachen Zopf flocht, aber als er Anayas Haare entwirrt hatte, rutschten die Strähnen immer wieder durch seine rechte Hand. Vielleicht sollte er wirklich die von Kinley empfohlene Ergotherapie machen. Er hatte am Vortag eine Sitzung bei ihr gehabt und abgesehen von ein paar kurzen Antworten auf seine Fragen über Smit war sie ganz professionell gewesen. Er war erleichtert darüber, dass sie nichts von dem Mann gehört hatte, aber das bedeutete nicht, dass das Problem verschwunden war.

Er hatte zu ihrem Schutz ein Auge auf sie, aber er würde sich gern ansehen, was für eine Alarmanlage sie in ihrem Haus nutzte. Er hatte einiges darüber gelernt, als er seinem Teamkameraden Garrett dabei geholfen hatte, ein solches System zu installieren, weil Harley, die jetzt Garretts Freundin war, von ihrem Ex belästigt worden war.

„Okay, geh spielen, während ich mir etwas überlege."

Anaya rannte los und er konnte ihr Geplapper hören, als sie mit Pansy und ihren anderen Stofftieren sprach. Sie war ein braves Kind und bis jetzt fand er die Phase, die sie mit ihren zwei Jahren gerade durchlief, nicht allzu schrecklich. Sie rief die ganze Zeit ‚Nein, nein, nein', wenn sie einen Keks aus der Dose stibitzte oder auf die Küchentheke kletterte, weil sie wusste, dass sie das nicht tun sollte. Er hatte gelacht, als sie das zum ersten Mal gemacht hatte, aber er hatte auch gelernt, in solchen Situationen nach ihr zu sehen.

Meistens waren es Kleinigkeiten, zum Beispiel, dass sie ihr Getränk verschüttet oder in ihrem Zimmer nach der Schlafenszeit das Licht wieder eingeschaltet hatte. Nichts, worüber man sich aufregen müsste, aber er behielt sie im Blick, während er darüber nachdachte, was eine Google-Suche am Vorabend ergeben hatte. Er hatte einfach nach ‚Mord' und ‚Bürgermeister' gesucht und zahlreiche Treffer bekommen.

Der Bürgermeister einer Pendlerstadt nahe Chicago war ein paar Monate zuvor durch die Kugel eines Attentäters getötet worden. Der

Verdacht lag nahe, dass es sich um einen Mafia-Anschlag gehandelt hatte. Matthew war zu der Zeit im Ausland gewesen und hatte die Berichterstattung verpasst. Den Medien zufolge wurde angenommen, dass der Angreifer bei seiner Flucht schwer verletzt worden war. Er war von einem Balkon gesprungen und einige Quellen behaupteten, er habe danach nicht mehr gehen können und sei von einem Komplizen weggetragen worden.

Kinley hatte nichts darüber gesagt, was Frank dazu veranlasst hatte, mit ihr zusammenzuarbeiten, aber ein Sturz wie dieser hätte sicherlich zu Verletzungen führen können, die eine Physiotherapie erforderlich machten. In einem Artikel stand, dass die Waffe des Angreifers beim zweiten Schuss eine Fehlzündung gehabt hatte, was ebenfalls eine Handverletzung verursacht haben könnte.

All das deutete darauf hin, dass Frank Smit vielleicht sehr gefährlich war. Hatte Kinley unwissentlich einem Mafiakiller dabei geholfen, wieder gesund zu werden?

Matthew bekam eine Gänsehaut, als er daran dachte, dass sie zu Smit nach Hause gegangen und während der Therapiesitzungen mit ihm allein gewesen war. Ihr hätte alles Mögliche zustoßen können.

Das konnte es immer noch.

Er ging zu seinem Küchenfenster, von dem aus er in Kinleys Garten sehen konnte. Wenn sie dort draußen war, arbeitete sie normalerweise und kümmerte sich um ihre Blumen, aber heute war eine Ausnahme. Sie saß mit einem Buch in der Hand neben einem Tisch, auf dem sie eine Dose Limonade abgestellt hatte. Er hasste es, ihre Ruhe zu stören, aber er brauchte Hilfe mit Anayas Haaren, und ein Besuch würde ihm die Möglichkeit geben, ihre Sicherheit zu überprüfen.

„Anaya!“, rief er und wartete auf das Getrampel ihrer kleinen Füße, wenn sie auf ihn zulief. Das Geräusch brachte ihn jedes Mal zum Lächeln. „Willst du das Märchenland wieder besuchen?“

Sie nickte begeistert. Sie hatte ständig von der Magie in Kinleys Garten gesprochen, also wusste er, dass es nicht schwer sein würde, sie zu überreden.

„Ich werde Kinley bitten, dir mit deinen Haaren zu helfen, okay?“ Sie nickte wieder, also holte er Kamm, Bürste und Gummibänder vom Tisch und machte sich auf den Weg zu dem Tor, das die Grundstücke miteinander verband. Als sie es erreichten, blieb er stehen.

„Wenn ich zugebe, dass Sie mit etwas recht hatten … helfen Sie mir dann?“, fragte er.

Kinley sah zu ihm auf. Ihr Blick war offen. Viel offener als in ihrer Praxis. „Das kommt darauf an. Womit hatte ich recht?“

„Mit der Ergotherapie. Die brauche ich vielleicht doch, weil ich mit Anayas Haaren überfordert bin.“

„Kommen Sie“, sagte sie.

Er öffnete das Tor und Anaya rannte direkt zu Kinley, die sie mit einem breiten Lächeln in die Arme schloss. „Hallo, Prinzessin.“

„Hi.“ Anaya schlang ihre kurzen Arme für ein paar Sekunden um Kinleys Hals, bevor sie sich wand, um heruntergelassen zu werden. Sie rannte über das Gras in Richtung eines Blumenbeets.

„Nicht so schnell, Fräulein. Erst die Haare.“ Matthew hasste es, ein Spielverderber zu sein, aber er brauchte wirklich Unterstützung.

Mit einem schweren Seufzer kehrte Anaya zu ihnen zurück und ließ sich von Matthew auf einen Stuhl setzen. Matthew zuckte zusammen, fühlte sich aber auch bestätigt, als Anaya aufheulte, sobald Kinley ihren Kopf mit einem Kamm oder auch nur ihren Fingern berührte.

„Zeit für andere Werkzeuge. Ich bin gleich wieder da“, sagte Kinley und verschwand in ihrem Haus. Sie kam mit einer Sprühflasche zurück und besprühte Anayas Haare mit einer süßlich duftenden Flüssigkeit. Danach konnte sie den Kamm ohne weitere Beschwerden durch die Locken gleiten lassen.

„Was ist das für ein Zeug und wo kann ich es kaufen?“, fragte Matthew.

Kinley lachte. „Das nennt sich Entwirrungsspray und ist in jeder Drogerie erhältlich. Meine Haare sind auch manchmal ein bisschen wild.“

Es fiel ihm schwer, sich das vorzustellen. Ihre Haare sahen immer so weich und schön aus. „Ich setze es auf meine Einkaufsliste.“

Kinley machte noch ein paar Minuten weiter, während er mit Anaya über Blumen plauderte, bis alle Haare entwirrt waren. „Okay, wir sind bereit zum Flechten. Wissen Sie, wie das geht?“, fragte sie ihn.

„Man teilt die Haare in drei Strähnen und überkreuzt diese.“

„Das ist das allgemeine Prinzip. Aber ich glaube, wir machen besser zwei Zöpfe.“ Sie nahm den Kamm und zog mitten auf Anayas Kopf einen sauberen Scheitel. „Ich flechte die eine Seite und Sie die andere.“

„Nein, das tut weh“, jammerte Anaya.

„Wir werden unser Bestes geben, damit es nicht wehtut, aber dein Onkel muss noch viel lernen. Kannst du ein paar Minuten lang ein tapferes Mädchen sein?“, fragte Kinley. „Ich glaube, ich habe in meiner Küche ein paar Kekse zur Belohnung.“ Die Aussicht auf Kekse brachte Anaya dazu, ihre Schultern zu straffen und einen stoischen Gesichtsausdruck aufzusetzen. Kinley wandte sich wieder an Matthew. „Zuerst teilt man die Haare ab. Nehmen Sie zwei Strähnen in Ihre linke und eine in Ihre rechte Hand.“

Er biss die Zähne zusammen und versuchte, die einzelne Haarsträhne in den Griff zu bekommen, aber sie entglitt ihm immer wieder. Zu seiner Frustration bemerkte er, dass Kinley die Haare auf der anderen

Seite von Anayas Kopf schnell zu einem Zopf geflochten und mit einem Gummiband befestigt hatte.

„Gut gemacht“, lobte sie und beugte sich näher heran, um seine Arbeit zu begutachten. Er war nicht sicher, ob sie mit ihm oder mit Anaya sprach, die anfing, zu zappeln, was seine Arbeit noch schwieriger machte. Er schaffte es, einen etwa fünf Zentimeter langen Zopf zu flechten, als er erkannte, dass er nicht weiterkam. „Brauchen Sie Hilfe?“

Kinleys Gesicht war nur wenige Zentimeter von seinem entfernt und er war sich der Anziehungskraft zwischen ihnen plötzlich sehr bewusst. Bisher hatte er es ganz gut geschafft, sie zu ignorieren, aber jetzt, da sein inneres Gleichgewicht ohnehin schon angegriffen war, warf sie ihn völlig aus der Bahn. Er war unzufrieden wegen seiner Unfähigkeit, eine einfache Aufgabe zu erledigen – eine deutliche Erinnerung daran, wie weit er von seinem Ziel entfernt war, in seinen Job zurückzukehren. Um Fortschritte zu machen, musste er Ablenkungen vermeiden … und Kinley James wurde zu einer solchen. Er nahm wieder den leichten Duft ihres Parfüms wahr und wusste, dass er in Schwierigkeiten steckte.

„Ja. Sie sollten besser den Rest machen“, sagte er und ärgerte sich über sich selbst und darüber, dass sie recht damit hatte, dass er eine Ergotherapie brauchte. In diesem Punkt musste er nachgeben, wenn er sich richtig um Anaya kümmern wollte. „Danke“, zwang er sich, hinzuzufügen.

„Kein Problem.“ Ihre Finger berührten seine Hand, als sie den Zopf übernahm, den er begonnen hatte. Ihre Augen trafen kurz seine, bevor sie nach unten starrte und den Zopf schnell fertigstellte.

„Kekse?“, fragte Anaya hoffnungsvoll, als Kinley das Gummiband befestigte.

„Auf jeden Fall. Lass uns in die Küche gehen. Ich glaube, ich habe Zitronenkekse und Schokoladenkekse. Was möchtest du?“ Anaya hatte bereits ihre Finger in Kinleys Hand geschoben.

„Beides.“

„Da müssen wir deinen Onkel fragen. Ich will euch nicht das Essen verderben.“

Er dachte an das Abendessen, das wahrscheinlich wieder Pizza sein würde. Ja, er hatte in vielen Bereichen noch einen weiten Weg vor sich.

Er folgte ihnen durch das geräumige Haus und lauschte ihrem fröhlichen Geplauder. Kinley wusste wirklich, was man zu einem Kind sagte. Er konnte sich noch einiges von ihr abschauen. Als sie in die Küche einbogen, um die versprochenen Kekse zu holen, ging er weiter den Flur entlang, der von der Hintertür zur Vorderseite des Hauses führte, und hielt nach Anzeichen für eine Alarmanlage Ausschau.

Nichts. Keine Tür- oder Fensteralarme. Keine Kameras. Das Einzige, was er fand, war etwas, das aussah wie eine Klingelkamera der ersten Generation. Er ging auf die Veranda, um sie auszulösen, und überprüfte dann das Display. Nicht einmal ein guter Winkel. Jemand könnte ein paar Meter vor oder hinter der Tür stehen und wäre nicht zu sehen.

„Matthew, kann Anaya einen zweiten Keks bekommen oder würden Sie … Was machen Sie da?“ Kinley stand im Flur und starrte ihn an. „Überprüfen Sie mein Sicherheitssystem?“

„Sie brauchen etwas Besseres“, verkündete er. Hatte er seine Grenzen als Nachbar überschritten? Wahrscheinlich. Aber er mochte den Gedanken nicht, dass sie verletzlich war. Es war nichts Persönliches. Er würde jeden beschützen, der seine Hilfe brauchte. Zumindest redete er sich das ein.

„Ich werde das im Hinterkopf behalten und mich darum kümmern, wenn ich bereit bin.“

Er war eindeutig zu weit gegangen. „Ich bin nur … besorgt. Das ist alles.“

„Sie sollten sich um Ihre Genesung kümmern“, sagte sie in einem neutralen Ton.

Anaya kam aus der Küche. „Ich habe Hunger. Wann gibt es Pizza?“

Matthew hob sie hoch. „Ich habe sie noch nicht bestellt.“

Anaya runzelte verwirrt die Stirn. „Sie kommt immer.“

Es war nicht verwunderlich, dass sie dachte, die Pizzeria würde ihm jeden Abend automatisch eine Pizza nach Hause schicken. Das musste aufhören. Er musste für bessere Mahlzeiten sorgen.

„Bestellen Sie oft bei Lieferdiensten?“, fragte Kinley. „Das ist eine Gewohnheit, die man sich leicht aneignet.“

Er sah sie an, aber sie schien ihn nicht zu verurteilen. Ihr Gesichtsausdruck war verständnisvoll. „Zu leicht“, stimmte er ihr zu. „Es ist nur …“ Er hob seine rechte Hand und richtete seinen Blick auf Anaya.

„Ah.“ Kinley lächelte und ihre Augen wurden wärmer. „Ich finde, Kochen ist eine gute Gelegenheit für etwas Ergotherapie. Ich müsste die Zutaten für Spaghetti mit Fleischbällchen im Haus haben, wenn Sie mitmachen möchten. Das Formen der Fleischbällchen ist ein gutes Training für Ihre Feinmotorik.“

„Können wir hierbleiben?“ Anaya umfasste sein Gesicht mit ihren kleinen Händen. Er konnte nicht widerstehen, wenn sie das tat. Auch er wollte bleiben, schon allein aus dem Grund, dass er wusste, dass Kinley in Sicherheit war, solange er sich in ihrer Nähe aufhielt.

„Bedanke dich bei Kinley dafür, dass sie uns eingeladen hat.“

Anaya wandte sich an Kinley. „Danke."

„Gern geschehen. Mir ist es auch ein Vergnügen. Ich esse meistens allein." Kinleys Gesicht wurde für einen Moment wehmütig und er fragte sich unwillkürlich, warum sie keinen Partner in ihrem Leben hatte. Er hatte einen kurzen Blick in ihr Wohnzimmer geworfen und keine Fotos von ihr mit irgendjemandem gesehen. Nur ein paar Fotos von einem älteren Paar, von dem er annahm, dass es ihre Eltern waren.

„Kommen Sie mit in die Küche, dann können Sie und Anaya sich gleich an die Arbeit machen." Sie ging voran, während er sich daran erinnerte, dass ihr Privatleben ihn nichts anging und dass er sich nicht für sie interessieren sollte. Er hatte auch so schon verdammt viel um die Ohren.

6

Kinley winkte Matthew zu, als er gerade parkte und sie ihren Wagen aus ihrer Einfahrt lenkte. Sie hielt auf der Straße an und kurbelte ihr Fenster herunter, woraufhin er aus seinem Auto ausstieg und zu ihr lief.

„Ich fahre zum Supermarkt, um alles zu besorgen, was wir heute für das Abendessen brauchen."

Ihr gemeinsames Essen am Vorabend hatte überraschend viel Spaß gemacht und, wie sie fand, auch ihm gutgetan. Genau wie sie ihm gesagt hatte, waren das Formen der Fleischbällchen und das Schneiden der Gurken für den Salat perfekte Gelegenheiten für ein wenig Ergotherapie gewesen. Ein paarmal hatte er sich über seine mangelnden feinmotorischen Fähigkeiten geärgert und sich nur mit Mühe einen Fluch verkneifen können, aber er hatte durchgehalten.

Abgesehen von den therapeutischen Vorteilen war es auch schön gewesen, Gesellschaft zu haben. Matthew lächelte oft und gern und war eine echte Augenweide. Ganz zu schweigen davon, dass er ein großartiger Gesprächspartner war. Anaya war mit ihrem schelmischen Grinsen unheimlich süß und ein wahrer Schatz. Kinley hatte es so sehr genossen, dass sie vorgeschlagen hatte, das Ganze heute zu wiederholen.

„Sie müssen uns nicht einladen“, sagte er. „Ich kann eine Pizza bestellen.“

Wollte er sich aus ihren Plänen herauswinden oder war er nur höflich? Sie entschied sich für Letzteres. „Keine Pizza. Hähnchenbrust mit Zitronensauce, Reis und Spargel. Wie versprochen.“

„Das klingt gut. Ich glaube, ich habe noch eine Flasche Pinot Grigio“, bot er an.

„Das wird gut zu dem Essen passen. Ich bin gleich wieder da“, sagte sie.

„Wir sehen uns.“ Er lächelte und trat zurück, als sie den ersten Gang einlegte und die Straße hinunterfuhr.

Sie dachte immer noch an dieses Lächeln, als sie sich dem Stoppschild am Ende des Blocks näherte. Ihr Fuß bewegte sich auf die Bremse, aber das Pedal bot keinen Widerstand. Sie trat direkt auf den Boden.

Sie keuchte. Was zum Teufel war das?

Sie trat immer wieder auf die Bremse, aber das brachte nichts. Ihr Wagen rollte unaufhaltsam vorwärts.

Auf der Querstraße kam von links ein Auto, das kein Stoppschild hatte. Eine Sekunde lang geriet sie in Panik, als sie sich den Zusammenstoß ausmalte, bevor sie das Lenkrad nach rechts riss. Sie fuhr auf den Bordstein und krachte in Mr. Dotsons geliebte Azaleenbüsche, bevor sie schließlich zum Stehen kam. Der andere Autofahrer hupte, als er an ihr vorbeifuhr.

Sie atmete zitternd ein und lockerte ihren Griff um das Lenkrad. Was war gerade passiert? Sie war noch dabei, es zu verarbeiten, als ihre Tür aufgerissen wurde.

„Sind Sie verletzt?“ Matthew stand da und hatte Anaya unter einen Arm geklemmt. Er musste die Straße hinuntergerannt sein.

„Nein … nein. Mir geht es gut. Ich bin nur durcheinander.“ Von dem Adrenalin, das durch ihren Körper strömte, kribbelten ihre Beine, aber sie wusste, dass das in einer Minute vorbei sein würde.

„Stellen Sie den Motor ab“, sagte er mit fester, aber sanfter Stimme.

„Was? Oh.“ Sie hatte gar nicht bemerkt, dass der Motor noch lief. Sie drehte den Schlüssel. „Okay.“ Als sie aussteigen wollte, hielt er sie am Arm fest.

„Lassen Sie sich Zeit. Warten Sie, bis Sie sich beruhigt haben.“

„Mir geht es gut. Wirklich.“ Sie stieg aus und begutachtete den Schaden, der an ihrem Auto nicht allzu groß zu sein schien. Die Büsche hatte es schlimmer erwischt. Sie schuldete Mr. Dotson ein oder zwei Pfirsichkuchen als Entschädigung.

„Was ist passiert?“ Matthew blieb dicht bei ihr.

„Die Bremsen haben versagt. Ich habe auf das Bremspedal getreten, aber es ist nichts passiert.“ Sie hörte eine Sirene. Jemand musste die Polizei über den Unfall informiert haben.

„Können Sie Anaya nehmen, während ich nachsehe?“

„Sicher.“ Sie griff nach dem Mädchen und entfernte sich ein paar Schritte von dem Fahrzeug. Matthew legte sich auf den Boden und kroch halb unter ihr Auto, was mit seiner nicht voll funktionsfähigen rechten Hand nicht einfach sein konnte.

Ein Streifenwagen fuhr vor, gefolgt von einem Zivilfahrzeug, in welchem sie Brendan entdeckte.

„Was ist hier los? Alles okay?“ Brendan eilte zu ihr. „Einer deiner Nachbarn hat angerufen und gemeldet, dass du einen Unfall hattest.“

„Mir geht es gut. Die Bremsen haben versagt. Ich …“ Sie verstummte, als Matthew auf die Beine kam.

„Die Bremsleitung ist durchtrennt“, sagte Matthew, während er den Staub von seiner Jeans wischte. „Allerdings war es kein sauberer Schnitt.“

„Sind Sie sicher?“ Brendan musterte ihn. „Ich bin übrigens Brendan Hogue. Und Sie sind …?“

„Das ist Matthew Templeton. Er ist ein Patient und wohnt zufällig direkt neben mir. Brendan ist der Detective, von dem ich Ihnen erzählt habe“, erklärte sie Matthew.

„Richtig. Freut mich, Sie kennenzulernen.“ Matthew musterte den Detective. „Wo haben Sie gedient?“

„In der Army. Acht Jahre bei der Militärpolizei“, sagte Brendan. „Und Sie?“

„Ich bin ein Navy SEAL. Aktiver Dienst … meistens.“

„Woher …?“ Sie blickte zwischen den Männern hin und her. Sie wusste, dass Brendan in der Army gewesen war, aber woher hatte Matthew das gewusst? Beide zuckten mit den Schultern, als wäre es völlig offensichtlich.

„Zeigen Sie mir die Bremsleitung“, verlangte Brendan und ging in die Hocke, als Matthew seiner Aufforderung nachkam. Nach einer Minute standen beide wieder auf. „Das könnte Absicht gewesen sein, aber wie Sie schon sagten, ist es kein sauberer Schnitt.“

„Vielleicht sollte es zufällig aussehen“, gab Matthew zu bedenken.

„Das würde einiges an Können erfordern. Es ist wohl eher ein Wartungsproblem.“ Beide Männer sahen Kinley an.

„Ich halte Sie nicht für jemanden, der so etwas auf die leichte Schulter nehmen würde“, sagte Matthew zu ihr. Er hatte recht.

„Vor ein paar Wochen haben die Bremsen seltsame Geräusche gemacht, also habe ich sie überprüfen lassen. Der Mechaniker sagte, die Geräusche kämen von den Bremsscheiben, aber ich sollte noch zwei- bis dreitausend Meilen damit fahren können. Die Bremsleitung hat er nicht erwähnt.“

„Ich lasse dein Auto in eine Werkstatt abschleppen. Dort kommt es zur Inspektion auf die Hebebühne.“ Brendan holte sein Handy heraus und telefonierte.

„Ich will nach Hause“, quengelte Anaya, die bis dahin ruhig geblieben war.

„Sie sollten sie zurückbringen. Ich warte auf den Abschleppwagen.“ Sie legte Anaya in die Arme ihres Onkels. Kinley war klar, dass er bleiben wollte, aber es war ihr Auto und ihr Problem.

„Kommen Sie zu mir nach Hause, wenn Sie fertig sind.“ Er schenkte ihr ein leichtes Lächeln. „Ich bestelle Pizza.“

Eine knappe Stunde später betrat sie Matthews Veranda. Die Tür öffnete sich, bevor sie anklopfen konnte. „Ich bin nicht der Pizzabote“, sagte sie in der Annahme, dass er mit der Lieferung rechnete.

„Er war schon vor ein paar Minuten hier.“

„Oh.“ Es überraschte sie nicht wirklich, dass Matthew auf sie gewartet hatte. Er war im Herzen ein Beschützer. Das hatte sie bereits gesehen. Sein Blick wanderte an ihr vorbei und sie musste sich fragen, wonach er suchte. Es musste Gewohnheit sein. Sie hatte ihn schon einmal dabei beobachtet. Er schien sich auf den Bereich des Bodens zu konzentrieren, der ihnen am nächsten war, bevor er seinen Blick weiter schweifen ließ.

„Kommen Sie herein.“ Er trat zurück und ließ sie an sich vorbei ins Haus gehen, bevor er einen letzten Blick auf die Straße warf. „Anaya ist in der Küche.“ Er zeigte nach rechts. „Ich gehe besser wieder zu ihr.“

Das kleine Mädchen saß in einem Hochstuhl und hatte ein Stück Pizza vor sich. Es blickte auf und grinste, als sie hereinkamen. „Pizza!“

„Sieht so aus, als hättest du Spaß“, sagte Kinley.

„Das ist lecker.“ Die Tomatensoße auf Anayas Gesicht bewies, dass sie mit Begeisterung gegessen hatte.

„Setzen Sie sich. Ich hole Ihnen einen Teller“, lud Matthew Kinley ein.

Sie war froh, auf einen Stuhl zu sinken, und noch froher, als er ein Glas Wein vor sie stellte. „Danke. Das war nicht der Abend, den ich erwartet hatte.“ Sie nahm einen Schluck von dem Wein. Er war frisch und kalt, genau das, was sie brauchte. „Das mit dem Essen tut mir leid.“

„Mir tut es leid, dass Ihr Auto beschädigt worden ist, aber ich bin froh, dass Sie nicht verletzt sind. Es hätte viel schlimmer kommen können, wenn Sie nicht so scharf abgebogen wären. Das war ein gutes defensives Fahrmanöver.“

„Ich nehme an, Sie sind in so etwas ausgebildet.“ Sie nahm ein Stück Pizza aus dem Karton.

„Ja, aber im Eifer des Gefechts ist es manchmal schwer, sich daran zu erinnern.“

„Mein Selbsterhaltungstrieb ist ziemlich stark ausgeprägt.“

„Gut zu wissen“, erwiderte er. Sie bemerkte, dass er nichts gegessen hatte. Er schien sehr beschäftigt zu sein und sie fragte sich, ob sie schnell essen und nach Hause gehen sollte. Vielleicht wollte er sie nicht in seinem Haus haben.

„Ich will nicht einmal daran denken, was hätte passieren können“, fuhr er fort. „Wann waren Sie mit Ihrem Auto in der Werkstatt?“

„Wollen Sie den genauen Zeitpunkt wissen?“

„Wenn möglich.“

Sie zog ihr Handy aus der Tasche und öffnete den Kalender, um die Terminerinnerung zu suchen. „Vor zehn Tagen.“

„Und wie weit sind Sie seitdem gefahren?“

„Seitdem habe ich nicht mehr getankt, also nicht weit. Hundert Meilen vielleicht.“

„Fertig“, verkündete Anaya und schlug mit ihren Händen auf den Tisch. „Ich will runter.“

Matthew wischte ihr Gesicht und ihre Hände mit einem feuchten Papiertuch ab, bevor er sie aus ihrem Hochstuhl hob und auf den Boden stellte. „Willst du deinen Film zu Ende sehen?“, fragte er und Anaya machte einen Freudensprung.

Er und Anaya gingen ins Nebenzimmer und Kinley hörte, wie die Filmmusik von *Rapunzel* erklang. Kinley mochte die animierte Nacherzählung des Märchens und hätte sie sich gern mit dem Mädchen angesehen, aber sie spürte, dass Matthew andere Dinge im Kopf hatte. Er kam zurück und ließ sich gegenüber von ihr auf einen Stuhl fallen. Sein Blick war durchdringend.

„Ich werde die Situation nicht beschönigen, Kinley. Ich glaube, dass Ihre Bremsen manipuliert worden sind und dass es Smit war. Wenn er wirklich ein Berufsverbrecher ist, versteht er sich darauf, es wie einen Unfall aussehen zu lassen.“

Sie schluckte den Wein, an dem sie gerade genippt hatte, herunter. Sie musste zugeben, dass sie das Gleiche gedacht hatte. „Er wusste, dass meine Bremsen repariert werden mussten."

„Was?" Matthew beugte sich weiter vor.

„Bei einem unserer Gespräche während der Therapie erwähnte ich, dass meine Bremsen Geräusche machten, und er sagte mir, ich sollte meinen Mechaniker darauf ansprechen." Damals war es nur irgendein Gesprächsthema gewesen, während Frank seine Übungen machte, aber jetzt wirkte es bedrohlich.

„Er weiß, dass Sie ihn am Telefon belauscht haben, und er will nicht riskieren, dass Sie mit jemandem darüber reden. Kinley, Sie sind in Gefahr." Matthews Finger berührten ihre Hand, die auf der Tischplatte ruhte. „Ich möchte, dass Sie in meiner Nähe bleiben, bis wir sicher sein können, dass er die Stadt verlassen hat."

Sie entzog ihm ihre Hand und straffte ihre Schultern. „Ich kann auf mich selbst aufpassen." Tat sie das nicht, seit sie nach Hartsville gezogen war? Am Anfang hatte sie Darren gehabt … aber das war nicht von Dauer gewesen. Sie war trotzdem dankbar dafür, dass sie ihrem damaligen Freund in diese kleine Stadt gefolgt war. Sie war ihr Zuhause geworden und Kinley hatte vor, hierzubleiben – auch wenn Darren schon lange weg und mit einer anderen Frau nach Atlanta zurückgekehrt war. Sie waren jetzt verheiratet und erwarteten ein Baby, wie er auf *Facebook* schrieb. Kinley spürte den vertrauten Schmerz in ihrem Herzen.

Er galt nicht Darren. Nicht mehr. Er galt dem Kind, nach dem sie sich sehnte.

„Mir passiert nichts. Im Ernst", fügte sie hinzu, als Matthew die Augenbrauen hochzog. „Und vielleicht stellt sich heraus, dass es nur ein Unfall war und nichts mit Frank zu tun hatte. Ich will nicht überreagieren."

„Das ist besser, als gar nichts zu unternehmen. Solange Sie nicht sicher wissen, dass keine Bedrohung vorliegt, müssen Sie davon ausgehen, dass es so ist."

Das klang nach SEAL-Logik. „So denke ich nicht", sagte sie. „Ich beurteile die Situation und entscheide dann über die beste Vorgehensweise. Genauso wie ich die Therapie eines Patienten plane."

„Niemand zweifelt an Ihrer Qualifikation. Sie sind die Expertin, wenn es um Physiotherapie geht. Aber jetzt reden wir über mein Fachgebiet. Lassen Sie mich das für Sie erledigen."

Das sollte sie nicht tun. Es war nicht gut, sich auf andere zu verlassen, aber er hatte nicht ganz unrecht. Er wusste viel mehr über Sicherheit als sie. Und … ein Teil von ihr wollte darauf vertrauen, dass er sich um sie kümmerte. Wärme breitete sich in ihr aus, auch wenn ihr Verstand sie ermahnte, dass es dumm sei.

„Kommen Sie schon. Bitte." Er ließ ein arrogantes Grinsen aufblitzen, das sie eigentlich hätte ärgern müssen. Stattdessen war sie von ihm verzaubert. So verzaubert, dass sie langsam zustimmend nickte.

Dieses Mal legte sie ihre Hand auf seine. Sie hatte ihn während der Therapie schon oft berührt, aber bei dieser Berührung ging ein Ruck durch ihren Arm, der nichts mit seinen Reha-Maßnahmen zu tun hatte. Er drehte seine Hand um, sodass sich ihre Handflächen berührten und sie erschauderte.

Seine Augen wanderten über ihr Gesicht. Das Grinsen war zu einem trägen, sexy Lächeln geworden.

Sie sollte ihm ihre Hand entziehen. Das wusste sie, aber es dauerte trotzdem einen Moment, bis sie sich dazu überwinden konnte. Als sie es tat, vermisste sie sofort den Körperkontakt.

„Der Film ist aus." Anaya stand in der Küchentür.

„Zeit fürs Bett, Kleine." Er erhob sich und nahm seine Nichte in die Arme. „Gehen Sie nicht, Kinley. Ich möchte mit Ihnen über Ihr Sicherheitssystem und die Komponenten, die ich dieses Wochenende zusätzlich installieren werde, sprechen."

Er verließ die Küche, bevor sie antworten konnte, also griff sie nach der Weinflasche und füllte ihr Glas auf. Sie hatte sich in seine Hände begeben, was ihr in gewisser Weise fair erschien. Er hatte das Gleiche bei ihr getan. Nur in einem anderen Kontext.

Alles, woran sie denken konnte, während sie an ihrem Wein nippte, war, wie gern sie ihn wieder berühren würde.

7

„Nein!“, kreischte Anaya und bedeckte ihre Augen. „Au!“

„Tut mir leid, Kleine. Du musst stillhalten.“ Trotz des Entwirrungssprays und der Techniken, die Kinley ihm gezeigt hatte, war er dabei, den Kampf mit ihren Haaren wieder zu verlieren. Er setzte sich auf den Rand der Badewanne und versuchte, Anaya zwischen seine Beine zu klemmen.

„Meine Augen.“ Anaya rieb darüber.

„Ist das Spray in deine Augen geraten?“ Als das Mädchen nur schluchzte, nahm er an, dass es so war. Er unterdrückte einen Fluch über seine Ungeschicklichkeit und griff nach einem nassen Waschlappen. Das Zeug sollte für die Augen ungefährlich sein, aber vielleicht war es nicht mild genug für ein aufgedrehtes Kleinkind. „Lass mich sie mit Wasser ausspülen“, sagte er. „Dann wirst du dich besser fühlen.“ Er zog sie auf seinen Schoß und drückte den Waschlappen auf ihre Augen. Ihr Schluchzen verstummte nach einem Moment und sie schmiegte sich an ihn.

Verdammt. Er war kein guter Vater.

Im Allgemeinen bewährte er sich ganz gut, aber der heutige Tag war ein einziger Rückschlag. Anaya war in aller Frühe aufgewacht, was in Ordnung gewesen wäre, wenn er in der Nacht nicht so lange aufgeblieben wäre.

Das war ganz allein seine Schuld. Das Kreuzworträtsel der Sonntagsausgabe der *New York Times* war ein wöchentliches Ritual, auf das er nicht verzichten wollte. Aber zwischen der Optimierung von Kinleys Sicherheitssystem und der Betreuung einer quirligen Zweijährigen war er erst spät dazu gekommen, es zu lösen. Und dann hatte er es einfach fertig machen müssen.

Trotzdem hätte er den Schlafmangel verkraften können, wenn alles andere gut gelaufen wäre. Das war es aber nicht. Anaya hatte sich geweigert, das Müsli zu essen, auf das sie sich in der letzten Woche so gefreut hatte. Sie hatte ihren Saftbecher vom Tisch gestoßen und der Deckel hatte sich gelöst, sodass die klebrige Flüssigkeit überallhin spritzte.

Auch das war seine Schuld. Es war ihm schwergefallen, den Deckel richtig zu befestigen, da er seine rechte Hand nicht unter Kontrolle hatte. Während er mit der Beseitigung des Orangensafts beschäftigt gewesen war, hatte Anaya auf dem Weg zur Toilette ein Missgeschick im Badezimmer gehabt. Er hatte sie in die Wanne setzen müssen, um dann mit Handtüchern den Badezimmerboden aufzuwischen. Wie konnte ein kleines Mädchen nur so viel Flüssigkeit in sich haben?

Er hatte Anaya gebadet, ihre Tränen getrocknet, weil sie ihre liebste Prinzessinnenunterhose beschmutzt hatte, und zwei Ladungen Wäsche gewaschen. Jetzt war er in den Kampf mit ihren Haaren verwickelt. Sein SEAL-Training sagte ihm, dass er sich zurückziehen und neu formieren sollte. Aber diesen Luxus hatten Eltern nicht. Das kleine Mädchen in seinen Armen brauchte seine Fürsorge und er war der Einzige, der sie ihm geben konnte.

Plötzlich Vater zu sein, war hart. Und alleinerziehend zu sein, fühlte sich unmöglich an.

Noch während er das dachte, murmelte er beruhigend und rieb Anayas Rücken, um sie zu trösten. Er wusste nur nicht, wie lange er das durchhalten konnte. Würde sein Leben von nun an immer so sein? Wie zum Teufel sollte er das schaffen? Der Alltag war unberechenbar geworden.

Sein Verhalten in seinen Teenagerjahren hatte gezeigt, dass er Disziplin brauchte, weshalb das Militär so gut zu ihm passte. Es sorgte für Ordnung und Struktur, und er lebte gern innerhalb dieses Systems. SEAL-Einsätze verliefen nicht immer reibungslos, aber er hatte ein Team und ein umfangreiches Training, auf das er zurückgreifen konnte, sodass er immer wusste, was zu tun war.

Wenn es um Kindererziehung ging, war er völlig ahnungslos. All die Ratschläge von seinen Freunden, aus dem Internet und aus Büchern hatten ihn nicht auf einen einzigen Tag vorbereitet, den er bisher mit Anaya erlebt hatte.

Und er befasste sich nur mit den unmittelbaren Problemen. Die langfristigen Probleme hingen auch noch bedrohlich über ihm. Wer würde sich um Anaya kümmern, wenn er auf eine Mission ging? Er brauchte ein Kindermädchen, aber er hatte noch nicht einmal damit begonnen, eines zu suchen.

Anaya atmete ruhiger und er stellte fest, dass sie eingeschlafen war. Er sollte sie in ihr Bett bringen, um dort ein Nickerchen zu machen, aber stattdessen hielt er sie weiter in seinen Armen. Ihr warmer Körper, der sich an seinen schmiegte, war tröstlich, auch wenn diese Situation so viele verdammte Komplikationen mit sich brachte, und das zu einer Zeit, in der sein Leben ohnehin schon ein einziges Chaos war.

Er hob seine rechte Hand und versuchte, sie zur Faust zu ballen. Egal wie sehr er sich konzentrierte, er konnte es nicht. In den letzten Wochen hatte er dank Kinleys Therapie Fortschritte gemacht, aber es fehlte ihm immer noch an Kraft und Kontrolle. Auch seine Finger dazu zu bringen, sich selbstständig zu bewegen, war eine Herausforderung. Sie wollten einfach nicht das tun, was sein Gehirn von ihnen verlangte.

Er stieß einen langen, frustrierten Seufzer aus. Es gab zu viele Probleme in seinem Leben und keine einfachen Lösungen. Anaya, seine Hand, seine Karriere.

Er hielt nichts von Selbstmitleid. Das war kontraproduktiv. Aber er war kurz davor, sich darin zu verlieren, als er ein Klopfen an seiner Haustür hörte. Was war jetzt los?

Er stand auf und ging mit Anaya in seinen Armen in den Eingangsbereich.

„Hallo“, sagte Kinley, als er die Tür öffnete. Ihr Blick erfasste ihn und das schlafende Kind. Ihre Stimme wurde sanfter. „Ist sie krank?“

„Nein, sie hatte nur einen harten Tag … was bedeutet, dass wir beide einen harten Tag hatten.“ Nach ihren vielen Gesprächen während der Therapiesitzungen und den Begegnungen außerhalb der Praxis war es in Ordnung, ihr das anzuvertrauen.

„Oh. Heißt das, Sie kommen heute nicht zu unserer Therapiesitzung?“

„Verdammt“, murmelte er. „Wie spät ist es?“

„Es ist kurz vor ein Uhr. Ich bin zum Mittagessen nach Hause gefahren und habe mich gewundert, als ich Ihren Truck hier sah.“

Normalerweise war er dann schon weg, damit er vor seinem Termin noch Zeit hatte, Anaya in der Kindertagesstätte abzusetzen. „Das hatte ich ganz vergessen. Ich werde wohl absagen müssen. Fremdbetreuung wird heute nicht funktionieren. Wir haben ja noch nicht einmal zu Mittag gegessen."

„So schlimm, hm?"

„Ich habe noch nicht viel Erfahrung, aber ich kann ehrlich sagen, dass das der schlimmste Tag ist, den wir bisher hatten." Er war bereit, das Handtuch zu werfen, ins Bett zu gehen und zu hoffen, dass es morgen besser werden würde.

„Darf ich Ihnen einen Vorschlag machen?" Sie trat ein und schloss leise die Tür hinter sich.

„Ja. Alles." SEALs waren nicht ‚verzweifelt' – sie mussten in der Lage sein, jede erdenkliche Situation zu bewältigen und auch unter Beschuss einen klaren Kopf zu bewahren –, aber er war nah dran.

„Wie wäre es mit einem Ortswechsel? Das wäre gut für Anaya und auch für Ihre Therapie."

Das klang verlockend. „Was schwebt Ihnen vor?"

„Wir fahren zum *Lake Hart Park*. Das ist einer meiner Lieblingsorte und es gibt dort Spielgeräte, die Sie und Anaya beide nutzen können. Ich werde Sie dazu bringen, sich an das Klettergerüst zu hängen." Sie grinste ihn an.

„Haben Sie keine anderen Termine?" Normalerweise war sie bis fünf Uhr in der Praxis.

„Ich hatte mir extra meinen Terminkalender freigehalten, weil ich heute Nachmittag an einem Webinar teilnehmen sollte, aber es wurde abgesagt", erklärte sie. „Wir können ein paar Sandwiches für Sie und Anaya mitnehmen und den Nachmittag zusammen verbringen."

Das war gar keine schlechte Idee. Es würde Anaya glücklich machen und ihn davor bewahren, die Therapie ausfallen zu lassen. Mehr Zeit mit Kinley war ein Bonus. Er konnte so tun, als würde er sie einfach nur beschützen, wie er es am Wochenende getan hatte, aber in Wahrheit war er gern mit ihr zusammen.

Anaya rührte sich an seiner Brust und wachte auf. „Kinley“, murmelte sie, als sie ihre Besucherin sah. „Spiel mit mir.“ Anaya streckte ihre Arme aus.

Kinley nahm sie und sah Matthew abwartend an.

„Lassen Sie uns das machen“, entschied er, weil er keinen Grund dafür sah, ihr Angebot abzulehnen. „Willst du mit Kinley und mir in den Park gehen?“, fragte er Anaya.

„Ja! Park!“

„Ich brauche fünf Minuten, um eine Tasche zu packen.“ Er hatte gelernt, dass das eine Notwendigkeit war, wenn man mit einem Kind irgendwohin wollte.

Kurze Zeit später klatschte Anaya in die Hände und zählte, wie viele Sekunden er am Klettergerüst hängen konnte. Sich an den Sprossen entlangzuhangeln, war nicht schlimm, denn es ging schnell und erforderte keinen festen Griff. Das Hängen an Ort und Stelle war anders. Dafür brauchte er Kraft, die seine Hand noch nicht wiedererlangt hatte.

„Fünf, sechs, acht, neun, sieben!“, rief Anaya. Ihr Verständnis für Zahlenfolgen war nicht besonders ausgeprägt, aber sie machte das durch ihren Enthusiasmus wieder wett. Kinley hatte wahrscheinlich eine genauere Zählung, aber sie korrigierte Anaya nicht.

„Ich werde dafür sorgen, dass Sie nicht länger mit Ihrer linken Hand kompensieren.“ Sie hatte kein Problem damit, *ihn* zu korrigieren.

„Sie sind streng“, brummte er.

„Als ob ich das nicht wüsste. Nehmen Sie die linke Hand herunter.“

Er tat, was sie sagte, und es dauerte nur ein paar Sekunden, bis seine Greifkraft nachließ und er auf die Knie fiel. Er schüttelte seine rechte Hand aus, öffnete sie und schloss sie wieder.

„Wie fühlt es sich an?“, fragte Kinley.

„Nicht allzu schlimm. Meine Hand macht nur nicht das, was ich will.“

„Ich will rutschen!“ Anaya hüpfte bereits in Richtung der Leiter.

„Okay, aber sei vorsichtig, wenn du oben bist.“ Es war eine kurze Rutsche mit nur drei kleinen Stufen.

„Lassen Sie mich mal sehen.“ Kinley stand neben ihm und streckte ihre Finger nach seiner verletzten Hand aus. Als er sie ihr reichte, begann sie, an verschiedenen Stellen zu drücken. „Tut es hier weh? Oder hier?“

„Nein.“ Er ignorierte das Stechen, das er spürte.

„Würden Sie es mir sagen, wenn es so wäre?“ Sie hatte ihr Pokerface aufgesetzt, das er normalerweise während der Therapie zu sehen bekam. Er musste zugeben, dass es ihm gefiel, sie zu beobachten und ihre verschiedenen Stimmungen und Gesichtsausdrücke kennenzulernen. Was hatte das zu bedeuten?

„Vielleicht.“ Sein Blick fiel auf Anaya, als sie die Rutsche hinabsauste und zurücklief, um einen zweiten Versuch zu starten.

„Sturer Kerl.“ Kinley ließ seine Hand los und er vermisste sofort die Wärme ihrer Berührung.

„Was jetzt?“, fragte er, um sich daran zu hindern, nach ihr zu greifen. Er wollte seine Hand auf eine Weise um ihre Hand legen, die nichts mit Therapie zu tun hatte.

„Sand.“ Sie nickte in Richtung des kleinen Strandbereichs am Rande des Sees. „Denken Sie, Anaya würde mit uns eine Sandburg bauen?“

Sie würde es wahrscheinlich lieben. „Brauchen wir dafür nicht Werkzeuge?"

„Es gibt mehr als eine Art, das zu tun, aber Rechen und Schaufeln wären gut. Ich frage mich, ob wir …"

Sie wurden von einem so lauten Schrei unterbrochen, dass Matthew sich nicht entscheiden konnte, ob er sich die Ohren zuhalten oder auf einen Angriff vorbereiten sollte. Er suchte die Umgebung ab und entdeckte den Grund für die Aufregung.

„Können wir uns zu euch gesellen?", rief Mia, als sie zwischen Ava und Emma näher kam. Anaya rannte zu ihren Spielkameradinnen. Innerhalb von Sekunden unterhielten sie sich kichernd.

„Ich glaube, das musst du sogar", sagte Matthew. „Ich freue mich, dich zu sehen, Mia." Er umarmte sie.

„Ich habe dich schon so lange nicht mehr gesehen. Es ist schön, dich hier zu treffen. Wer ist deine Freundin?", fragte Mia. Ihm entging nicht der prüfende Blick, den sie ihm und Kinley zuwarf.

„Das ist Kinley James, die Physiotherapeutin, mit der ich zusammenarbeite." Es schadete nicht, dass er sich selbst daran erinnerte. „Wir haben unsere Sitzung heute nach draußen verlegt."

„Was für eine tolle Idee", sagte Mia. „Freut mich, Sie kennenzulernen, Kinley. Ich bin Mia Fitzpatrick und das sind meine Mädchen. Sie heißen Ava und Emma."

„Mias Mann ist auch ein SEAL", sagte Matthew zu Kinley.

„Er ist im Moment auf dem Stützpunkt." Mia seufzte. „Er wurde letzte Woche einberufen. Was auch der Grund dafür sein mag – hoffentlich kommt er bald wieder."

„Es muss hart sein, wenn er für längere Zeit weg ist", sagte Kinley.

„Ja, aber so ist es nun einmal.“ Mia lächelte. „Ich würde ja vorschlagen, dass die Mädchen miteinander spielen, aber wie es aussieht, tun sie das schon.“ Die drei hielten sich an den Händen und tanzten im Kreis. „Ich kann auf sie aufpassen, während Sie und Matthew sich auf die Therapie konzentrieren.“

„Das würde ich sehr zu schätzen wissen“, sagte Kinley. „Haben Sie zufällig Sandspielzeug dabei?“

„Natürlich.“ Mia öffnete die große Tasche, die sie über der Schulter trug. „Ich habe von allem etwas dabei, auch ein paar Leckereien aus der Bäckerei, aber die heben wir uns für später auf. Hier, bitte sehr.“ Sie holte eine große Tüte mit Plastikwerkzeugen heraus und reichte sie Kinley.

„Das ist perfekt. Danke.“ Kinley wandte sich an Matthew. „Macht es Ihnen etwas aus, Anaya eine Weile zu verlassen?“

„Sie ist in guten Händen. Danke, Mia.“

„Keine Ursache.“ Mia ging zu einer Bank in der Nähe und stellte ihre Tasche darauf ab, bevor sie zu den Mädchen eilte.

„An den Strand, Soldat“, befahl Kinley. Sie gingen zu der Sandfläche und knieten sich hin. „Mal sehen, was wir hier haben.“ Sie kramte in der Tüte und fand einen kleinen Rechen, den sie ihm reichte. „Ziehen Sie gleichmäßige Reihen nur mit Ihrer rechten Hand. Achten Sie darauf, dass sie gleich tief werden.“ Er musste sich anstrengen, um den schmalen Griff zu umfassen und die Aufgabe zu erfüllen.

„Wie war ich?“, fragte er, nachdem er mehrere Durchgänge mit dem Rechen gemacht hatte.

„Nicht schlecht. Zeit für die nächste Übung. Der feuchte Sand wird perfekt dafür sein.“ Sie zeigte ihm, was er tun sollte, und lehnte sich zurück, um zuzusehen. „Greifen und zusammendrücken. Genau so. Mit Lehm geht das auch. Die Idee ist, etwas zu formen, das

Kontrolle und Kraft erfordert.“ Er arbeitete einige Minuten lang und fühlte sich erfolgreich – obwohl es ein Anzeichen dafür war, wie sehr sich seine Erwartungen verschoben hatten, wenn er eine einfache Sandburg als Erfolg wertete. Als er aufblickte, sah er Anerkennung auf Kinleys Gesicht. Anerkennung und noch etwas anderes. Ihre Wangen röteten sich und sie richtete ihren Blick auf das glitzernde Wasser. Er wollte sie fragen, was sie gedacht hatte. Doch bevor er das tun konnte, ergriff sie wieder das Wort. „Vielleicht können Sie für Anaya Play-Doh-Knete besorgen und zu Hause damit weitermachen.“

„Das würde ihr gefallen.“ Er blickte zu den Kindern, die zu Mias Füßen saßen und Kekse aßen. „Wir sollten Mia vielleicht eine Pause gönnen. Haben Sie eine Therapie-Übung, die wir mit drei kleinen Mädchen machen können?“

„Ich habe mir die anspruchsvollste Übung für den Schluss aufgehoben. Und sie ist tatsächlich kinderfreundlich.“ Kinley lächelte. „Haben Sie Lust dazu?“

„Ich schätze schon.“ Er konnte sich ein Grinsen nicht verkneifen, denn ihre gute Laune war ansteckend, aber was hatte sie im Sinn? „Ich habe fast Angst davor, zu fragen, was Ihnen vorschwebt.“

„Kommen Sie mit.“ Sie stand auf und wartete darauf, dass er ihr folgte. Er wollte beim Gehen seine Hand auf ihren Rücken legen. Es schien die natürlichste Sache der Welt zu sein, Körperkontakt mit ihr zu haben. Er schaffte es, seine Hände bei sich zu behalten, aber er spürte Mias wachsamen Blick. Sie bemerkte zweifellos die Anziehungskraft zwischen ihnen. Diese war offensichtlich und fühlte sich verdammt gut an.

„Mädchen!“, rief Kinley, als sie näher kamen. „Wollt ihr Blumenketten machen?“ Sie rannten strahlend auf sie zu. „Zuerst müssen wir ein paar Blumen pflücken. Löwenzahn oder Gänseblümchen eignen sich gut, aber ihr müsst die Stiele dranlassen.“ Sie zeigte den Kindern, was sie meinte, und schickte sie los, um jeweils zehn Blumen zu pflücken. „Sie brauchen auch zehn Blumen", sagte sie zu Matthew.

„Wenn Sie meinen." Es war ihm ein bisschen unangenehm, mit Blumen zu spielen, aber er tat zu Anayas Unterhaltung viele Dinge, die er allein nicht tun würde. Das hier war nicht viel anders. Er wählte seine Blumen aus und ging zurück zu den Mädchen, die im Kreis um Kinley saßen. Er war froh, dass Anaya einen schönen, sicheren Ort hatte, an dem sie so unbeschwert spielen konnte. Es war ein gewaltiger Unterschied zu dem Viertel, in dem er aufgewachsen war. Dort hatte es keine Parks gegeben, sondern verlassene Grundstücke, auf denen sich keine kleinen Kinder aufhalten sollten.

„Okay, Mädchen, seht zu, was ich mache, und dann macht ihr es mir nach." Kinley demonstrierte die Schritte mehrere Male langsam. Matthew tat sein Bestes, um mitzumachen und die Stängel mit seinem Fingernagel aufzuschlitzen, bevor er die Blumen zusammenfädelte, aber es war hart. Er spürte Schweiß auf seiner Stirn und das lag nicht an der Sommersonne.

Kinley half den Mädchen, indem sie ihnen zur Hand ging, bevor sie frustriert aufgaben, aber sie ließ ihn seinen eigenen Kampf ausfechten. Schon bald hatten die Mädchen Ketten, die lang genug waren, um sie als Kronen zu verwenden, aber seine war nur sechs Blumen lang.

„Nicht gerade eine Krone", kommentierte er, als Kinley ihm endlich ihre Aufmerksamkeit schenkte.

„Es ist nicht das Endprodukt, das zählt. Es geht um die Anstrengung und ich würde sagen, Sie haben sich gut geschlagen. Dieser Bewegungsablauf erfordert Geschicklichkeit und feinmotorische Kontrolle. Vor zwei Wochen hätten Sie das noch nicht geschafft."

Damit hatte sie nicht unrecht. „Ich kann also Ihre Erwartungen übertreffen?"

„Sie können sich steigern, damit Sie Ihren Alltag besser bewältigen können. Das ist das Wichtigste.“

Es war ihm auch wichtig, wieder ein SEAL zu sein, aber er hatte keine Zeit, das zu sagen, weil Mia auf sie zukam.

„Hey, Matthew, ich habe eine Idee“, sagte sie. „Warum nehme ich nicht alle Kinder mit zu mir nach Hause, damit ihr eure Sitzung fortsetzen könnt oder was auch immer ihr machen wollt? Du kannst Anaya später abholen.“

Er wusste Mias Freundlichkeit zu schätzen, obwohl er bemerkte, dass sie versuchte, Kinley und ihn zu verkuppeln. Er konnte ihr Angebot höflich ablehnen, aber ein Blick auf Kinley brachte ihn auf den Gedanken, dass ein bisschen Zeit zu zweit mit ihr nicht schlecht wäre. Normalerweise war es ihm nicht ernst mit Frauen, also war es untypisch für ihn, einer nicht nur körperlichen Anziehung nachzugeben, aber dieser ganze unstrukturierte Tag war alles andere als normal gewesen.

Kinley hatte ihn mit seiner Therapie auf Trab gehalten, aber was würde passieren, wenn sie echte Freizeit hatten? Er wollte es herausfinden.

„Ich kann sie auch baden und einen Schlafanzug finden, der ihr passt“, fügte Mia hinzu.

Er könnte an diesem Abend eine Pause von seinen elterlichen Pflichten gebrauchen. „Was meinen Sie, Doc?“

„Das ist Ihre Entscheidung“, sagte Kinley, aber ihr Lächeln war so süß, dass ihm die Entscheidung leichtfiel.

„Danke, Mia. Ich hole sie gegen acht Uhr ab, okay?“

„Das wird perfekt sein.“

Er ging mit Mia zu ihrem Auto und brachte ihr Anayas Kindersitz. Als er zurückkam, fand er Kinley mit einer Gebäckschachtel auf dem Schoß auf einer Bank vor.

„Was ist das?"

„Mia hat es für uns hiergelassen. Sie ist schlau. Ich mag sie."

„Ich glaube, sie mag Sie auch", sagte er, als er sich neben sie setzte. „Haben Sie schon einen Blick hineingeworfen?"

„Ich habe auf Sie gewartet. Aber es riecht gut."

„Mia arbeitet in *Hamman's Bakery*. Es ist bestimmt köstlich." Er öffnete die Schachtel, in der sich zwei mit Sahne gefüllte Gebäckstücke befanden. „Möchten Sie auch etwas?" Er hielt ihr eines hin.

„Himmlisch", flüsterte Kinley nach ihrem ersten Bissen. „Das ist fantastisch. Ich glaube, ich muss mich mit Mia anfreunden."

„Ich schätze, das ist schon passiert", sagte er. Mia war in den wenigen Minuten, die sie gebraucht hatten, um die Kinder im Auto anzuschnallen, nicht gerade subtil gewesen. Sie hatte betont, wie sehr sie Kinley mochte, und ihm einen vielsagenden Blick zugeworfen.

Selbst wenn Mia es geplant hätte, hätte sie Kinley und ihn nicht in einer romantischeren Umgebung zurücklassen können. Die Bank, auf der sie saßen, bot einen Blick auf den See, und die Strahlen der späten Nachmittagssonne fielen auf die Bäume und Blumen in der Nähe. Es war ein idyllisches Ende für einen Tag, der chaotisch begonnen hatte. Er konnte sich nicht beschweren – aber er musste auch ehrlich zu Kinley sein.

„Mein Leben ist im Moment ein einziges Chaos", gestand er.

„Bei wem ist das nicht so?", fragte sie und leckte die cremige Füllung von ihren Fingern. Er konnte nicht anders, als mit seinem Blick den Bewegungen ihrer Lippen und ihrer Zunge zu folgen. „Möglicherweise werde ich von einem gewalttätigen Kriminellen belästigt. Ist das nicht auch chaotisch?“

„Ja, es ist nur …“ Er war nicht sicher, wie er seine Frustration in Worte fassen sollte.

„Sie arbeiten gern in Ihrem Fachgebiet. Das verstehe ich – mir geht es genauso.“ Sie drehte sich zu ihm um. „Falls es Ihnen hilft … Ihre Hand entwickelt sich besser, als ich erwartet hatte. Ich behaupte immer noch nicht, dass Sie zu dem zurückkehren können, was Sie vorher gemacht haben. Werden Sie also nicht übermütig. Aber Sie machen große Fortschritte. Das ist das Wichtigste.“

„Es ist gut, das zu hören.“ Er sollte sich freuen, aber seine Gedanken schweiften ab.

Er schob die leere Gebäckschachtel zwischen ihnen weg und rückte näher an sie heran. Sie zog die Augenbrauen hoch, schenkte ihm aber ein Lächeln, während er sich vorwagte. Er legte seinen Arm über die Rückenlehne der Bank und berührte ihre Schulter, bevor er ihren Nacken umfasste und sie näher zu sich zog.

Sie lehnte sich an ihn und legte eine Hand auf sein Bein. Bei der einfachen Berührung floss das Blut schneller durch seine Adern. Ihr Gesicht war nur wenige Zentimeter von seinem entfernt und ihr Mund war leicht geöffnet. Sein letzter Gedanke, bevor sich ihre Lippen trafen, war, dass er immer noch zurückweichen konnte – aber warum sollte er das tun?

Er begann langsam. Dann, als ein verführerischer Laut aus ihrer Kehle drang, vertiefte er den Kuss. Sie reagierte sofort und ihre Zunge glitt gegen seine. *Das ist so gut*. Er zog sie noch näher an sich heran, bis sie fast auf seinem Schoß saß und ihre Arme um seinen Nacken gelegt hatte. Schließlich löste er seinen Mund von ihrem und küsste ihre Wange.

Er wollte gerade an ihrem Ohrläppchen knabbern, als ihr Handy klingelte.

„Verdammt“, murmelte sie. „Ich sollte …“ Sie ließ ihn los und zog ihr Handy aus der Tasche. „Hallo? Oh, hi, Brendan.“ Sie hörte eine Minute lang zu, aber Matthew konnte an ihrem Gesicht erkennen, worum es ging. „Danke, dass du mir Bescheid gesagt hast.“ Wieder eine Pause. „Ja, ich werde vorsichtig sein.“

„Was wollte er?“, fragte Matthew, sobald sie aufgelegt hatte. Er vermutete, dass der Detective wegen ihres Unfalls angerufen hatte.

„Der Mechaniker hat die Bremsen überprüft und kann nicht mit Sicherheit sagen, ob die Leitung absichtlich durchtrennt wurde. Wie du schon festgestellt hast, war es kein sauberer Schnitt, was ein Anzeichen dafür gewesen wäre.“

„Kinley, ich muss davon ausgehen …“, begann er, aber sie hob die Hand, um ihn zu stoppen.

„Es gibt keine Beweise. Das ist alles, was für die Polizei zählt.“ Sie stand auf, griff nach der leeren Gebäckschachtel und ging ein paar Meter zu einem Mülleimer.

„Ich will nicht, dass du verletzt wirst.“ Er trat zu ihr und legte seine Hände auf ihre Schultern. „Das ist das Wichtigste für *mich*. Ich werde wachsam bleiben und du musst es auch sein.“

„Das bin ich.“ Sie wandte den Blick ab, aber er berührte ihre Wange, brachte ihr Gesicht zurück zu seinem und eroberte ihre Lippen mit einem weiteren sanften Kuss.

8

Kinley öffnete die Tür des Metallschuppens in ihrem Garten und seufzte. Er war bis unter das Dach vollgestopft. Buchstäblich. Sie wagte einen Schritt hinein. Sie hatte sich versprochen, den Inhalt neu zu ordnen, sobald sie Zeit hatte.

Sie hätte es schon am Vortag machen können, weil sie den Nachmittag freigehabt hatte, aber dann waren da Matthew, Anaya und der Ausflug in den Park gewesen. Die Begegnung mit seiner Freundin und deren kleinen Mädchen. Und zum krönenden Abschluss des Tages hatte es einen unvergesslichen Kuss gegeben. Wenn sie an jene Momente in seinen Armen dachte, wurde ihr warm ums Herz. So hatte sie sich schon lange nicht mehr gefühlt. Vielleicht sogar noch nie. In Matthews Nähe fühlte sie sich sicher.

Das hätte natürlich nicht passieren dürfen. Er war ihr Patient. Die Ethik verlangte, dass sie sich nicht auf persönlicher Ebene mit ihm einließ, aber die Ethik hatte noch nie mit Matthew Templeton auf einer Bank in der Sonne gesessen und auf den See hinausgeblickt. So viel war verdammt sicher.

Okay, sie musste sich zusammenreißen, denn dieser Gedanke führte nur dazu, dass sie das Unvermeidliche noch länger hinauszögerte. Sie konnte hören, wie Matthew in seinem Garten mit Anaya spielte. Es klang, als ob sie sich einen Ball zuwarfen. Es würde viel mehr Spaß machen, ihnen Gesellschaft zu leisten, als sich mit dem zu beschäftigen, was sich hier vor ihr auftürmte, denn es ging nicht nur darum, dass der Schuppen aufgeräumt werden musste. Sein Inhalt war eine schmerzhafte Erinnerung an all ihre Hoffnungen, die ins Leere gelaufen waren.

Sie schob eine Babywippe, die noch originalverpackt war, beiseite, um weiter in den Schuppen vorzudringen. Sie sollte einige Dinge weggeben und eine logische Ordnung für das schaffen, was hier eingelagert bleiben würde. Nachdem sie einen Moment darüber nachgedacht hatte, entschied sie, dass die Babysachen, die in der Regel leichter waren, auf den Dachboden kommen sollten, während die Sachen für Kleinkinder und größere Kinder unten bleiben würden. Sie schob ein paar Schachteln weg und versuchte, genug Platz zu schaffen, um strategisch vorgehen zu können.

„Kinley!“, rief Matthew und sie kehrte zur Tür des Schuppens zurück, damit sie ihn besser hören konnte. „Anaya will dir zeigen, was sie …“

Plötzlich ertönte ein lautes Knarren und der Dachboden brach durch. Kinley duckte sich, als ein Teil des Daches einstürzte. Weiterer Lärm folgte, als immer mehr Balken nachgaben. Mit ängstlich geweiteten Augen floh sie aus dem Schuppen. Was war passiert?

Bei dem dumpfen Geräusch von Schritten hinter ihr wirbelte sie herum und Matthew zerrte sie weiter von dem einstürzenden Gebäude weg. Seine Hände tasteten sie ab und untersuchten sie auf Verletzungen.

„Ich bin nicht verletzt.“ Sie ergriff seine Hände und hielt sie fest, weil sie in diesem Moment die Berührung brauchte. „Mir geht es gut.“ Sie drehte sich um und starrte auf den Schuppen, der nur noch ein Haufen aus verbogenem Metall war. „Ich kann das nicht glauben. Wie konnte er einfach zusammenbrechen?“

„Schlampige Konstruktion?“

„Es war ein Bausatz. Ich habe ihn selbst zusammengebaut. Ich dachte, ich hätte es richtig gemacht.“ Sie hatte sich genau an die Anleitung gehalten und das Ganze schien stabil zu sein. Sie war stolz auf sich gewesen, weil sie den Aufbau allein geschafft hatte. Vielleicht hatte sie zu viel hineingestopft und all das Zeug hatte gegen die Verstrebungen gedrückt. Auf jeden Fall war sie froh, dass Matthew sie zu sich gerufen hatte, denn ein paar Sekunden zuvor hatte sie sich noch direkt unter dem Dachboden befunden. Er hätte ihr auf den Kopf fallen können.

„Ich helfe dir beim Aufräumen“, bot er an, als Anaya mit ihrem rosafarbenen Pony zu ihnen lief.

„Das musst du nicht tun.“ Kinley ließ seine Hände los und stellte sich dem Durcheinander. Ihr Tag war gerade viel komplizierter geworden.

„Ich habe keine anderen Pläne.“ Er kam näher, um den Schaden zu begutachten.

Sie lächelte. „Außer, dich um deine Nichte zu kümmern und gesund zu werden.“

„Ich bin immer bereit, meiner Nachbarin behilflich zu sein.“ Er schenkte ihr ein Grinsen und es erinnerte sie an ihren Kuss, der mehr als nur nachbarschaftlich gewesen war. Das sollte sich nicht wiederholen, aber sie könnte seine Unterstützung gebrauchen.

Sie arbeiteten zusammen, um die Überreste des Daches zu entfernen und einen Schutthaufen anzulegen. Als die Schachteln und Behälter freigelegt waren, wurde ihr klar, dass sie seine Hilfe hätte ablehnen sollen. Der Inhalt des Schuppens verriet zu viel über sie. Als er eine Matratze, die noch in Plastik eingeschweißt war, zur Seite schob, spürte sie seine Augen auf sich und wusste, dass sie etwas sagen musste.

„Du fragst dich bestimmt, warum deine kinderlose Nachbarin einen solchen Vorrat an Baby- und Kindersachen hat." Ihre Wangen wurden heiß.

„Du hast bestimmt einen guten Grund dafür", sagte er mit neutraler Stimme.

„Das habe ich … oder das hatte ich." Sie sank auf einen riesigen Karton, der einen Kindersitz enthielt, und atmete aus. „Ich glaube, ich habe schon erwähnt, dass ich versuche, ein Kind zu adoptieren."

„Ja." Seine Augen waren auf Anaya gerichtet, die sich ein paar Spielsachen ansah. Kinley fiel auf, dass er nicht einmal ihren Blick erwidern konnte. Himmel, was dachte er nur über sie?

„Es ist nur … Ich will unbedingt ein Kind und ich dachte, wenn ich der Adoptionsagentur und den Müttern, die ihre Babys abgeben wollen, beweise, dass ich bereit bin, würde das einen Unterschied machen. Ich meine, sieh dir das alles an."

„Kinley …", sagte er, aber sie sprach weiter.

„Ich könnte noch heute eine Kindertagesstätte komplett einrichten. Ich habe sogar Kleidung in allen Größen, von Neugeborenen bis zu achtzehn Monaten. Da drüben ist ein Paket Windeln. Ich bräuchte noch Milchnahrung – die kann ich nicht auf Vorrat kaufen, weil sie abläuft –, aber alles andere ist hier."

„Kinley", wiederholte er und ging vor ihr in die Hocke.

„Ich habe mich gründlich informiert. Ich habe die sichersten Produkte und das beste Lernspielzeug gekauft. Ich habe sogar einen Vorrat an kinderfreundlichen Bastelsets für Regentage." Sie wischte sich eine

Träne weg. „Die liebe ich. Ich kaufe sie ständig. Malen nach Zahlen, Stricken lernen …“ Als er seine Hand auf ihre Schulter legte, holte sie tief Luft. „Ich will einfach nur ein Baby. Ist das zu viel verlangt?“

„Nein“, sagte er.

„Das scheint es aber zu sein. Vor etwa sechs Monaten dachte ich wirklich, ich hätte eine Chance auf ein Baby, also lud ich die Mutter ein, sich meine Sammlung anzusehen. Sie konnte gar nicht schnell genug wieder von hier verschwinden und strich mich am nächsten Tag von ihrer Liste. Meine Kontaktperson bei der Adoptionsagentur meinte, dass ich verzweifelt wirke. Nun, verdammt, ich *bin* verzweifelt.“

„Hast du schon einmal daran gedacht, auf künstliche Befruchtung zurückzugreifen?“, schlug Matthew vor. Seine Stimme war leise und beruhigend. „Das hat meine Schwester getan, um Anaya zu bekommen. Sie hat den Vater aus einem Samenspenderkatalog ausgewählt. Es hat gut funktioniert.“

Kinley schüttelte den Kopf. „Ich kann keine Kinder bekommen. Das weiß ich schon, seit ich ein Teenager war.“ Ihre Periode war so abnormal gewesen, dass ihre Eltern sie zu diversen Ärzten und Untersuchungen schickten. Es war peinlich und schrecklich für eine Fünfzehnjährige gewesen, aber letztendlich war eine Chromosomenstörung festgestellt worden, die es zu einem wahren Wunder machen würde, falls sie jemals ein Baby bekommen sollte.

„Das tut mir leid.“ Seine Hände ruhten auf ihren Knien und spendeten ihr Trost.

„Also bleibt mir nur die Adoption.“ Damit hatte sie kein Problem – sie war bereit, ihr Herz und ihr Zuhause zu öffnen, um einem fremden Kind das beste Leben zu ermöglichen, das man sich vorstellen konnte. Dieser Weg war jedoch nicht für jeden geeignet. Als sie und Darren sich verlobt hatten, hatte er gesagt, dass er damit einverstanden sei.

Aber noch vor der Hochzeit war die Wahrheit ans Licht gekommen: Er wollte ein eigenes, ‚richtiges' Kind haben. Bald würde sein Wunsch in Erfüllung gehen. Kinley versuchte, nicht verbittert darüber zu sein, aber in Momenten wie diesem war es schwer.

„Was kann ich tun?", fragte Matthew sanft.

Sie schüttelte den Kopf und stand auf. „Hilf mir, zu entscheiden, was ich behalten und was ich spenden soll. Wenn Anaya etwas will, kann sie es haben." Das kleine Mädchen wühlte in einem Karton mit Spielzeug für Kleinkinder, das Kinley bei einem Spezialversand bestellt hatte. Es sollte den Lerneifer und das Wachstum anregen, aber Anaya warf nur einen Blick darauf und warf es beiseite. „Sie will es nicht, oder?" Es war alles reine Verschwendung. All ihre Recherchen und Pläne waren sinnlos gewesen.

„Lass dich davon nicht beirren", sagte Matthew. „Ich bin kein erfahrener Vater, aber im letzten Monat hat Anaya vier verschiedene Müslisorten geliebt und dann gehasst. An einem Tag war Lila ihre Lieblingsfarbe, am nächsten Tag Rosa und dann Gelb. Eine Woche lang drehte sich alles um *Aschenputtel*, dann um *Rapunzel*. Sie hat schon Chicken Nuggets, Hotdogs, Pizza, Eiscreme und etwa zehn andere Lebensmittel zu ihrem Lieblingsessen ernannt. In ihrem Alter ist nichts von Dauer. Kinder sind wankelmütig. Das darf man nicht persönlich nehmen."

„Das weiß ich. Ich bin ein vernünftiger Mensch. Ein Profi. Ich habe einen Doktortitel, um Himmels willen." Sie kämpfte um ihre Fassung und verlor. Gleichzeitig tat es ihr gut, mit jemandem darüber zu reden. Ihre Eltern meinten, sie solle zurück nach Atlanta ziehen und sich auf ihre Karriere konzentrieren. Sie behaupteten, keine Enkelkinder zu wollen. Ihre Freundinnen vom College schienen alle Babys zu bekommen. Keiner verstand sie. Matthew wahrscheinlich auch nicht, aber wenigstens hörte er ihr zu.

Es kamen noch mehr Tränen und sie versuchte, sie zurückzudrängen. Weinen würde nicht helfen. Sie hatte alles getan, was sie konnte, und wartete immer noch darauf, dass sich die Adoptionsagentur bei ihr meldete. Sie war frustriert von all den sinnlosen Anrufen in der letzten Woche. Sie brauchte einen Rat, wie sie ihr Profil dort optimieren könnte. Vielleicht gab es aber auch nichts, was sie tun konnte. Das Gefühl der Hoffnungslosigkeit, gegen das sie seit Monaten ankämpfte, drohte, sie zu überwältigen.

Bevor sie wusste, wie ihr geschah, legte Matthew seine Arme um sie und drückte sie fest an sich. Sie umfasste seine Taille und klammerte sich an ihn. Niemand konnte ihr Problem lösen, aber ihn bei sich zu haben, linderte ihren Herzschmerz ein wenig.

„Eines Tages wirst du die beste Mutter der Welt sein", flüsterte er in ihre Haare. „Ich habe gesehen, wie gut du mit Anaya zurechtkommst. Du weißt, was du zu ihr sagen musst, wie du sie beruhigen kannst und was sie glücklich macht. Du hast mir im Umgang mit ihr mehr geholfen, als du ahnst – bis auf das Kämmen ihrer Haare."

Sie lachte zittrig und lockerte ihren Griff um ihn, aber er hielt sie weiter in seinen Armen. „Du musst dich mehr anstrengen."

„Das habe ich vor. Ich habe eine Therapeutin, die mir ständig von Ergotherapie erzählt." Er zwinkerte ihr zu. „Ich werde es lernen, damit Anaya sich nicht schämen muss, wenn sie nächstes Jahr in den Kindergarten geht. Ich will nicht, dass die anderen Mädchen über ihre zerzausten Zöpfe und wilden Locken lästern."

„Ich mag ihre wilden Locken", sagte Kinley. Anayas Haare waren im Moment nur halb geflochten und überall hingen die Locken heraus. Sie hüpften um ihr Gesicht herum, während sie durch Kinleys Garten rannte und an den Blumen schnupperte.

„Ich auch." Matthew lächelte, als er seine Nichte beobachtete. Er war ein attraktiver Mann. Sexy und süß. Aber wie er mit Anaya umging, eroberte Kinleys Herz noch auf eine ganz andere Weise.

Sie stellte sich auf die Zehenspitzen und küsste ihn auf die Wange, bevor sie sich von ihm löste. „Wir sollten uns jetzt besser an die Arbeit machen. Alles, was ich behalten will, kommt in meinen Keller oder ins Gästezimmer." Mit ihm an ihrer Seite wirkte die Aufgabe nicht mehr ganz so überwältigend.

9

Kinley starrte mit schmalen Augen auf die Tabelle vor ihr, warf einen Blick auf Matthew und wandte sich dann wieder ihren Unterlagen zu. Er wusste, was kommen würde. Er hatte genug Therapiesitzungen bei ihr gehabt, um zu ahnen, dass sie sich eine neue Trainingsmethode für seine Hand ausdachte.

„Was jetzt, Doc?“, fragte er und erwartete eine Million Wiederholungen von etwas sehr Schwierigem. Er konnte es schaffen. Was auch immer sie ihm abverlangte, es war nichts im Vergleich zu dem intensiven Training, das er absolviert hatte, um ein SEAL zu werden.

„Ich denke nur nach.“

„Über eine neue Form der Folter?“, neckte er sie.

Sie schnalzte mit der Zunge und warf ihm einen spöttischen Blick zu. Er war froh, dass sie sich von dem erholt hatte, was am Vortag in ihrem Garten aus ihr herausgebrochen war. Er hatte alles besser machen wollen. Verdammt, er versuchte immer noch, einen Weg zu finden, ihr dabei zu helfen, das zu bekommen, was sie wollte.

„Meine Therapiemethoden sind keine Folter. Außerdem … solltest du das nicht aushalten können?“

„Das ist das Ziel.“ Er war nicht dazu ausgebildet, einer hübschen, dunkelhaarigen Therapeutin, durch deren Augen er in ihr Herz blicken konnte, zu widerstehen.

„Ich habe ein paar Ideen, aber ich will nicht, dass du dich überanstrengst, also müssen sie warten.“

„Gehst du mit mir nach Hause?“, fragte er.

„Gern. Das Wetter könnte nicht besser sein“, sagte sie. „Ich bin gleich fertig.“

„Ich warte draußen.“ Er ging in den Wartebereich und spähte aus der Tür, um sicherzugehen, dass auf dem Parkplatz nichts ungewöhnlich war. Er wollte Kinley nach Hause begleiten, weil er gern Zeit mit ihr verbrachte, aber er wollte auch dafür sorgen, dass sie in Sicherheit war. Er hatte Frank Smit und seine Drohungen nicht vergessen und glaubte immer noch, dass ihre Bremsleitung absichtlich durchtrennt worden war.

„Ich bin bereit.“ Kinley kam lächelnd mit einer Tasche über der Schulter in den Raum. Er konnte sich nur mühsam davon abhalten, sie an sich zu ziehen und zu küssen. Der Kuss im Park ging ihm nicht mehr aus dem Kopf. Er wollte eine Wiederholung, aber er wartete auf den richtigen Zeitpunkt. Gestern, als sie wegen der Adoption so verzweifelt gewirkt hatte, war das nicht der Fall gewesen.

Dieser schöne Juniabend bot ihnen eine neue Chance. Er würde sehen, wohin die nächsten Stunden sie führten.

„Wir müssen Anaya aus der Kindertagesstätte abholen. Sie liegt auf dem Weg.“

„Kein Problem.“ Sie unterhielten sich entspannt und als sie bei der Kindertagesstätte ankamen, lächelte Kinley wieder. „Wusstest du, dass diese Kindertagesstätte die beste in der Stadt ist? Ich stehe auf der Warteliste für Kleinkinder.“ Als er sie verwirrt ansah, fuhr sie fort: „Ich weiß, das hört sich nach weiteren voreiligen Plänen meinerseits an, aber die Betreuung von Kleinkindern ist besonders schwierig zu organisieren. Ich will, dass alles geregelt ist.“

„Du gehst also nicht so ahnungslos an die Sache heran wie ich?“ Er grinste.

„Deine Umstände waren sehr ungewöhnlich. Jeder könnte das nachvollziehen.“

Das Personal war unglaublich nett zu ihm gewesen. „Ich hatte Glück, dass es noch einen freien Platz für den Sommer gab. Ich bin gleich wieder da.“ Er ließ sie an der Eingangstür zurück und kam kurz darauf mit Anaya heraus.

„Kinley!“, rief das Mädchen und rannte zu ihr, bevor es seine Arme um Kinleys Beine schlang. „Hoch, hoch.“

„Lass mich dich tragen“, sagte Matthew.

„Ich kann das.“ Kinley hob das Mädchen hoch und setzte es auf ihre Hüfte. In den ersten paar Minuten plauderte Anaya über ihren Tag, ihre Freunde und darüber, wie Pansy, das rosafarbene Pony, die Kindertagesstätte fand. Zum Glück war Pansy zufrieden, was Matthew zeigte, dass seine Nichte es auch war. Wieder einmal wurde ihm klar, dass er sich glücklich schätzen konnte.

„Sieh dir ihren Zopf an“, sagte er, als er endlich zu Wort kam. „Er hat den ganzen Tag gehalten.“

„Beeindruckend“, lobte Kinley. „Ehe du dich versiehst, machst du Hochsteckfrisuren.“

„Ich habe keine Ahnung, wie das geht, und ich will es auch nicht lernen.“

„Das wirst du aber." Kinley schenkte ihm ein Lächeln. „Dieses kleine Mädchen braucht irgendwann Hochsteckfrisuren für seinen Abschlussball und seine Hochzeit."

„Gott steh mir bei", murmelte er.

Sie erreichten Kinleys Haus und gingen gemeinsam hinein. Er war froh, dass sie das Sicherheitssystem nutzte, das er an der Tür installiert hatte. Sie brauchte noch viel mehr, um ihr Haus wirklich sicher zu machen, aber das war alles, wozu er sie bis jetzt hatte überreden können. Er folgte ihr in den Garten, wo sie das Tor zwischen ihren Grundstücken offen gelassen hatten. Kinleys gute Laune verschwand, als sie die Überreste ihres Schuppens sah. Sie ließ Anaya langsam herunter und das Mädchen lief los, um einem Schmetterling nachzujagen.

„Was ist?", fragte Matthew.

„Mir fällt gerade etwas ein. Ich habe Frank erzählt, dass ich vorhatte, meinen Schuppen aufzuräumen. Ich sagte, dass er vollgestopft ist und ich alles aussortieren muss. Das war am selben Tag, an dem ich sein Telefonat mitgehört habe. Könnte er etwas damit zu tun haben?" Kinley deutete auf den Trümmerhaufen. „Ist das zu weit hergeholt?"

„Nicht unbedingt." Matthew ärgerte sich, dass er nicht schon früher daran gedacht hatte. Er war davon überzeugt, dass Frank Kinleys Autounfall herbeigeführt hatte, aber er hatte den Einsturz des Schuppens nur als einen bizarren Unfall betrachtet. „Lass mich einen Blick darauf werfen."

„Soll ich Brendan anrufen?"

„Das kann nicht schaden." Matthew mochte den Detective, auch wenn er sich wünschte, Brendan würde ein bisschen mehr Eigeninitiative zeigen, wenn es um Kinleys Sicherheit ging. Der Mann war vorsichtig und zog keine voreiligen Schlüsse, was gut war, aber manchmal konnte eine abwartende Haltung mehr schaden als nutzen.

Matthew wartete, bis Brendan auftauchte. Dann gingen sie gemeinsam die Trümmer des Schuppens durch.

„Ich sehe nichts Verdächtiges“, sagte Brendan. „Und Sie?“

„Nein, aber … das kommt mir seltsam vor.“ Matthew hatte eine Stelle auf der Rückseite des Schuppens bemerkt, an der das Fundament ungewöhnlich tief ausgehoben war.

Brendan kam näher, um es zu untersuchen. „Seltsam vielleicht. Aber nicht kriminell.“

„Ich wünschte, ich hätte beim Aufräumen besser aufgepasst. Ich hätte vielleicht gesehen, wo ein Stützbalken manipuliert wurde oder Schrauben fehlten.“

„Das ist möglich, aber ohne Beweise kann ich nichts tun.“ Brendan wandte sich an Kinley, die mit Anaya Seifenblasen machte. „Wie kommst du darauf, dass es eine Verbindung gibt?“

„Wegen eines Gesprächs, das ich mit Frank geführt habe. Die zwei Dinge, die ich ihm über mein Privatleben mitgeteilt habe – meine Bremsen und der Schuppen –, sind für mich beide zu ‚Unfällen‘ geworden.“

„Fällt dir noch etwas ein, worüber ihr euch unterhalten habt? Ausflüge, die du geplant hast? Orte, an denen du gern wanderst? So etwas in der Art.“

„Nicht, dass ich wüsste. Normalerweise waren wir auf seine Therapie konzentriert. Aber ich werde langsam nervös, Brendan.“

Matthew war mehr als nervös wegen ihrer Sicherheit. „Darf ich jetzt die Alarme an den Fenstern installieren?“ Der Bausatz, den sie gekauft hatte, enthielt sowohl Sensoren für die Fenster als auch für die Türen, aber sie hatte gedacht, dass es übertrieben wäre, auch die Fenster zu überwachen.

„Das wäre eine gute Idee“, sagte Brendan zu ihr. „Rechtlich kann ich im Moment nichts tun – wir haben keine Beweise dafür, dass einer der Vorfälle etwas anderes als Pech war –, aber du solltest versuchen, dich so gut wie möglich zu schützen.“

„Ich denke, mehr Sicherheit wäre in Ordnung. Ich hasse die Vorstellung, zu solchen Mitteln greifen zu müssen, aber inzwischen ist mir das Ganze unheimlich. Was ist, wenn ich mir das alles nur einbilde?“

Matthew bezweifelte das. Dafür dachte sie zu logisch.

„Es ist nie von Nachteil, vernünftige Vorsichtsmaßnahmen zu treffen“, erklärte er. Er war gleich nebenan und konnte schnell zu ihr gelangen, aber nur, wenn er wusste, dass sie Hilfe brauchte. Sie sollte mehr Schutz haben.

„Wie sieht es in deiner Praxis aus?“, fragte Brendan.

„Da sie sich im medizinischen Zentrum befindet, gibt es Außenkameras am Gebäude“, sagte Matthew. Aus Gewohnheit überprüfte er seine Umgebung ständig und hatte diese Dinge schon bei seinem ersten Besuch bemerkt. „Es kann nicht schaden, sich an denjenigen zu wenden, der für die Alarmanlage zuständig ist.“

„Das mache ich morgen“, stimmte Brendan ihm zu. „Lassen Sie uns mit den Fenstern anfangen.“

Matthew und Brendan arbeiteten während der nächsten Stunde zusammen, um die Sensoren zu installieren und dafür zu sorgen, dass alles mit den Bedienfeldern an der Vorder- und Hintertür und mit der App, die Kinley auf ihr Handy geladen hatte, verbunden war. Es war hilfreich, Brendans Unterstützung zu haben, denn einige der Arbeiten erforderten eine Geschicklichkeit, die Matthew noch nicht wiedererlangt hatte. Sie testeten das System und waren schließlich überzeugt, dass es funktionierte.

„Danke für Ihre Hilfe“, sagte Matthew, als er Brendan nach draußen begleitete.

„Kein Problem. Sie halten auch weiterhin die Augen offen, oder?“, fragte Brendan.

„Das mache ich.“ Er war immer noch nicht ganz zufrieden. Kinleys Haus war nicht so sicher, wie es sein könnte, da sie sich geweigert hatte, weitere Kameras anzubringen, aber es war besser als zuvor.

„Rufen Sie mich an, wenn Sie etwas brauchen.“ Brendan wollte schon gehen, drehte sich dann aber noch einmal um. „Wissen Sie, Sie wären ein guter Detective, falls Sie das Militär verlassen wollen.“

„Ich weiß das zu schätzen, aber ich habe vor, dort zu bleiben.“ Er war nicht bereit, die Karriere aufzugeben, die ihn davor bewahrt hatte, sein Leben zu ruinieren. Hätte man ihn als Teenager nicht fast gezwungen, in die Navy einzutreten, wäre er jetzt an einem ganz anderen Ort. Wahrscheinlich an einem Ort mit Zellen und Stacheldraht.

Er winkte, als Brendan wegfuhr, und marschierte dann zurück in Kinleys Haus. Im Wohnzimmer, wo Anaya auf der Couch schlief, blieb er stehen und streichelte ihre Locken, bevor er ins Esszimmer ging. Kinley saß am Tisch. Sie hatte ihren Laptop aufgeklappt und mehrere Stapel Papiere vor sich ausgebreitet.

„Ich hoffe, es ist okay, dass sie ein Nickerchen macht. Ihr sind die Augen zugefallen“, sagte Kinley, als er neben ihr Platz nahm.

„Kein Problem. Ich lasse sie nach dem Abendessen draußen spielen, dann kann sie ihre überschüssige Energie vor dem Schlafengehen abbauen. Was ist das alles?“

„Ich muss mein Adoptionsportfolio aktualisieren. Ich habe keinen Schuppen mehr, aber ich habe eine Alarmanlage.“

„Muss man wirklich solche Details angeben?“

Sie sah ihn mit gerunzelter Stirn an. „Meine Bewerbung muss exakt sein. Woher sollen die Mütter sonst wissen, dass ich eine geeignete Kandidatin bin?“

„Und du glaubst, das wird alles gelesen?“

„Natürlich. Diese Frauen treffen eine wichtige Entscheidung über die Zukunft der Babys, die sie austragen. Sie brauchen so viele Informationen wie möglich.“

„Manchmal ist weniger mehr. Das hier könnte jemanden, der es liest, überfordern, sodass er zum nächsten Portfolio übergeht.“

Kinley lehnte sich auf ihrem Stuhl zurück. „Ernsthaft? An ihrer Stelle würde ich alles lesen wollen, was ich bekommen kann.“

„Du bist so, andere nicht …“ Er bewunderte das an ihr. Sie war hartnäckig und klug, aber nicht alle Menschen hatten die gleichen Prioritäten wie sie.

„Keine Ahnung.“ Sie schob ein Blatt Papier von einem Stapel zum anderen.

„Warum bestellen wir nicht etwas zu essen und sehen uns an, was du hast?“ Er hatte begriffen, wie wichtig es ihr war, ein Kind zu adoptieren. Sie tat, was sie konnte, um ihm mit seiner Hand zu helfen und ihm die Rückkehr in das Leben zu ermöglichen, das er wollte – das Mindeste, was er tun konnte, war, sich bei ihr zu revanchieren.

„Okay, aber keine Pizza“, sagte sie. „Das *Hartsville Café* in der Innenstadt ist sehr gut. Dort gibt es ein großartiges Hühnchen Marsala und die Salate sind erstklassig.“

„Klingt gut.“

Während sie auf das Essen warteten, las Matthew Kinleys Bewerbung durch. Der größte Teil bestand aus den üblichen Informationen über ihr Haus und ihre Karriere und schien in Ordnung zu sein. Er vermutete, dass das persönliche Profil das Problem war. Sie hatte geschrieben, dass ihre Eltern erfolgreiche Geschäftsleute gewesen waren, die sie schon in jungen Jahren zu Höchstleistungen angetrieben hatten. Sie hatte Privatschulen besucht, Musikunterricht gehabt, war in einem Jugendorchester gewesen, hatte in Fußball- und Volleyballmannschaften gespielt und vom Kindergarten bis zum College Ballett getanzt.

Er musste sich fragen, wann sie Zeit gehabt hatte, ein Kind zu sein. Nie, vermutete er. Als er die letzte Seite erreicht hatte, kannte er jedes Detail ihrer Biografie, aber er kannte *sie* nicht. Das war es, was fehlte. Ihre Bewerbung zeigte nicht, wer sie im Inneren war. Kinley war fürsorglich und warmherzig, aber dieses Profil wirkte steif und verkrampft, vor allem bei der letzten Aussage, dass sie einem Kind alle Chancen geben würde, die sie selbst gehabt hatte. Er wusste, dass sie großzügig klingen wollte, aber andere könnten das so interpretieren, dass sie eher *materielle Dinge* geben würde als Liebe.

Und das war bei ihr überhaupt nicht der Fall. Er beschloss, dort anzufangen.

„Könntest du das anders formulieren?“ Er deutete auf ihren letzten Absatz.

„Warum? Ich möchte der Mutter versichern, dass ihr Kind bei mir ein erfülltes Leben haben wird. Ich kann es mir leisten, ihrem Baby alles zu geben, was es haben sollte.“

„Ich bin nicht sicher, ob Ballettstunden oder Reisen zu Fußballturnieren notwendig sind.“ Sein Ton war sanft.

„All das hat mich zu dem Menschen gemacht, der ich heute bin.“ Sie klang ein wenig beleidigt.

„Und ich bin froh, dass du so bist, aber hattest du jemals Freizeit?“

„Ich …“ Sie schwieg einen Moment lang. „Nein. Jede Minute war verplant. Ich erinnere mich daran, wie ich an einer Mittelschule für darstellende Künste vortanzen sollte. Meine Mutter hat mich früh morgens dort abgesetzt und gesagt, ich solle hineingehen und mich aufwärmen, aber da waren ein paar Mädchen, die ich aus dem Ballettunterricht kannte, und sie bastelten Freundschaftsarmbänder …“

„Also bist du stehen geblieben, um mitzumachen?“

„Ja … und deshalb habe ich meinen Termin verpasst, was bedeutete, dass ich nicht an der Schule aufgenommen wurde. Meine Eltern waren so wütend auf mich. Es hat lange gedauert, bis ich verstand, dass sie mir ihre Liebe gezeigt haben, indem sie mir so viele Chancen eröffneten.“

„Ob du es wolltest oder nicht?“

„Ich denke schon.“ Sie nahm das dreiseitige persönliche Profil und überflog es. „Das will ich nicht für mein Kind.“ Sie klang, als wäre das eine Offenbarung für sie. „Soll ich es zerreißen?“

„Erzähle deine Geschichte einfach anders, damit sie mehr von dir zeigt. Wenn die Mütter sehen könnten, wie fürsorglich du mit Anaya umgehst oder wie du mit Ava und Emma Gänseblümchenketten gebastelt hast, würden sie dir ihr Baby gern anvertrauen.“

„Danke, dass du das sagst. Das hilft.“ Ihr Gesicht zeigte eine Mischung aus Entmutigung und Entschlossenheit. „Ich werde das neu schreiben. Liest du es durch, wenn ich fertig bin?“

„Mit Vergnügen.“

„Es ist wirklich hart.“ Sie lachte. „Ich schätze, das weißt du selbst. Du bist unerwartet zu Anayas Vater geworden. Macht dir das keine Angst? Ich habe ein bisschen Angst davor, tatsächlich ein Kind zu haben. Was, wenn ich eine schlechte Mutter bin?“

„Das wirst du nicht sein. Und ja, die Hälfte der Zeit bin ich zu Tode erschrocken. Ich habe nie damit gerechnet, irgendwann einmal Vater zu sein. Ich hatte nie einen. Was verstehe ich also davon?“

„Du hast deinen Vater nicht gekannt?“ Ihr Blick wurde sofort mitfühlend.

Er schüttelte den Kopf. „Es gab nur Mom, Candace und mich. Mom arbeitete die ganze Zeit, um die Miete zu bezahlen und Essen kaufen zu können. Candace war älter als ich. Wir kamen gut miteinander aus, aber sie hatte ihre eigenen Freunde und bereits einen Job. Also war ich oft auf mich allein gestellt.“

„Warst du einsam?“

„Ich schätze schon.“ Damit hatte das Unheil wahrscheinlich seinen Lauf genommen. „In der Mittelschule habe ich angefangen, mit den falschen Leuten herumzuhängen. Ich wusste, dass sie nicht gut für mich waren, aber … Kinder wollen dazugehören, weißt du.“

„Wie bist du später zum Navy SEAL geworden?“

„Auf die harte Tour.“ Er zögerte, weil er befürchtete, bei ihr an Ansehen zu verlieren, aber er fuhr fort. „Ich habe mit sechzehn angefangen, Autos zu klauen.“

„Du hast Autos geklaut?“ Ihr stand vor Schreck der Mund offen.

„In der Gegend, in der ich aufgewachsen bin, war das nichts Ungewöhnliches. Illegal natürlich, aber mit dem Geld, das ich bekam, half ich meiner Mutter aus.“ Das hatte ihm eine Zeit lang als Ausrede für sein Verhalten gedient.

„Was ist passiert?“

„Mein Highschool-Direktor hat mich erwischt, als ich sein Auto klauen wollte. Ich war damals in der Oberstufe und es war ein schöner Mustang.“ Ein glänzendes, schwarzes Cabrio. „Er war ein ehemaliger

Army Ranger und knallhart, aber ich respektierte ihn zähneknirschend. Er ließ mir zwei Möglichkeiten: ins Gefängnis gehen oder ins Militär eintreten. Er zwang mich, mich für eine Teilstreitkraft zu entscheiden, und fuhr mich zum Rekrutierungsbüro."

„Du durftest also doch noch in dem schönen Mustang mitfahren." Ihr Tonfall war scherzhaft, aber ihre Augen waren ernst, als sie sich näher zu ihm beugte.

„Ja." Er erinnerte sich an jene Fahrt. Ihm hatten die Knie gezittert, aber er war auch froh gewesen, dass sich jemand für ihn interessierte. „Ein paar Jahre später ging ich zurück und bedankte mich bei ihm, als ich gerade Heimaturlaub hatte. Er hatte mich besser gekannt als ich mich selbst. Ich brauche Struktur und Disziplin. Das hat mich gerettet. Was ich mit all dem sagen will … Vater zu sein, vor allem für ein kleines Mädchen, macht mir eine Heidenangst."

„Aber du liebst Anaya und willst nur das Beste für sie. Und du hast im Laufe der Jahre viel darüber gelernt, wie du mit stressigen Situationen umgehen kannst. Das muss dir doch helfen, oder?"

„Ja, ich hoffe nur, dass es reichen wird."

„Ich weiß, dass es reichen wird." Sie presste ihre Lippen auf seine und strich mit ihren Fingern über seine Wange. Ihre Berührung ging ihm unter die Haut. Er wollte gerade nach ihr greifen, als es an der Tür klingelte. Sie lehnte ihre Stirn an seine und seufzte. „Das ist unser Abendessen."

„Onkel Matthew?", rief Anaya aus dem Wohnzimmer.

„Ich komme, Kleine." Er stand auf, zog Kinley mit sich hoch und küsste sie noch einmal. „Ich würde das gern später fortsetzen."

Sie löste sich von ihm, aber sie lächelte dabei.

10

Später passierte nichts – sehr zu Matthews Leidwesen. Anaya brauchte ein Bad und musste ins Bett gebracht werden, während Kinley den Abend damit verbringen wollte, ihr Profil neu zu schreiben. Und der nächste Tag war auch nicht besser. Er hatte keinen Therapietermin und Kinley sagte, dass sie vom frühen Morgen bis zum späten Nachmittag ausgebucht sei.

Er sah sie nur, als sie am Abend zurückkehrte und in ihr Haus ging. Sie hatte ihn angerufen, um ihm mitzuteilen, dass sie Tabellen prüfen musste und nicht vorbeikommen konnte.

Jetzt waren er und sein Teamkamerad Garrett auf dem Weg zum Stützpunkt, um dort den Rest des Tages zu verbringen. Matthew würde Kinley jedoch später sehen, da sie Anaya von der Kindertagesstätte abholen wollte.

„Du bist so still", bemerkte Garrett. Sie hatten sich früh getroffen, um die Fahrt gemeinsam anzutreten. Matthew war auf dem Weg zu einer Untersuchung durch die Ärzte der Navy und Garrett musste an einem Training teilnehmen. „Ich bin es gewohnt, dass du redest, bis mir die Ohren abfallen."

„Ich denke nur nach." Er war noch nicht bereit, über Kinley und das, was sich zwischen ihnen zu entwickeln schien, zu sprechen. Da die SEAL-Familien in der Stadt eng befreundet waren, konnte er davon ausgehen, dass Mia allen von dem Tag erzählt hatte, an dem sie sich im Park begegnet waren. Und davon, wie sie Matthew und Kinley die Gelegenheit gegeben hatte, miteinander allein zu sein. Niemand musste von dem Kuss erfahren. Noch nicht. „Wie geht es Harley?", fragte er, denn er wusste, dass sein Teamkamerad sich leicht ablenken ließ, wenn er über seine Freundin sprechen konnte.

„Ihr geht es gut. Ihr Babybauch ist jeden Tag deutlicher zu sehen." Garrett grinste. Es fiel Matthew schwer, sich seinen Kumpel in einer Beziehung vorzustellen, aber er hatte Garrett noch nie so glücklich gesehen. Garrett war an einem Tiefpunkt angelangt, als sie von ihrer desaströsen Mission in Kolumbien zurückgekehrt waren. Ihr Teamkamerad und Freund Sebastian war getötet worden, und Garrett hatte das schwer getroffen. Er hatte eine neue Aufgabe für sich gefunden, indem er Sebastians lange verschollene Halbschwester beschützte, die nach Hartsville gekommen war, um ihrem gewalttätigen Ehemann zu entfliehen. Trotz der tragischen Umstände hatte es ein Happy End gegeben, und Harley und Garrett hatten sich ineinander verliebt. Matthew freute sich für die beiden.

„Die Kleine wird hier sein, bevor du dich versiehst." Das Baby sollte im Herbst kommen. „Bist du bereit, Vater zu werden?"

„Ja, sicher. Ich hätte es nie erwartet, aber ich bin bereit. Wie läuft es bei dir?"

„Vater sein, hat seine Höhen und Tiefen, aber meistens ist es gut." Er hatte sich immer noch nicht überlegt, was er mit Anaya machen sollte, wenn er für den aktiven Dienst zugelassen und auf eine Mission geschickt wurde, aber er hatte ja noch Zeit. Er war allerdings froh darüber, heute wieder auf dem Stützpunkt zu sein. Es hatte sich gut angefühlt, am Morgen seine Uniform anzuziehen. Die vertraute Kleidung gab ihm das Gefühl, wieder er selbst zu sein, und erinnerte ihn an die Struktur, an der er sein Leben ausrichtete.

Als sie auf dem Stützpunkt ankamen, ging Garrett zu seinem Training und Matthew meldete sich im Krankenhaus, wo die Ärzte ihn gründlich untersuchten und seine Hand verschiedenen Tests unterzogen. Sie hielten sich über seine Fortschritte bedeckt, aber Matthew wusste, dass er viel mehr leisten konnte als beim letzten Mal, als er hier gewesen war, und das war Kinleys Verdienst.

Seine Kraft und seine Geschicklichkeit hatten sich verbessert. Einige Dinge, die sie von ihm verlangten, waren immer noch schwierig, aber schwierig war besser als unmöglich, wie es früher der Fall gewesen war. Matthew fühlte sich gut, bis er in die Offiziersmesse ging, wo er und Garrett ihren Teamkameraden und Freund Jonathan zu einem späten Mittagessen trafen.

Als Teamleiter ihrer letzten Mission trug Jonathan die Hauptverantwortung für alles, was schiefgelaufen war. Nicht, dass irgendjemand die Ereignisse hatte vorhersehen können. Aber ein SEAL war gestorben und weitere waren verwundet worden. Die Führungsebene wollte Erklärungen und suchte einen Schuldigen. Jonathan stand eindeutig unter Druck. Er hatte an Gewicht verloren und sein Gesicht war von Sorgenfalten gezeichnet.

„Wie geht es dir?“, fragte Matthew, nachdem er Jonathans Hand geschüttelt und sich hingesetzt hatte.

„Es ging mir schon einmal besser.“

„Du siehst beschissen aus“, kommentierte Garrett.

Jonathan zuckte mit den Schultern und wandte sich an Matthew. „Was haben die Ärzte über deine Hand gesagt?“

„Nichts Definitives, aber es wird jeden Tag besser. Ich werde bald wieder im Einsatz sein.“

„Du siehst gut aus", sagte Jonathan, nachdem er ihn gemustert hatte. „So gut, wie ich dich schon lange nicht mehr gesehen habe."

„Das ist das gute Leben in Hartsville", scherzte Matthew. Das stimmte allerdings nur zum Teil.

„Vielleicht sollte ich das auch versuchen. Ich habe bald Urlaub. Wenn ich hier bin, werde ich ständig in irgendein Büro gerufen und muss die Ereignisse der Mission noch einmal durchgehen. Das habe ich schon so oft gemacht, dass es mir langsam wie Fiktion vorkommt, wie ein Film, den ich mir immer wieder ansehe. Das Ende wird nie besser."

Matthew hasste es, Jonathan so niedergeschlagen zu sehen. Durch den Tod seiner Schwester, seine Verwundung und die Übernahme der Vormundschaft für ein Kleinkind war Matthews Leben seit der Mission nicht gerade einfach gewesen, aber er schaffte es, den Kopf über Wasser zu halten. Jonathan wirkte, als könnte er jeden Moment untergehen.

„Warum kommst du mich nicht besuchen?", fragte Matthew. „Ich habe ein freies Zimmer in dem Haus, das ich gemietet habe."

„Du kannst auch bei Harley und mir bleiben. Wir würden uns freuen, dich bei uns zu haben", bot Garrett an.

Jonathan lachte trocken. „Ich werde mich nicht bei dir und Harley einmischen. Wir Junggesellen halten zusammen." Garrett warf Matthew einen Blick zu, hielt aber seinen Mund. Mia hatte eindeutig geredet.

„Ich freue mich auf deinen Besuch", sagte Matthew. Während des Mittagessens besserte sich Jonathans Laune und sie vereinbarten, dass er vorbeikommen würde, sobald er seinen Urlaub antreten konnte.

Auf der Fahrt zurück nach Hartsville erwartete Matthew, dass Garrett ihn über seine Beziehung zu seiner Nachbarin und Therapeutin ausfragen würde. Normalerweise war Garrett in diesen Dingen ziemlich offen, aber er beschränkte das Gespräch auf neutrale Themen. Matthew versuchte, ihm zu folgen, aber sein Kopf war voll von Gedanken an Anaya und Kinley. In all den Jahren, in denen er schon ein SEAL war, hatte er noch nie jemanden gehabt, der zu Hause auf ihn wartete. Es war anders und es gefiel ihm viel besser, als er angenommen hätte.

Als Garrett vor Matthews Haus anhielt, verabschiedete sich Matthew und trat durch die Vordertür ein. Sofort hörte er Gelächter und Musik und roch etwas Leckeres. Plötzlich hatte er die Erkenntnis, dass es so sein sollte, nach Hause zu kommen, zu Menschen, die ihm etwas bedeuteten. Aber das war nie Teil seines Plans gewesen.

In diesem Moment war der Plan unwichtig. Er konnte gar nicht schnell genug in die Küche gelangen. Er gab Anaya, die in ihrem Hochstuhl saß und eine Schüssel vor sich hatte, einen Kuss auf die Wange. „Wie geht es meinem Mädchen?“

„Gut.“

„Und was machst du da?“

„Muffins!“

„Klingt lecker.“ Das Gemisch, das sie umrührte, sah aus wie Mehl mit Wasser, was es vermutlich auch war, da Kinley gerade ein Blech mit Muffins aus dem Ofen holte. Er wartete, bis sie die heiße Muffin-Form abgestellt hatte, bevor er sie hochhob und mit ihr im Takt der Musik, die aus seinen Bluetooth-Lautsprechern tönte, tanzte.

„Wie geht es dir?“, fragte er, während er sie um die Kücheninsel herumführte.

„Wunderbar.“ Sie zog ihre Backhandschuhe aus und warf sie auf die Küchentheke. Dann legte sie ihre Hände auf seine Schultern. „Jetzt, da du zu Hause bist, sogar noch besser.“

Ihrem Gesichtsausdruck nach zu urteilen, überraschten sie ihre eigenen Worte, aber er hörte sie gern. Er wollte sie küssen, und zwar richtig, aber er begnügte sich damit, sie in seinen Armen zu halten. Das ‚Später', das er ihr versprochen hatte … das würde passieren, sobald Anaya im Bett war.

Er wirbelte Kinley zweimal herum, bevor seine Nichte ihre Hände hochhielt. „Ich auch."

„Du solltest der Prinzessin den nächsten Tanz schenken", sagte Kinley. Sie versuchte, sich aus seinen Armen zu winden, aber er hielt sie noch eine Sekunde länger fest.

„Wir werden später weitertanzen", flüsterte er in ihr Ohr.

„Das will ich hoffen." Ihre Augen leuchteten, als sie auf die andere Seite der Kücheninsel zurückkehrte und er Anaya hochhob. Die Finger des kleinen Mädchens waren klebrig vom Teig, aber er hatte auf der Heimfahrt sein Uniformhemd ausgezogen und es machte ihm nichts aus, dass sie Flecken auf seinem T-Shirt hinterließ.

„Drehen", befahl Anaya. Er wirbelte sie dreimal herum, bevor er sie auf die Kante der Theke setzte, um Kinley dabei zuzusehen, wie sie die Muffins aus der Form holte.

„Sie riechen großartig. Gibt es einen besonderen Anlass?", fragte er.

„Kinder sind nie zu klein, um zu lernen, wie viel Spaß Backen machen kann", sagte sie. „Aber ja, ich habe gute Nachrichten von der Adoptionsagentur bekommen."

„Ein Baby?"

„Möglicherweise. Ich will mir nicht zu viele Hoffnungen machen, aber eine Mutter zieht meine Bewerbung ernsthaft in Betracht. Meine Kontaktperson dort meinte, es läge an den Änderungen, die ich an meinem Profil vorgenommen habe. Vielen Dank dafür. Ich kann dir gar nicht sagen, wie viel mir das bedeutet.“ Sie lächelte und er sah, wie Freudentränen in ihre Augen traten.

„Ich habe dir nur geraten, du selbst zu sein.“ Er genoss die Anerkennung dafür, dass er ihr geholfen hatte, aber sie war diejenige, die das Profil umgeschrieben hatte. „Wir sollten ein Foto von dieser Szene machen“, er wies auf die Küche, „um die Mütter davon zu überzeugen, wie gut du mit Kindern umgehen kannst.“

„Ich habe Spaß daran. Sie ist ein Schatz.“ Kinley lächelte Anaya an. Das hatte er auch herausgefunden. Er hatte schon einige Momente der Verzweiflung erlebt und wusste, dass noch mehr kommen würden. Aber das war es wert.

„Das ist sie wirklich.“ Er zerzauste die Haare des kleinen Mädchens. „Ich wette, sie war eine große Hilfe.“

„Auf jeden Fall. Wenn die Muffins abgekühlt sind, wird sie mir dabei helfen, sie zu glasieren und mit Streuseln zu bestreuen. In der Zwischenzeit sollten wir mit der Zubereitung des Abendessens beginnen. Bist du bereit für etwas Ergotherapie? Ich habe alle Zutaten für ein gutes Essen mitgebracht.“

„Lass mich erst meine Hände waschen.“

Er musste schmunzeln, denn Kinley hatte ihr Menü eindeutig mit der Absicht geplant, seine feinmotorischen Fähigkeiten zu trainieren. Das Schneiden von Champignons und Zwiebeln erforderte seine ganze Konzentration. Sie sah ihm nicht ständig über die Schulter, aber sie gab ihm Tipps und ermutigende Worte. Danach musste er das Hühnchen in Stücke schneiden, es in Mehl, Ei und Milch wenden und es schließlich mit gewürzten Panko-Brotkrumen panieren. Die erforderlichen Handgriffe waren eine Herausforderung für ihn, und Kinley hätte es wahrscheinlich viel schneller machen können, aber er schaffte es.

„Gib alles hinein“, sagte sie und deutete auf die Pfanne, in der sie bereits die Pilze und Zwiebeln anbriet. „Ich übernehme das.“

„Was ist meine nächste Aufgabe?“, fragte er, weil er wusste, dass sie noch nicht mit ihm fertig war.

„Du kannst den Tisch im Esszimmer decken.“ Sie zeigte auf das Besteck und die Servietten, die bereits auf der Theke lagen. „Mein Risotto sieht aus, als wäre es gelungen, also sollten wir in etwa zehn Minuten essen können.“

„Ich werde deine Hilfe brauchen“, sagte er zu Anaya, die während des Kochens gemalt hatte. Er beugte sich näher zu ihr und flüsterte: „Wir haben eine geheime Mission. Komm mit.“ Er legte das Besteck und die Servietten im Esszimmer ab und führte Anaya in Kinleys Garten. „Wir brauchen Blumen. Du musst mir helfen, einen Strauß für Kinley zu pflücken. Was würde ihr wohl gefallen?“

„Rosen.“ Anaya lief zu einem Strauch mit rosafarbenen Blüten und zeigte auf einige davon. Er schnitt sie mit seinem Taschenmesser ab. Mehr Ergotherapie. „Was noch?“

Sie führte ihn durch den Garten zu verschiedenen Blumen. Er kannte ihre Namen nicht, aber nach ein paar Minuten hatte er einen ziemlich schönen Strauß zusammen. „Lass uns eine Vase suchen.“ Er hatte das Haus möbliert gemietet und entdeckte auf dem oberen Regal des Flurschranks eine Vase. Er arrangierte die Blumen und stellte sie auf den Tisch, gerade als Kinley verkündete, dass das Abendessen in zwei Minuten serviert werden würde.

Hastig verteilte er das Besteck und die Servietten. Er setzte Anaya in ihren Hochstuhl, als Kinley zwei Teller aus der Küche hereintrug. Sie blieb stehen und lächelte.

„Wunderschön“, sagte sie. „Und süß. Ich danke euch beiden.“

„Du hast gesagt, dass du nicht oft genug Blumen ins Haus bringst.“ Er war froh, dass es ihm gelungen war, sie glücklich zu machen.

„Ich habe sie ausgesucht“, sagte Anaya.

„Das hast du gut gemacht.“ Kinley stellte einen Teller mit Hühnchen, das bereits in kleinkindgerechte Happen geschnitten war, vor sie. Sie würde eine großartige Mutter sein. Das konnte er bei allem, was sie tat, erkennen.

Sie setzten sich zum Essen hin und er bemerkte, wie Kinley immer wieder Anaya in die Unterhaltung einbezog und dadurch eine Balance mit ihrem Erwachsenengespräch herstellte. Er war immer noch dabei, das zu lernen. Danach wusch er das Geschirr ab, während Kinley und Anaya die Muffins glasierten. Kinley achtete klugerweise darauf, dass das kleine Mädchen die Streusel in den Deckel einer Schachtel schüttete, anstatt sie überall in der Küche zu verteilen.

„Wo hast du diesen Trick gelernt? Von deiner Mutter?“ Nach allem, was sie erzählt hatte, schien ihre Mutter niemand zu sein, der mit Kindern backte.

„Nein, ich habe es auf *Pinterest* gesehen und fand es clever.“

„Ich schätze, ich sollte mich dort nach Ideen umsehen, was ich mit Anaya unternehmen kann.“ Er hatte schon einiges gelesen, aber es würde nicht schaden, auch die sozialen Medien auszuprobieren.

„Du wärst überrascht, was sich die Leute alles einfallen lassen, um den Alltag einfacher zu gestalten und mehr Spaß zu haben.“

„Irgendwelche Vorschläge, wie man Kinder leichter zum Einschlafen bringt?“ Er schaffte es immer irgendwie, aber es konnte eine Herausforderung sein.

„Nach dem, was ich gesehen habe, empfehlen Eltern, sich an eine Routine zu halten und dafür zu sorgen, dass die Kinder erschöpft sind.“

„Das soll mir recht sein.“ Sie gingen nach draußen und spielten im Garten, bis die Glühwürmchen herauskamen und Anaya die Augen zufielen. Nach einem schnellen Bad und einer Geschichte lag sie friedlich schlafend in ihrem Bett.

Er nahm das Babyfon, eine Flasche Wein und zwei Gläser mit auf seine Terrasse, wo Kinley auf ihn wartete. Sie hatte eine weiße Lichterkette eingeschaltet und spielte leise Musik auf ihrem Handy ab, aber sie entspannte sich nicht, sondern kümmerte sich um die eine Topfpflanze, die er dort draußen hatte. Anaya hatte sie eines Tages im Baumarkt entdeckt und darauf bestanden, dass er sie kaufte.

„Zeit zum Genießen“, sagte er. Er schenkte ihr ein Glas Wein ein und reichte es ihr. „Was ist das eigentlich für eine Pflanze?“

„Das ist eine Geranie.“ Sie zeigte auf die größte Pflanze im Topf, die mehrere rosafarbene Blüten hatte. „Und das sind Petunien.“ Die lila Blumen umgaben die Geranie.

„Anaya behauptet, das seien Prinzessinnenfarben.“

„Das sind sie auch.“ Sie nahm einen Schluck von ihrem Wein. „Schläft sie?“

Er nickte. „Sie ist völlig erledigt.“

„Nun, ich denke, wir sollten unseren Tanz fortsetzen.“ Sie stellte ihr Glas ab. „Jetzt, da wir allein sind.“

Sie trat zu ihm und schlang ihre Arme um seinen Hals. Dann legte sie ihren Kopf an seine Schulter, und sie wiegten sich gemeinsam zu der Musik und dem Zirpen der Grillen. Es war schön, sie festzuhalten. Er fühlte sich … vollständig, was ein seltsamer Gedanke war, aber er konnte ihn nicht abschütteln.

Als sie aufsah und seinen Blick erwiderte, vermutete er, dass sie genauso empfand. Er senkte seinen Kopf, um sie zu küssen, und ihre

Reaktion ließ keinen Zweifel daran. Er zog sie noch fester an sich, denn er wollte, dass sie spüren konnte, wie sehr er sie begehrte.

Aber heute Abend ging es um etwas anderes. Matthew wollte eine richtige Verbindung zu ihr. Er wollte ihr zeigen, wie schön er sie fand, innerlich und äußerlich. Er konnte seine Hände nicht davon abhalten, über ihren Körper zu gleiten, und er stöhnte, als sie unter sein T-Shirt griff und seine Rückenmuskeln streichelte. Es war alles so gut. Sie würden fantastisch zusammen sein.

Bald. Für den Moment reichten ihm ihre Küsse und Berührungen.

11

Kinley ging kurz in ihren Garten. Sie musste wieder zur Arbeit, aber sie war zum Mittagessen nach Hause zurückgekehrt und wollte einen Moment im Sonnenschein inmitten ihrer Blumen verbringen. Aus Gewohnheit warf sie einen Blick in Matthews Garten. Er saß auf seiner Terrasse und telefonierte, und irgendetwas an seiner Haltung erregte ihre Aufmerksamkeit. Er hielt sich sehr gerade und aufrecht, als ob er strammstehen würde. Sie wollte ihn nicht anstarren, aber sie konnte sich nicht beherrschen. Seit sie vor vier Tagen auf seiner Terrasse getanzt und sich geküsst hatten, wollte sie nur noch bei ihm sein. Sie hatten wieder gemeinsam gekocht, zweimal bei ihr zu Hause und einmal bei ihm, und sie konnte gar nicht genug von ihm, seinen Küssen und seiner Gesellschaft bekommen.

Es hatte sie heftig erwischt und sie wusste es.

Er steckte sein Handy in die Tasche und reckte triumphierend die Faust. Es musste etwas Gutes passiert sein.

„Alles okay, Nachbar?“, rief sie über den Zaun.

„Besser als okay. Fantastisch.“ Er öffnete das Tor und lief auf sie zu. „Das war mein Kommandant. Die Ärzte auf dem Stützpunkt haben mir erlaubt, den Dienst wiederaufzunehmen. Nur das übliche Training, kein Einsatz als Sprengstoffexperte, aber es ist ein großer Schritt auf dem Weg zurück zu meinem Team.“

„Oh.“ Sie zögerte eine Sekunde, bevor sie sich wieder erholte. „Das ist toll.“

„Laut den Ärzten habe ich das dir zu verdanken. Sie haben gesagt, dass ich mit meiner Therapie hier solche Fortschritte gemacht habe, dass ich nur noch vier Wochen brauche – und die kann ich auf dem Stützpunkt verbringen. Danach werden sie mich erneut beurteilen, um zu sehen, wann ich wieder Bomben entschärfen kann.“

Wie man der Arbeit mit Sprengstoff entgegenfiebern konnte, war ihr ein Rätsel, aber sie freute sich für ihn – wenn auch mit einer gewissen Zurückhaltung. Er hingegen war eindeutig überglücklich.

„Lass mich dich heute Abend in ein Restaurant einladen“, sagte er. „Das haben wir noch nie gemacht und ich möchte mich bei dir bedanken. Ich weiß, dass das ohne deine Arbeit nicht möglich gewesen wäre. Du hast mich zu Höchstleistungen angetrieben und das weiß ich zu schätzen.“

„Ich gönne dir deinen Erfolg. Und ein Restaurantbesuch wäre wundervoll.“ Sie lächelte und verdrängte ihre Besorgnis.

„Ich werde Mia und Kenton bitten, heute Abend auf Anaya aufzupassen. Es wird schön sein, ein kinderfreies Essen zu genießen. Wie wäre es um sieben Uhr?“

„Perfekt.“

Er berührte ihre Wange und küsste sie. Sie hatten sich in den letzten Tagen oft geküsst, aber jedes Mal kam für sie überraschend. Sie war so lange allein gewesen. Irgendwann in den letzten Jahren hatte sie aufgehört, auch nur an ein Date zu denken, und das machte jeden von Matthews Küssen zu etwas ganz Besonderem.

„Onkel Matthew!", rief Anaya von seinem Garten aus.

„Wir sehen uns heute Abend", sagte er und strich noch einmal mit seinen Lippen über ihre, bevor er davoneilte.

Seine Küsse brachten sie so durcheinander, dass sie zurück in ihrer Praxis war, bevor sie wirklich darüber nachdenken konnte, was er zu ihr gesagt hatte. Er wollte zum Stützpunkt zurückkehren, was bedeutete, dass sie ihn nicht mehr sehen würde. Das war schwer zu verkraften, aber es war das, was er wollte.

Am Nachmittag erhielt sie ein Fax von den Navy-Ärzten, die alle Unterlagen von Matthew anforderten. Da ihr Drei-Uhr-Termin abgesagt wurde, nutzte sie die unerwartete freie Zeit, um eine abschließende Zusammenfassung seiner Fortschritte zu erstellen, für die sie alle Notizen von der ersten Beurteilung bis zur letzten gemeinsamen Sitzung am Vortag durchgehen musste.

Er hatte Fortschritte gemacht, bemerkenswerte Fortschritte sogar, aber sie war nicht davon überzeugt, dass sie ausreichten oder jemals ausreichen würden, damit er sich wieder dem Entschärfen von Bomben widmen könnte. Ein Schauer durchfuhr sie bei dem Gedanken daran, dass er darauf spezialisiert war. Wie oft hatte er schon sein Leben aufs Spiel gesetzt? Sie wollte es nicht wissen.

Sie achtete besonders darauf, einen gründlichen Bericht zu schreiben und sich dabei an Fakten und Daten zu halten. Sie hatte nicht vor, ihre Einschätzung zu verfälschen, und vertraute darauf, dass jeder Physiotherapeut, der den Bericht las, es genauso sehen würde wie sie. Matthew hatte enorme Fortschritte gemacht, aber seine Feinmotorik war weiterhin beeinträchtigt. Keine noch so gute Therapie konnte die Nachwirkungen der zerschmetterten Knochen, Verbrennungen und Nervenschäden vollständig beseitigen. Im alltäglichen Leben würde er wieder gut zurechtkommen. Er könnte das Training bewältigen und vielleicht wieder in sein SEAL-Team zurückkehren, aber nicht in der Funktion, die er zuvor innegehabt hatte.

Sie beendete ihren Bericht und schickte ihn an die Ärzte auf dem Stützpunkt. Sie konnten damit machen, was sie wollten. Als Therapeutin hatte sie ihre Pflicht erfüllt. Als Frau fühlte sie sich … verletzt. Matthew war so aufgeregt gewesen bei der Vorstellung, Hartsville zu verlassen. Sie verstand, dass er die gewünschten Neuigkeiten über seine Hand erhalten hatte, aber sie hatte gedacht, dass sie ihm auch wichtig geworden sei.

Die Zeit, die sie zusammen verbracht hatten, war etwas Besonderes für sie gewesen, und sie wollte daran festhalten. Für ihn galt das wohl nicht. Er hatte die ganze Zeit darauf gewartet, wieder zu gehen. Das sollte sie nicht überraschen, aber sie konnte ihre Gefühle nicht leugnen.

Kinley tat ihr Bestes, um ihre Enttäuschung zu verkraften, während sie mit ihren anderen Patienten arbeitete. Schließlich endete ihre letzte Sitzung und sie schaffte es knapp dreißig Minuten vor ihrem Date nach Hause. Bis dahin hatte sie beschlossen, dass sie einfach nur den Abend mit Matthew genießen wollte. Das war das Wichtigste.

Sie duschte schnell, schlüpfte in ein schwarzes Strickkleid, das ihre Kurven betonte, und schminkte sich mit Wimperntusche und einem knallroten Lippenstift. Wenn heute Abend ihr einziges richtiges Date sein sollte, konnte sie genauso gut sexy aussehen. Als er vor ihrer Haustür stand, erkannte sie an seinem Gesichtsausdruck, dass sie ihr Ziel erreicht hatte.

„Du siehst großartig aus.“ Er beugte sich vor und küsste ihre Wange. „Umwerfend.“

Sie lachte. Sie war zwar nicht wunderschön, aber sie freute sich über sein Kompliment. „Das steht dir.“ Er trug ein blaues Hemd, das bis zu den Ellbogen hochgekrempelt war, und eine schwarze Hose, die genau richtig saß.

„Die Krawatte habe ich weggelassen“, gab er zu.

„Ich werde dich nicht bei der Dating-Polizei verraten.“ Es war leicht, mit ihm zu flirten, also schob sie ihre Bedenken und den Herzschmerz, den sie angesichts ihres baldigen Abschieds empfand, beiseite und ließ sich darauf ein.

Er brachte sie in ein Restaurant auf der anderen Seite des Lake Hart, das einen Blick auf das Wasser und eine entspannte Atmosphäre bot.

„Es ist schön hier“, sagte sie, als der Kellner ihre Getränkebestellung aufgenommen hatte.

„Ich wusste nicht einmal, dass es das gibt, aber Patrick hat es mir empfohlen.“

„Patrick ist derjenige, dessen Frau Lehrerin ist, richtig? Und sie haben zwei Kinder?“ Er hatte so oft über seine SEAL-Freunde und ihre Familien gesprochen, dass sie das Gefühl hatte, sie zu kennen.

„Richtig. Und ein drittes ist unterwegs.“

Sie spürte den leichten Anflug von Neid, der sie immer überkam, wenn sie von schwangeren Frauen hörte. Sie verdrängte ihn schnell. Niemand hatte Schuld daran, dass sie keine Kinder bekommen konnte. Und dank Matthews Tipps für ihr Profil bestand durchaus die Möglichkeit, dass sich eine Mutter für sie entscheiden würde.

„Er ist aber nicht in deinem SEAL-Team.“

„Nein. Patrick, Kenton und Anderson sind in einem anderen Team.“

„Aber du kennst sie?“ Sie war neugierig auf die Karriere, die er gewählt hatte und die er so sehr zu lieben schien.

„Die SEALs sind eine kleine, eingeschworene Gemeinschaft, die eng miteinander verbunden ist. Als ich in die Stadt kam, war es leicht, mit ihnen in Kontakt zu kommen, und wir wurden Freunde. Ich möchte, dass du sie und ihre Familien kennenlernst. Sie haben mir sehr geholfen, als ich Unterstützung brauchte."

„Dann würde ich das gern tun." Sie hatte keine Ahnung, ob oder wann dies passieren würde, da Matthew Hartsville bald verlassen wollte. Sie konnte es immer noch nicht fassen, aber sie lächelte ihn an und hörte zu, als er von seinen Kameraden erzählte und davon, wie sehr er sich freute, wieder im aktiven Dienst zu sein.

Sie schafften es bis zum Dessert, bevor sie sich dabei ertappte, wie sie die offensichtliche Frage stellte. „Was passiert mit Anaya, wenn du auf dem Stützpunkt lebst – oder wenn du auf eine Mission gehst?"

„Nun, ich …" Er wandte den Blick von dem Stück Karottenkuchen, das sie sich teilten, ab und legte die Gabel weg. „Das ist der schwierige Teil."

„Ich bin sicher, dass ihr das schafft", sagte sie schnell, um die Stimmung bei ihrem Date nicht kaputtzumachen. „Du bist ihr ein großartiger Vater, auch wenn du eine ungewöhnliche Herangehensweise hast."

„Sie hat sich gerade erst an die Kindertagesstätte hier gewöhnt." Er seufzte schwer. „Ich reiße sie nur ungern wieder heraus, aber ich habe keine andere Wahl."

Sie wollte ihm sagen, dass er eine Wahl hatte. Er könnte die Navy verlassen oder zumindest bei den SEALs aufhören. Aber sie hatte ihn in den letzten Wochen zu gut kennengelernt, um das für realistisch zu halten. Also behielt sie ihre Gedanken für sich.

„Auf dem Stützpunkt gibt es eine gute Kinderbetreuung", sagte er. „Ich habe mich erkundigt. Solange ich im Training bin, wird es funktionieren. Aber wenn ich auf einen Einsatz geschickt werde …"

„Du kannst ein Kindermädchen einstellen, aber das solltest du vor dem ersten Einsatz machen, damit Anaya sich daran gewöhnt." Das Mädchen hatte nach dem Tod seiner Mutter bereits einen großen Umbruch erlebt. Anaya schien mit Matthew gut zurechtzukommen und glücklich zu sein, aber sie könnte – oder würde – seinen Weggang als weiteren Verlust empfinden.

Kinley erinnerte sich daran, dass es sie nichts anging. Matthew hatte nicht angedeutet, dass sie mehr als eine lockere Beziehung hatten. Was er mit seiner Nichte machen wollte, war ganz allein seine Sache.

„Das war auch mein Gedanke", stimmte er ihr zu. „Ich sollte mich wohl besser auf die Suche machen, hm?"

Die Sonne war untergegangen, während sie aßen, und die Fahrt zurück nach Hartsville verlief ruhig. Bei ihrem Date hatten sie die Grenze zwischen Spaß und Ernsthaftigkeit überschritten, und es sah nicht so aus, als ließe sich das noch ändern. Tatsache war, dass Matthew weggehen würde. Sie sollte besser ihr Herz schützen und sich nicht noch mehr an ihn binden, als sie es schon getan hatte.

Sie hätte ihn hereinbitten können, als er sie zu ihrer Tür begleitete. Anaya übernachtete bei seinen Freunden, also konnte er bei Kinley bleiben. Sie könnten miteinander schlafen. Aber sosehr sie sich das auch wünschte – es wäre nicht klug. Vor ein paar Nächten hätte sie es vielleicht noch vorgeschlagen. Aber alles hatte sich geändert, also gab sie ihm einen kurzen Kuss und schloss die Tür.

Zu ihrer Enttäuschung stellte sie fest, dass er nicht auf mehr bestand. Wenn er sie gefragt hätte, ob er zu ihr hereinkommen dürfte, oder sie geküsst hätte wie bei anderen Gelegenheiten, hätte sie ihm nicht widerstehen können. Sie wären in ihrem Bett gelandet und hätten sich geliebt. Sie seufzte, als sie ihre High Heels auszog.

Sie wollte ihn. Das war unbestreitbar. Aber sie hatte das Richtige getan. Es war nur schwer, daran zu glauben, wenn ihr Haus von Stille erfüllt wurde. Sie könnte die Stille mit Musik vertreiben, aber das würde nicht helfen. Also ging sie in die Küche und stellte den Wasserkessel auf den Herd. Sie würde eine Tasse Kamillentee trinken, obwohl sie wusste, dass das nur Gewohnheit war. Was ihr in einer normalen Situation beim Einschlafen half, würde heute Nacht nicht funktionieren.

Während sie darauf wartete, dass das Wasser kochte, ging sie nach oben, um sich einen Pyjama anzuziehen, und überlegte, ob sie sich einen Film ansehen oder ein Buch lesen sollte, um die leeren Stunden zu überbrücken. Stunden, die sie in Matthews Armen hätte verbringen können … aber sie war nicht dumm oder mutig genug, um mit einem Mann zusammen zu sein, der bald weiterzog.

Kinley war gerade im Badezimmer und schminkte sich ab, als eine Explosion das Haus erschütterte. Sie wurde zu Boden geschleudert und entging nur knapp dem Schicksal, mit dem Kopf auf den Rand der Porzellanbadewanne zu prallen. Sie rappelte sich auf und untersuchte sich auf Verletzungen, bevor sie in ihr Schlafzimmer kroch, wo ihr Rauch in die Nase stieg und sie das Knistern von Flammen hörte.

Explosion. Feuer. In ihrem Kopf drehte sich alles und sie kämpfte darum, es zu verstehen, aber ihr Selbsterhaltungstrieb übernahm die Kontrolle, als sie sich auf den Weg nach unten machte. Sie konnte Flammen in ihrem Wohnzimmer sehen, die an den Vorhängen hochstiegen und über den Boden züngelten.

Oh Gott! Sie durfte nicht in Panik geraten. Sie musste nur einen anderen Weg nach draußen finden. Sie zog sich in ihr Schlafzimmer zurück und schloss die Tür, um die Hitze und die Flammen fernzuhalten. Es gab zwei Fenster, aber das Zimmer befand sich im Obergeschoss. Sie öffnete eines davon und spähte in die Dunkelheit hinaus. Doch bevor sie sich über den Sims hieven konnte, wurde ihre Zimmertür aufgerissen.

„Kinley!“ Matthew rannte zu ihr. „Hast du … Bist du …?“

„Mir geht es gut, aber mein Haus brennt.“ Es war eine absurde Feststellung des Offensichtlichen, aber mehr fiel ihr nicht ein.

„Es gab eine Explosion. Ich werde dich hier rausholen.“

„Das Fenster.“ Sie war immer noch in der Nähe davon.

„Es ist zu weit nach unten.“ Er rannte in ihr Badezimmer und ließ das Wasser laufen, dann kam er mit einem tropfnassen Handtuch zurück. „Wickle das um deinen Kopf und bedecke dein Gesicht und deine Haare.“

Sie folgte seinen Anweisungen und bevor sie irgendetwas anderes tun konnte, zog er sie in seine Arme, hob sie hoch und stürmte zur Treppe.

12

Matthew sprintete durch die Flammen, die während der Minute, in der er im Obergeschoss gewesen war, noch intensiver geworden waren. Er spürte, wie die Hitze seine Haut versengte, aber er blieb in Bewegung. Sein einziger Gedanke war, Kinley in Sicherheit zu bringen. Sie klammerte sich an ihn und das nasse Handtuch schützte ihren Kopf, während er durch das Wohnzimmer und die Haustür nach draußen rannte. Erst als sie in sicherer Entfernung vom Haus waren, setzte er sie ab. Ihre Beine gaben unter ihr nach und sie sank zu Boden.

„Es ist okay. Du bist in Sicherheit", sagte er und ging neben ihr in die Hocke, wobei er seine Hand auf ihren Rücken legte. In der Ferne hörte er Sirenen. Die Feuerwehr war auf dem Weg. Ein Nachbar musste den Notruf gewählt haben. Aber das war ihm egal. Ihm ging es nur um die Frau, die neben ihm im Gras kauerte.

Er hatte auf seiner Terrasse gestanden und daran gedacht, wie gern er nach ihrem Date bei ihr geblieben wäre, um mit ihr zu schlafen, als die Explosion ihn fast umgeworfen hatte. Er hatte nicht gezögert. Sein einziger Gedanke war gewesen, zu ihr zu gelangen und sie aus dem brennenden Haus zu holen. Er hatte die Tür eingetreten und war hineingestürmt. Er hatte vermutet, dass sie oben war, da er gesehen hatte, dass dort Licht brannte.

„Mein Haus“, seufzte sie, aber sie zitterte zu sehr, um mehr zu sagen.

„Komm mit.“ Er gestikulierte zu seinem Haus, aber sie schüttelte den Kopf. Der Schock setzte ein, also hielt er sie fest und wärmte sie mit seinem Körper, bis die Feuerwehrleute eintrafen und ihr eine Decke gaben. Er zog sie zur Seite, während Schläuche durch den Garten gerollt wurden und Wasser die Flammen löschte. Ihr Frösteln ließ nach, aber sie sagte nichts, während die Feuerwehrleute ihre Arbeit machten. Die schlimmsten Flammen waren nach einer halben Stunde gelöscht, aber sie rührte sich immer noch nicht und er konnte nicht von ihrer Seite weichen.

Brendan eilte über den Rasen auf sie zu. „Es tut mir leid, Kinley. Ich habe es über den Polizeifunk gehört und bin hergekommen, so schnell ich konnte.“

Während er zusah, wie Kinleys Haus brannte, hatte Matthew in Gedanken Theorien über die Explosion und das Feuer entwickelt. Er begegnete Brendans Blick über Kinleys Kopf und sah die Besorgnis des Mannes. Er musste das Gleiche gedacht haben. Das war kein Unfall gewesen.

„Kannst du mir und dem Feuerwehrchef ein paar Fragen beantworten?“ Ein weiterer Mann kam auf sie zu und Brendan stellte ihn als Chief Vance vor.

„Ja, natürlich.“ Kinley stand auf und schüttelte Matthews Griff ab.

„Warst du zu Hause?“ Brendan zog ein kleines Notizbuch heraus.

„Ich war gerade nach Hause gekommen. Ich war mit Matthew zum Essen verabredet.“ Ihre Stimme stockte, aber dann wurde sie stärker.

„Ich ging ins Haus und stellte den Wasserkessel auf den Herd, um mir eine Tasse Tee zu machen. Dann ging ich nach oben, um mich umzuziehen.“

„Gasherd oder Elektroherd?“, fragte der Feuerwehrchef.

„Gas. Warum?“

„Für den Bericht“, sagte er, während er sich Notizen auf einem Klemmbrett machte. „Erzählen Sie uns, was dann passiert ist.“

„Es gab eine Explosion, bei der ich hingefallen bin, und dann waren da Flammen und Rauch. Ich überlegte gerade, wie ich durch ein Fenster im Obergeschoss aus dem Haus entkommen könnte, als Matthew hereinstürmte, um mich zu retten. Er hat mich hinausgetragen.“

„Was ist mit Ihnen?“ Brendan wandte sich an Matthew.

Er erzählte, wie er die Explosion gehört hatte und ins Haus gerannt war, um Kinley zu suchen. Er sprach nicht über seine panische Angst, dass sie verletzt oder getötet worden sein könnte. Diesen Teil behielt er für sich, aber das war es, was ihn angetrieben hatte.

„Nächstes Mal sollten Sie Rettungsversuche vielleicht den Profis überlassen“, riet ihm der Feuerwehrchef. „Sie sind ein verdammt großes Risiko eingegangen.“

Matthew zuckte mit den Schultern. Er war in seiner Karriere schon schlimmere Risiken eingegangen und würde das Gleiche noch hundertmal tun, wenn Kinley dadurch in Sicherheit war.

„Der Brandinspektor kommt morgen früh vorbei, um die Ursache des Feuers zu ermitteln“, erklärte Chief Vance. „Es begann im Wohnzimmer in der Nähe des Kamins, aber mehr kann ich heute Nacht nicht sagen. Ich lasse einen Löschwagen und ein paar Männer für die nächsten Stunden hier, um sicherzustellen, dass es keine weiteren Brandherde gibt.“

Matthew wartete, bis der Feuerwehrchef weggegangen war, bevor er sich an Brendan wandte. „Sie wissen, dass das kein Unfall war."

„Das ist meine Vermutung", sagte der Detective. „Häuser explodieren nicht spontan, aber wir müssen den Bericht des Inspektors abwarten. Ich arbeite lange genug mit Chief Vance zusammen, um zu wissen, dass er auch vermutet, dass etwas nicht stimmt. Vielleicht finden wir eine Spur, die uns weiterhilft. Du bist schon zu oft nur knapp mit dem Leben davongekommen, Kinley."

„Das finde ich auch. Danke, dass du hergekommen bist, Brendan", erwiderte sie.

„Hast du einen sicheren Ort, an dem du heute Nacht bleiben kannst?" Der Detective steckte sein Notizbuch in seine Hemdtasche.

„Sie bleibt bei mir", sagte Matthew und spürte, wie sich ihr Blick auf ihn richtete. Es würde ihr vielleicht nicht gefallen, dass er das einfach so verkündete, aber seiner Meinung nach war es die einzige Möglichkeit. Er brauchte sie ganz nah bei sich.

„Gut. Sie können auf sie aufpassen. Ich melde mich bald wieder." Brendan ging, nachdem er noch ein paar Worte mit dem Feuerwehrchef gewechselt hatte.

„Komm ins Haus, Kinley." Matthew legte wieder seinen Arm um sie und bemerkte, dass sie immer noch zitterte. „Heute Nacht können wir nichts mehr tun."

Sie zögerte und sah zu, wie die Feuerwehr ihre Schläuche aufrollte. Wollte sie mit ihm streiten? Einen Moment lang dachte er das, aber dann schüttelte sie den Kopf. „Ich schätze, du hast recht."

Er führte sie direkt in sein Schlafzimmer. Er hätte sie im Gästezimmer unterbringen können, aber sein Bett war viel bequemer und sein Schlafzimmer verfügte über ein eigenes Bad. „Warum duschst du nicht? Ich werde dir Kleidung besorgen, die nicht nach Rauch riecht. Dann kannst du dich ausruhen.“

Während sie im Badezimmer war, holte er ihr ein Sweatshirt und eine Sporthose, die sie anziehen sollte. Sie waren zwar viel zu groß, aber besser als nichts. Er überlegte kurz, ob er Mia anrufen und sie bitten sollte, ihm etwas zu leihen, aber dafür war es heute zu spät. Er würde sich morgen darum kümmern. Er legte die Kleidung ordentlich gestapelt vor die Badezimmertür und ging in die Küche, um heiße Schokolade zu machen.

Als er gerade fertig war, hörte er, wie das Wasser in der Dusche abgestellt wurde. Er goss eine Tasse ein und wartete. Würde Kinley zu ihm kommen oder sich einfach ins Bett verkriechen? Wollte sie allein sein oder brauchte sie Gesellschaft? Er wollte sie in den Arm nehmen, ihr Trost spenden und ihr helfen, den Tag zu vergessen. Aber er würde alles tun, was sie brauchte.

„Matthew?“, hörte er sie rufen.

„Ich komme.“ Er nahm die Tasse mit der heißen Schokolade und ging zu ihr. Sie saß auf der Kante seines Bettes und ihre zierliche Gestalt verlor sich fast in seinem Sweatshirt. „Fühlst du dich besser?“

„Ich kann nicht aufhören zu zittern“, sagte sie mit geweiteten Augen. „Normalerweise kann ich mit Überraschungen umgehen, aber …“

„Das war mehr als eine Überraschung.“ Er stellte die Tasse auf den Nachttisch und setzte sich neben sie. „Du bist jetzt in Sicherheit. Ich werde nicht zulassen, dass dir etwas zustößt.“ Er gab das Versprechen in der Absicht, es zu halten. Er war zornig über das, was sie durchgemacht hatte, aber er hielt seine Wut im Zaum. Sie würde Kinley nicht helfen. Im Moment konnte er sich nur um sie kümmern. „Wie kann ich es besser machen?“

„Halt mich fest. Küss mich.“ Sie drehte sich zu ihm um. „Ich will dich spüren.“

„Ich werde dich im Arm halten, bis du einschläfst", versprach er.

„Nein, das ist nicht genug. Schlaf mit mir."

Es gab nichts, was er mehr wollte, aber er musste sich über ihre Beweggründe im Klaren sein. „Kinley." Er berührte ihr Gesicht und sie schenkte ihm ein winziges Lächeln, als ob sie seine Besorgnis erahnen könnte.

„Ich habe mich entschieden, mit dir zusammen zu sein, Matthew", sagte sie. „Ich weiß, was ich tue. Vorhin hätte ich dich fast eingeladen, bei mir zu übernachten. Ich bin froh, dass ich es nicht getan habe. Du hättest verletzt werden können."

Nach allem, was sie durchgemacht hatte, machte sie sich Sorgen um ihn?

„Willst du mich?" Ihre Stimme klang wehmütig.

„So sehr", flüsterte er und wünschte, er könnte seine Gefühle in Worte fassen.

Erleichtert stieß sie den Atem aus. „Gut. Willst du mich jetzt küssen?"

Er beherrschte sich lange genug, um sie von der Bettkante zu heben und die Tagesdecke zu entfernen. Dann legte er sie sanft in die Mitte der Matratze und setzte sich zu ihr. Schließlich küsste er sie, wobei sein Körper sie halb bedeckte. Sie verschmolz mit ihm, bis er nicht mehr wusste, wo sie aufhörte und er anfing. Irgendetwas in seinem Kopf sagte ihm, dass es so sein sollte, genauso wie es sich die ganze Zeit richtig angefühlt hatte, mit ihr zusammen zu sein. Er konnte es nicht erklären, aber er war froh, diesem Gefühl nachgeben zu können.

Der Kuss wurde leidenschaftlicher und er wollte nur noch in ihr versinken, aber er hatte es nicht eilig. Zumindest nicht allzu eilig. Er spürte, dass sie es langsam angehen mussten, und das taten sie auch.

„Ist dir schon warm?“, fragte er ein paar Minuten später.

„Ich brenne förmlich.“ Ihre Hände waren in seinen Haaren vergraben und ihre Augen waren weich vor Verlangen. „Ich will mich nicht von der Stelle rühren. Und ich will auch nicht, dass du dich rührst.“

„Nicht einmal, um das auszuziehen?“ Er zupfte an der Vorderseite des Sweatshirts, das sie trug. „Es sieht süß an dir aus, aber ich will unbedingt wissen, was darunter ist.“ In der letzten Woche hatte er viel Zeit damit verbracht, darüber nachzudenken.

Sie schenkte ihm ein kleines Lächeln. „Nur ein durchschnittlicher menschlicher Körper. Daran ist nichts Besonderes.“

„Sagt die Doktorin.“ Er legte seine Hände auf den Saum. „Ich sehe das anders. Lass mich dich ausziehen.“

Sie zögerte nur kurz und hob dann ihre Arme, damit er ihr das Sweatshirt über den Kopf ziehen konnte. Darunter trug sie nichts. Er holte tief Luft.

„Siehst du? Einfach nur Brüste“, sagte sie.

„Damit liegst du so was von falsch. Deine sind wunderschön.“ Er konnte nicht anders, als sie anzustarren. Sie waren perfekt geformt und hatten dunkelrosa Knospen. Langsam senkte er seinen Kopf, nahm eine Brustwarze in den Mund und saugte sanft daran. Sie keuchte scharf und wölbte sich ihm entgegen. *So viel zum Thema ‚nichts Besonderes‘*, dachte er, als er auch ihre andere Brust küsste.

Ihr Atem wurde immer schneller, als er ihren Oberkörper bis zum Bund der Sporthose mit Küssen bedeckte. Es war verdammt sexy, dass sie seine Sachen trug – und noch besser, wenn er sie ihr auszog. Er schob seine Finger unter den Gummizug und zerrte die Sporthose über ihre Beine.

Sie lag nackt in seinem Bett und es war erstaunlich, dass er noch zwei zusammenhängende Gedanken fassen konnte. Mehr würde er bestimmt nicht schaffen. Als er in ihr Gesicht sah, lächelte sie ihn an. Es war ein weiches, wissendes, weibliches Lächeln. Er war Wachs in ihren Händen. Er wusste es und es war ihm egal. Alles, was er wollte, war, ihr Vergnügen zu bereiten.

Er ließ seine Hand zwischen ihre Schenkel gleiten. Dort war es heiß und feucht, und er konnte nicht widerstehen, sie zu streicheln, bis sie seinen Namen stöhnte.

„Jetzt ist mir wirklich warm", murmelte sie, während sie ihre Arme über den Kopf streckte und sich vor ihm rekelte. Nichts hätte erregender sein können. „Zieh dich aus, Matthew. Ich will dich sehen." Außer vielleicht diese Worte auf ihren Lippen.

Nach ihrem Date hatte er sich nicht umgezogen. Es war nicht schwer, seine Schuhe auszuziehen und seine Hose abzulegen, aber die winzigen Knöpfe seines Hemdes bremsten ihn. Er mühte sich ab, aber seinen Fingern fehlte die nötige Geschicklichkeit, um sie schnell zu öffnen. Er saß auf der Bettkante und zerrte an ihnen, als ihre Arme um ihn herumkamen.

„Lass mich dir helfen." Ihre flinken Finger waren schon dabei, die Knöpfe zu öffnen.

„Meiner Therapeutin würde das gar nicht gefallen", neckte er sie. „Sie würde mich dazu zwingen, es selbst zu tun."

„Das klingt nach einer echten Pedantin, aber ich wette, dieses eine Mal würde sie die Regeln brechen."

Sein Hemd war inzwischen ganz offen, also zog sie es ihm aus und warf es zur Seite. „Ich denke, mit deiner Unterwäsche kommst du allein klar." Sie lehnte sich zurück und strich mit den Fingern über ihren straffen Bauch. Er war überzeugt, dass das keine bewusste Bewegung war, aber verdammt, es war verführerisch. Sein Schwanz wurde noch härter. Ihre Augen weiteten sich, als er sich seiner Unterwäsche entledigte und sich wieder zu ihr in die Mitte des Bettes setzte.

„Nur ein durchschnittlicher menschlicher Körper“, flüsterte er, als ihre nackten Körper zum ersten Mal Kontakt hatten. „Hast du das nicht gesagt?“

Er stützte sich über ihr ab, um sie nicht zu erdrücken, und ihre Hände glitten über seine Brust und seinen Bauch. „Deiner scheint ein überdurchschnittliches Exemplar zu sein.“

„Gut zu wissen.“ Er schloss genießerisch seine Augen, als ihre Hand seine Erektion streichelte und ihr Daumen über die Spitze strich.

„Das gefällt dir“, flüsterte sie und umfasste ihn fester. Fast wäre er auf der Stelle gekommen, was zwar gut gewesen wäre, aber nicht das, was er wollte.

Mit ihr zusammen zu sein und sie zu lieben, war alles, woran er denken konnte, also ergriff er ihre Hände und verschränkte ihre Finger mit seinen. Er küsste sie wieder, diesmal tief und sinnlich. Er hatte sich noch nie mit jemandem so verbunden gefühlt und hätte sie ewig küssen können, aber sein Körper verlangte nach mehr. Er löste sich lange genug von ihr, um ein Kondom aus der Nachttischschublade zu holen, und streifte es sich in Rekordzeit über, denn alles in ihm wollte zurück zu ihr.

Ihre Arme legten sich um ihn. „Ich will dich in mir spüren“, flüsterte sie. „Jetzt.“ Ihre Küsse auf sein Gesicht und seinen Hals trieben ihn an, also drang er schnell in sie ein und genoss das Gefühl, in ihr zu sein. Zehn rasende Herzschläge lang hielt er still und küsste sie, damit sie sich an seine Größe gewöhnen konnte.

„Kinley, meine Süße.“ Mehr bekam er nicht heraus, aber sie schien es zu verstehen. Sie schlang ihre Beine um ihn und wölbte ihren Rücken, um sich ihm zu öffnen. Er drang immer tiefer in sie ein und bereitete ihnen beiden Vergnügen, bis sie über den Rand der Ekstase stürzten.

Danach schmiegte sie sich an ihn und schlief fast sofort ein. Er blieb auch nicht mehr lange wach, aber er war ziemlich sicher, dass er mit einem Lächeln im Gesicht einschlief.

13

Kinley sagte ihre Therapietermine für die nächsten paar Tage ab. Sie brauchte Zeit zum Durchatmen und ihre tüchtige Sprechstundenhilfe machte es ihr leicht. Ein Anruf bei Beth genügte und Kinley wusste, dass alle Termine verschoben werden würden. Sie war dankbar, dass sie so viele Menschen auf ihrer Seite hatte. Dazu gehörte auch Mia, die ihr eine Tasche mit Kleidung und Hygieneartikeln vorbeigebracht hatte.

Kinley fürchtete sich vor ihrem nächsten Telefonat, das nicht so einfach sein würde. Sie hatte es vermieden, ihre Eltern anzurufen, und die E-Mails ihrer Mutter ignoriert. Sie liebte ihre Eltern, aber die Gespräche liefen immer auf dasselbe hinaus: Sie sollte nach Hause kommen. Und es würde nur noch schlimmer werden, wenn sie von dem Feuer erfuhren. Trotzdem musste sie es ihnen sagen. Das war ein zu großes Ereignis, um es zu verschweigen – sie würden es irgendwann herausfinden und entsetzt darüber sein, dass sie sich nicht sofort bei ihnen gemeldet hatte.

Julia und Tom James gehörten zu den Menschen, die ihre Ziele nie aus den Augen verloren. Schon als Kind hatte sich Kinley von ihrem

Ehrgeiz mitreißen lassen und es dank ihnen im Schnellverfahren durch Highschool, College und Graduiertenschule geschafft. Der Umzug nach Hartsville hatte ihr schließlich den nötigen Abstand und eine neue Perspektive ermöglicht. Sie wollte erfolgreich sein, aber ihre Entscheidungen selbst treffen. Wenn sie mit ihren Eltern sprach, fühlte sie sich immer noch wie ein Teenager, der versuchte, das wenige Mitspracherecht, das er in seinem Leben hatte, zu nutzen.

Seufzend wählte sie die Nummer ihrer Mutter und war nicht überrascht, als der Anruf schon beim ersten Klingeln entgegengenommen wurde. „Hi, Mom."

„Endlich", sagte Julia. „Ich habe mir solche Sorgen um dich gemacht, Schatz."

„Es tut mir leid, dass ich mich nicht früher gemeldet habe, aber ich war mit meiner Praxis beschäftigt." Und mit dem gut aussehenden SEAL, in dessen Haus sie jetzt wohnte. An diesem Morgen war sie glücklich und zufrieden in Matthews Armen aufgewacht. Eine Nacht, die traumatisch begonnen hatte, hatte friedlich in seinem Bett geendet. Aber erst, nachdem er ihre ganze Welt aus den Angeln gehoben hatte. Matthews Küsse waren die besten ihres Lebens gewesen – das galt auch für alles andere, was sie mit ihm getan hatte.

„Was ist los, Kinley?", fragte ihre Mutter und holte sie zurück in die Gegenwart. „Irgendetwas ist los, das höre ich an deiner Stimme. Ist deine Praxis nicht erfolgreich? Du könntest zurück nach Atlanta kommen. Du weißt, dass das *Atlanta General Hospital* dich sofort einstellen würde."

„Das ist es nicht. Meine Praxis läuft sehr gut." Sie konnte es genauso gut gleich hinter sich bringen, also fuhr sie fort. „In meinem Haus hat es letzte Nacht gebrannt."

„Ach du meine Güte. Geht es dir gut? Wurde dein Haus schwer beschädigt?" Das Einzige, was Julia James an Hartsville gefiel, war

Kinleys Haus. Es war etwas kleiner als viele andere in der Gegend, aber es war wunderschön. Zumindest war es das bis zum Vortag gewesen.

„Mir geht es gut, aber mein Haus ist im Moment unbewohnbar.“ Sie warf einen Blick aus dem Fenster auf ihr Grundstück. Sie glaubte nicht, dass es völlig zerstört war, aber es würde Zeit und Arbeit brauchen, es zu renovieren.

„Warst du dort, als es passiert ist?“

„Ja.“ Sie erzählte ihrer Mutter schnell und ohne viel Aufhebens, wie Matthew sie aus ihrem Schlafzimmer gerettet und nach draußen gebracht hatte. Dass sie dabei in seinen Armen gelegen hatte, ließ sie weg. „Ich wohne jetzt bei ihm. In dem Ranchhaus direkt neben meinem Grundstück.“

„Oh, das ist auch ein hübsches Haus.“ Ihre Mutter erinnerte sich an die Nachbarschaft, auch wenn sie Hartsville nur selten besuchte. Von Kinley wurde erwartet, dass sie zu ihren Eltern nach Atlanta reiste. „Wie gut kennst du diesen Nachbarn?“

„Er war ein Patient, aber das ist jetzt vorbei.“ Das war auch gut so in Anbetracht der aktuellen Situation.

„Du gehst mit einem Patienten aus?“ Die Stimme ihrer Mutter wurde immer lauter.

„Nein, Mom.“ Sie wollte nicht auf die Einzelheiten ihrer Beziehung zu Matthew eingehen. Sie waren nicht einmal richtig zusammen. Der Restaurantbesuch am Vorabend war das Einzige gewesen, das einem Date nahekam. Ansonsten hatte es nur gemeinsame Mahlzeiten und Zeit in ihren benachbarten Gärten gegeben. Und ein bisschen Tanzen. Und ein paar Küsse. Aber keine Beziehung im eigentlichen Sinne. Sie waren einfach von dem, was zwischen ihnen war, überwältigt worden. Okay, sie war heute Morgen in seinem Bett aufgewacht. Aber er war nicht mehr ihr Patient. Sie wusste, dass sie schon bei ihren früheren

Begegnungen die Grenzen der Ethik ausgetestet hatte, aber so nah wie in der letzten Nacht waren sie sich davor nie gewesen.

„Gut." Ihre Mutter klang erleichtert. „Ich weiß, dass du niemals so etwas Unprofessionelles tun würdest. Ist er ein netter Mann? Das muss er sein, wenn er dir so hilfreich zur Seite steht."

„Das ist er. Er ist ein Navy SEAL, der nach einer Verletzung eine Rehabilitationsmaßnahme brauchte." Durch das Fenster konnte sie einen Mann sehen, der die Fassade ihres Hauses untersuchte. Er trug einen Feuerwehrhelm mit der Aufschrift ‚Inspektor'.

„Nun, das freut mich", sagte Julia.

„Ich habe auch eine gute Nachricht. Eine Mutter zieht mich für die Adoption ihres Kindes in Betracht." Kinley wollte unbedingt über etwas anderes als den Brand und Matthew reden, obwohl auch die Adoption für ihre Eltern ein heikles Thema war. Sie waren grundsätzlich damit einverstanden, sobald sie verheiratet war, aber sie waren nicht begeistert davon, dass sie allein ein Kind bei sich aufnehmen wollte.

„Oh, Schatz, so weit warst du schon einmal und wurdest dann enttäuscht."

„Ich weiß, aber ich glaube, dass meine Chancen diesmal besser stehen." Es fühlte sich wirklich so an.

„Aber … wie kannst du dich um ein Baby kümmern, wenn dein Haus in Schutt und Asche liegt? Die Adoptionsagentur wird das niemals genehmigen."

Kinleys Herz sank, als ihr klar wurde, dass ihre Mutter recht hatte. Warum war ihr das nicht selbst aufgefallen? Sie konnte einem Kind kein sicheres Zuhause geben, bis die Reparaturen abgeschlossen waren. Und bis dahin würde es für diese Mutter zu spät sein. Jemand anderes würde ihr Kind adoptieren. Kinleys Hoffnung zerplatzte wie eine Seifenblase. Sie hatte sich in letzter Zeit durch andere schwierige Situationen gekämpft, aber bei diesem Rückschlag schwand ihre Zuversicht.

Und sie fühlte sich schuldig. Genauso wie ihre Mutter sie auf den Boden der Tatsachen zurückgeholt hatte, hatte Kinley es bei dem Abendessen am Vortag mit Matthew getan. Sie hatte ihm die Freude über die Rückkehr zum Stützpunkt genommen, indem sie ihn darauf hinwies, dass er sich um Anaya kümmern müsse.

„Komm nach Hause, Kinley", flehte ihre Mutter zum x-ten Mal. „Du bist zu jung, um dich in dieser kleinen Stadt zu verstecken, und sie hat dir nichts als Kummer bereitet. Darren hat dich verlassen, weil er es gehasst hat, dort zu leben, und jetzt auch noch das."

Darren hatte Hartsville nie gemocht, aber das war nicht der Grund für ihre Trennung gewesen, wie ihre Mutter genau wusste. Er hatte eine Frau gewollt, die ihm ein Kind schenken konnte, und Kinley war dazu nicht in der Lage. Aber ihre Praxis hier war von Anfang an ein voller Erfolg gewesen. Sie hatte sie selbst aufgebaut und war stolz auf ihre Arbeit. Es stimmte, dass Frank und seine … sie wusste nicht einmal, wie sie diese Vorfälle nennen sollte … im Moment ein Problem darstellten, aber sie würde das durchstehen.

„Hartsville ist jetzt mein Zuhause, Mom. Das habe ich dir schon einmal gesagt. Wie geht es Dad?" Kinley war froh, dass ihre Mutter nicht weiter nachhakte, sondern ihr stattdessen erzählte, wie es ihrem Vater im Ruhestand ging und in welchen Organisationen er sich engagierte. Er setzte sich begeistert für Wohltätigkeitsprojekte ein, also gab es viel zu berichten. Kinley hörte nur mit einem Ohr zu, als sie sah, wie der Inspektor ihr Haus betrat. Mit dem Versprechen, sich bald wieder telefonisch oder per E-Mail zu melden, konnte sie schließlich auflegen.

Sie ging in den Garten und war nicht überrascht, dass Matthew von dort aus ihr Haus beobachtete. Anaya spielte in der Nähe, aber er warf ihr nur gelegentlich einen flüchtigen Blick zu. Aus irgendeinem Grund wirkte seine Körperhaltung breiter und entschlossener, als sie es je zuvor gesehen hatte. Seine Arme waren vor der Brust verschränkt.

„Hallo", sagte sie und stellte sich neben ihn.

„Hey." Er sah sie kaum an und machte keine Anstalten, sie zu berühren, sondern konzentrierte sich darauf, was in ihrem Haus vor sich ging.

„Gibt es neue Erkenntnisse?", fragte sie.

„Nichts, was ich von hier aus sehen könnte. Brendan sagte, dass er später mit dem Bericht vorbeikommt." Er warf wieder einen Blick auf Anaya, die im Gras saß und versuchte, eine Gänseblümchenkette zu machen. „Ich muss die Sicherheitsvorkehrungen für das Haus erhöhen, solange du hier bist. Ich habe mir um mich und Anaya keine Sorgen gemacht – schließlich bedroht uns niemand –, aber mit dir hier ist alles anders."

„Mach dir meinetwegen nicht so viel Mühe", sagte sie und erntete einen langen Blick von ihm.

„Wie geht es deinen Eltern?"

„Gut." Sie hatte ihm gesagt, dass sie anrufen würde. „Sie sind nicht begeistert darüber, dass ich in Hartsville wohne, aber das ist nichts Neues. Sie setzen mich immer noch unter Druck, zurück nach Atlanta zu ziehen. Ich weiß nicht, wann sie endlich einsehen werden, dass das nicht geht." Sie riss sich zusammen, bevor sie weitersprach. Das war nicht taktvoll gewesen. „Es tut mir leid. Ich sollte mich nicht über sie beschweren." Matthew hatte außer seiner Nichte keine Familie und sie klagte über ihre Eltern, die sie liebten, auch wenn sie es auf eine wenig hilfreiche Weise zeigten.

Er winkte ab. „Es ist schade, dass sie dich nicht mehr unterstützen."

„Sie meinen es gut, aber manchmal ist es einfach frustrierend.“ Sie musste auf den Punkt kommen. „Meine Mutter … sie hat darauf hingewiesen, dass meine Chancen auf eine Adoption jetzt geringer sind. Ich habe kein Zuhause für ein Baby, ganz zu schweigen davon, dass ich anfällig für Unfälle zu sein scheine.“

„Das sind keine Unfälle.“

„Onkel Matthew, spiel mit mir!“, rief Anaya.

„Nicht jetzt, Kleine.“ Matthews Weigerung überraschte Kinley. In all der Zeit, die sie zusammen verbracht hatten, hatte sie nicht ein einziges Mal erlebt, dass er seiner Nichte die Aufmerksamkeit verweigerte. Heute war er wirklich anders. Hochkonzentriert und abweisend. Sie hoffte, dass dies vorbeigehen würde.

„Was ich sagen will, ist, dass du eine Entschuldigung von mir verdienst.“

„Warum?“ Er sah sie an.

„Mom hat meine Euphorie über die Adoption mit ein paar Worten gedämpft. Das habe ich gestern Abend mit dir gemacht, als du dich über die Rückkehr auf den Stützpunkt gefreut hast. Ich habe Anaya und die Kinderbetreuung erwähnt und dir damit einen Teil deiner Freude genommen. Das tut mir leid.“

„Du hast nichts gesagt, was ich nicht hören musste. Ich habe noch nicht herausgefunden, wie ich es schaffen werde, aber ich werde mich darum kümmern. Da kommt Brendan.“

Sie fand, dass sie noch mehr zu besprechen hatten, aber Matthew war sofort abgelenkt, als der Detective in den Garten kam.

„Was haben Sie herausgefunden?“, fragte Matthew.

„Hey, Kinley. Alles okay?“ Brendan wandte sich ihr zu, ohne Matthews Frage zu beantworten. Wenigstens verstand Brendan, dass sie einen emotionalen Tag hatte. Matthew schien das nicht zu begreifen. Er hatte sie in der Nacht in seinen Armen gehalten, aber als die Sonne aufging, war es, als hätte jemand einen Schalter umgelegt. Waren SEALs so, wenn sie sich im Missionsmodus befanden?

„Mir geht es gut und es wird mir noch besser gehen, wenn du mir sagst, dass das Feuer ein Unfall war."

„Tut mir leid." Er schüttelte den Kopf. „Der Inspektor geht von Brandstiftung aus."

„Brandstiftung?", wiederholte sie. „Wie kann das sein?"

„Jemand hat die Leitung, die deinen Kamin mit Gas versorgt, angestochen. Die Glasfront hat das Gas wahrscheinlich anfangs zurückgehalten, sodass du den Geruch nicht bemerkt hast. Aber als du deinen Herd eingeschaltet hast, hat sich das Gas entzündet. Zu deinem Glück bist du nach oben gegangen, bevor das passiert ist. Wenn du in der Küche – oder schlimmer noch, im Wohnzimmer – gewesen wärst, als es dort gebrannt hat …"

Er musste nicht ins Detail gehen. Sie verstand, was er meinte.

„Der Brandstifter hat wohl gehofft, dass die Explosion jeden Beweis dafür, dass die Leitung manipuliert worden war, vernichten würde. Der Inspektor hat die Stelle aber sofort gefunden. Er hat gestern Abend bestimmt noch mit dem Feuerwehrchef gesprochen, sodass er eine Vorstellung davon hatte, wonach er Ausschau halten musste. Gab es an der Seite deines Hauses irgendwelche Überwachungskameras, die Aufnahmen von demjenigen, der das getan hat, liefern könnten?"

„Nein." Sie vermied es, Matthew anzusehen. Er hatte gewollt, dass sie alle Außenbereiche ihres Hauses mit Kameras überwachte. Sie hatte ihm gesagt, dass das zu viel sei, und sich auf die Kameras an der Vorder- und Hintertür beschränkt.

„Das habe ich mir schon gedacht. Schade. Aber wenn das ein Profi war, hat er ohnehin darauf geachtet, seine Identität zu verbergen.“

„Haben Sie mit der Polizei in Illinois gesprochen?“, fragte Matthew.

„Ich habe nach dem Einsturz des Schuppens dort angerufen. Die Ermittlungen zu der Ermordung des Bürgermeisters sind noch nicht abgeschlossen, also waren die Beamten nicht sehr entgegenkommend, vor allem weil ich keine eindeutige Verbindung zu der Situation hier herstellen konnte. Brandstiftung könnte das aber ändern. Ich werde noch einmal anrufen. Das Problem ist, dass wir nur Vermutungen haben, anstatt handfeste Beweise, die Frank Smit belasten.“

„Konnten Sie etwas darüber herausfinden, ob Frank nach der Ermordung des Bürgermeisters unter Verdacht stand?“, fragte Matthew.

„Nein, die Beamten haben sich nichts anmerken lassen, aber ich werde dranbleiben. Würden Sie …?“ Brendan gestikulierte zu Kinley. „Ich werde meinen Einsatzleiter bitten, öfter einen Streifenwagen in dieser Gegend patrouillieren zu lassen, aber wir haben keine große Abteilung.“

„Ich werde sie beschützen“, sagte Matthew.

Sie wollte schreien, dass sie auch hier war und die beiden hören konnte, aber sie musste zugeben, dass sie sich nicht besonders gut geschützt hatte. Jetzt würde sie vorsichtiger sein, denn sie konnte sich nicht mehr einreden, dass es sich um zufällige Unfälle handelte.

„Danke“, sagte Brendan. „Ich melde mich, sobald ich neue Informationen habe. Ruf an, wenn du etwas brauchst, Kinley.“

Für den Rest des Tages hatte Kinley das Gefühl, über Eierschalen zu laufen. Matthew schlich drinnen und draußen herum und suchte nach Möglichkeiten, die Sicherheit seines Hauses zu verbessern, während Kinley versuchte, sich daran zu gewöhnen, den Wohnraum mit ihm und Anaya zu teilen. Sie war schon einige Male bei ihnen gewesen, aber nur für einen kurzen Besuch oder eine Mahlzeit. Dort einzuziehen, wenn auch nur vorübergehend, war etwas anderes.

Matthew schien für alles ein System zu haben, vom Ausräumen der Spülmaschine bis hin zum Kaffeekochen. Sie lernte schnell, dass es einen Turnus für die Wäsche gab. Sie durfte kurz in ihr Haus, um ein paar Kleidungsstücke zu holen, aber sie stanken so sehr nach Rauch, dass sie sie waschen wollte. Anscheinend war heute aber der Tag für Bettwäsche und Handtücher. Matthew kam ihr entgegen und machte eine Ausnahme, aber es gab ihr einen Einblick in das streng geordnete Leben, das er zu führen versuchte.

Sich um Anaya zu kümmern, musste ihn ein gewisses Maß an Flexibilität gelehrt haben, aber sie erinnerte sich, dass er erwähnt hatte, wie wichtig ihm Struktur war. Also sagte sie nichts dazu und bemühte sich, ein Lächeln aufzusetzen. Er tat ihr schließlich einen Gefallen.

Es war trotzdem irgendwie enttäuschend, nachdem sie sich in der Nacht so nahe gekommen waren. Sie wollte diese Momente noch einmal erleben … aber die Realität prasselte wie ein kalter, sintflutartiger Regen auf sie nieder.

14

„Oh Gott“, sagte Kinley und starrte aus dem Fenster von Matthews Haus.

„Was?“ Sofort war er alarmiert und eilte an ihre Seite. Hatte sie Smit da draußen gesehen? Er war bereit, sie mit sich zu Boden zu reißen, als er einen blauen Sedan erblickte, der vor Kinleys Haus parkte. Eine Frau in einem strengen, grauen Hosenanzug stieg aus und starrte mit zusammengepressten Lippen auf das beschädigte Gebäude. „Wer ist das?“

„Audrey Hager, meine Kontaktperson bei der Adoptionsagentur. Ich hatte völlig vergessen, dass wir für heute Nachmittag einen Hausbesuch geplant hatten. Das ist eine Katastrophe.“ Kinleys Stimme war leise und sie ließ die Schultern hängen.

In den zwei Tagen seit dem Brand hatte er ihre Anspannung bemerkt. Sie war immer unruhiger geworden, aber er hatte auch nicht gerade gute Stimmung verbreitet. Dessen war er sich wohl bewusst. Er würde es später bei ihr wiedergutmachen. Im Moment konnte er nur dafür sorgen, dass ihr nichts zustieß. Er hatte die Sicherheitsvorkehrungen in seinem Haus verbessert und patrouillierte regelmäßig um ihre beiden Grundstücke.

Kinley hatte einen Teil von Anayas Betreuung übernommen, was er wertschätzte, aber es erinnerte ihn auch daran, wie schwer es für ihn allein auf dem Stützpunkt sein würde, mit all den Verpflichtungen des aktiven Dienstes und einem Kleinkind, das auf ihn wartete. Sein Leben war chaotisch und das hasste er.

„Ich hatte so viel mit der Versicherung und allem anderen zu tun", seufzte Kinley. „Ich habe gar nicht daran gedacht, sie anzurufen."

„Sie wird bestimmt verstehen, dass du sehr beschäftigt warst." Was für eine Frau war diese Audrey Hager, dass sie Kinley so nervös machte?

„Wir werden sehen." Kinley öffnete seine Haustür und winkte der Frau zu, die die freundliche Geste nicht erwiderte. „Also los." Kinley lief nach draußen und er hielt mit ihr Schritt, während er die Straße nach Bedrohungen absuchte. Er war dankbar, dass Anaya bei Mia und Kenton war und mit ihren Mädchen spielte, sodass er Kinley seine ganze Aufmerksamkeit schenken konnte. Sie schien sie zu brauchen.

„Es tut mir so leid, dass ich Sie nicht angerufen habe", sagte Kinley. „Wie Sie sehen, hat es bei mir gebrannt."

„Das habe ich bemerkt." Ms. Hagers Tonfall war überhaupt nicht mitfühlend. Sollte sie nicht um Kinleys Wohlbefinden besorgt sein?

„Ich kann mir vorstellen, dass das ein Problem für meine Bewerbung sein wird, aber ich habe mich bereits an meine Versicherung gewandt. Sobald die Schadensregulierung abgeschlossen ist, werde ich Handwerker damit beauftragen, das Haus zu renovieren."

„Was war die Ursache des Feuers?", fragte Ms. Hager kurz und knapp.

Kinley blickte zu Matthew. „Die Ermittlungen laufen noch, aber der Inspektor glaubt, dass es Brandstiftung war."

„Brandstiftung?" Die Augen der Frau weiteten sich. „Hat es jemand auf Sie abgesehen? Ich versichere Ihnen, dass das nicht gut ankommen wird. Die Umgebung, die Sie einem Kind bieten, muss hundertprozentig sicher sein."

„Natürlich, das verstehe ich. Ich wollte nicht das Opfer einer Brandstiftung werden. Es ist einfach passiert."

„Brandstiftung passiert den meisten Menschen nicht einfach so."

Ms. Hager ging Matthew langsam wirklich auf die Nerven. Hatte die Frau gar kein Mitgefühl? Er wollte sie gerade fragen, als sie mit ihrem Verhör fortfuhr.

„Wo wohnen Sie jetzt?"

„Mein Nachbar war so freundlich, mich vorübergehend bei sich aufzunehmen. Das ist Matthew Templeton." Kinley gestikulierte in seine Richtung. Matthew bemerkte bei der Begrüßung, dass Ms. Hagers Hand so kalt war wie ihr Herz. Aber er hielt seine Zunge im Zaum.

„Bitte kommen Sie in mein Haus. Dort können Sie mit Kinley reden", lud er sie ein. Sie sah aus, als würde sie sich weigern, aber dann schnappte sie sich eine Aktentasche aus ihrem Sedan und marschierte zu seiner Tür.

„Gehört Ihnen dieses Haus, Mr. Templeton?", fragte sie, sobald sie drinnen waren.

„Ich miete es, solange ich in Hartsville wohne."

„Und wie lange ist das?"

„Nicht mehr lange. Ich kehre bald zu meinem Stützpunkt zurück. Ich bin ein Navy SEAL."

„Haben Sie ein Kind?“ Sie deutete auf den Korb mit Spielzeug neben dem Couchtisch.

„Ich habe das Sorgerecht für meine Nichte.“ Das war die einzige Antwort, die er zu geben bereit war. Seine Lebenssituation stand hier nicht zur Debatte. Und die von Kinley auch nicht.

Ms. Hager wandte ihre Aufmerksamkeit wieder Kinley zu. „Wohin gehen Sie, wenn Mr. Templeton nicht mehr hier wohnt?“

„Das habe ich noch nicht entschieden“, sagte Kinley. „Ich weiß nicht, wie lange die Reparaturen an meinem Haus dauern werden. Sobald ich es weiß, werde ich wahrscheinlich ein anderes Haus oder eine Wohnung mieten. Keine Sorge – ich werde meine Bewerbung mit meiner neuen Adresse aktualisieren.“

„Mir gefällt der Gedanke nicht, dass ein Baby in ein vorübergehendes Zuhause kommt.“ Ms. Hager öffnete ihre Tasche und holte einen Laptop heraus. „Welche Art von Beziehung haben Sie zu Mr. Templeton? Ist er Ihr fester Freund? Meiner Erfahrung nach nehmen Menschen keine Zufallsbekanntschaften bei sich zu Hause auf.“

Wenn Matthew in Ms. Hagers Nähe wohnen würde, würde er die Straßenseite wechseln, nur um nicht mit ihr sprechen zu müssen. Ihr zu erlauben, bei ihm zu wohnen – keine Chance.

„Wir sind … Freunde.“ Kinley erwähnte nicht, dass er ihr Patient gewesen war, und er hatte auch nicht vor, darauf einzugehen. Aber es konfrontierte ihn mit der Frage, was sie waren. In gewisser Weise Freunde. Und Bettgenossen. Es gefiel ihm, sie in seinem Bett zu haben und sich in der Nacht an sie schmiegen zu können. Sie war dort in Sicherheit und das war ihm wichtig. Aber es war mehr als das. Er mochte sie, aber ihre Situation war nicht einfach.

Und er brauchte niemanden, schon gar nicht diese Frau, der das infrage stellte. „Ich glaube, Sie weichen dem eigentlichen Thema aus, Ms. Hager“, sagte er.

„Und was ist das?“ Sie warf ihm einen finsteren Blick zu, aber er hatte es schon mit härteren Gegnern zu tun gehabt. Er zuckte nicht einmal mit der Wimper.

„Sie haben es nicht geschafft, Kinley dabei zu helfen, ein Kind zu adoptieren.“ Er hörte Kinleys Keuchen, aber er fuhr fort. „Als Expertin auf diesem Gebiet hätten Sie erkennen müssen, dass ihr ursprüngliches Profil nicht so war, wie es sein sollte.“

„Das ist Sache der Klientin …“

„Aber Sie hätten Kinley beraten sollen, wie sie ihr Profil besser und passender gestalten kann.“ Er würde in dieser Angelegenheit keinen Rückzieher machen.

„Ich möchte nicht, dass sich jemand falsch darstellt.“

Okay, jetzt war er wirklich wütend. Kinley hatte sich nicht falsch dargestellt. Er senkte seine Stimme. „Haben Sie eine Ahnung, wie toll sie ist? Was für eine großartige Mutter sie sein wird? Ich habe sie mit meiner zweijährigen Nichte gesehen. Sie *versteht* Kinder. Sie weiß, wie man mit ihnen spricht, und sie liebt sie.“

Egal was zwischen ihm und Kinley passierte, er würde nie vergessen, wie sie und Anaya miteinander umgingen. Und zwar nicht nur manchmal, sondern immer. Sie spielten im Garten, bastelten und kochten zusammen, und in den letzten beiden Nächten war Kinley diejenige gewesen, die Anaya ins Bett brachte. Sie hatte das Zeug dazu, Mutter zu sein.

„Die Bewerbung muss die Qualifikationen der zukünftigen Eltern enthalten. Es ist nicht meine Aufgabe, das näher zu erläutern.“

„Das sollte es aber sein. Sie haben mit Frauen zu tun, die schwanger sind und vor einer schwierigen Entscheidung stehen. Sie suchen Rat und den sollten Sie ihnen geben. Sie hätten Kinley empfehlen und eine Adoption im besten Interesse des Kindes vorbereiten sollen. Das

Kind, das einmal von Kinley adoptiert wird, wird ein fantastisches Leben und eine wundervolle Zukunft haben."

Vielleicht stand es ihm nicht zu, aber er hatte das Bedürfnis, sich für Kinley einzusetzen. Nach dem ersten erschrockenen Keuchen war sie stumm geblieben. Ihr Gesicht war blass.

„Ich bin es nicht gewohnt, auf diese Weise belehrt zu werden, schon gar nicht von jemandem, der kein wirkliches Interesse an der Adoption hat."

Es folgte eine ganze Minute angespannter Stille. War er zu weit gegangen? Wahrscheinlich. Aber er nahm nicht zurück, was er gesagt hatte, und bat auch nicht um Entschuldigung.

Schließlich meldete sich Kinley zu Wort. „Was muss ich tun, Ms. Hager? Ich will meine Chancen für diese Adoption verbessern und ich weiß, dass meine Situation im Moment nicht gerade ideal ist. Ich brauche Ihren Rat."

„Um ehrlich zu sein, müssen Sie wieder Stabilität in Ihr Leben bringen. Angesichts des Zustands Ihres Hauses und Ihrer … Beziehung zu Mr. Templeton scheinen Sie nicht mehr so geeignet zu sein, wie Sie es einmal waren."

„Es besteht also keine Möglichkeit, dass die Adoption, von der wir sprachen, zustande kommt?", fragte Kinley.

Er wusste, dass es ihr das Herz brach, die Worte laut auszusprechen. Er wollte sie trösten, aber sie wirkte plötzlich distanziert.

„Das entscheidet die leibliche Mutter. Ich sage nur, dass es nicht gut für Sie aussieht." Ms. Hager klappte ihren Laptop zu – Matthew war nicht sicher, warum sie ihn herausgeholt hatte, da sie ihn nicht benutzt hatte – und steckte ihn wieder in ihre Tasche. „Melden Sie sich bei mir, wenn Sie eine neue Adresse haben. Dann sehen wir weiter."

Kinley begleitete sie zur Tür und wünschte ihr eine gute Fahrt.

„Es tut mir leid, Kinley“, sagte er, sobald die Tür ins Schloss fiel. Er wollte sie umarmen, aber sie wich zurück. „Ich konnte nicht den Mund halten, als ich hörte, wie diese Frau mit dir gesprochen hat. Ich habe es ernst gemeint. Du wirst eine hervorragende Mutter sein. Lass mich einen Brief schreiben, in dem ich dich den Müttern empfehle. Sie müssen dich so sehen, wie du *bist*, nicht wie du auf irgendeinem Bewerbungsformular wirkst.“

„Schreib keinen Brief.“ Sie hielt eine Hand hoch. „Halte dich einfach heraus. Bitte.“

„Ich muss etwas tun. Du hast es nicht verdient, von dieser Adoptionsagentur so behandelt zu werden.“

„Was habe ich denn verdient?“, fragte sie. „Ein ausgebranntes Haus? Ein beschädigtes Auto? Ein Leben in Angst?“ Sie wischte sich die Tränen weg. Er konnte nicht sagen, ob es Tränen der Traurigkeit oder der Frustration waren. Vielleicht beides.

„Nichts von alledem“, sagte er. Im Stillen fragte er sich, ob er irgendwo auf ihrer Problemliste stand. Er wollte es nicht glauben, aber das Zusammenleben war in den letzten Tagen schwieriger gewesen, als er es sich vorgestellt hatte. Er hatte eine bestimmte Art, Dinge zu tun. Er lebte mit Grenzen und wusste, dass es zu seinem Besten war. Anaya hatte einige dieser Grenzen gesprengt, aber er arbeitete daran, sein Leben so umzugestalten, dass sie darin einen Platz hatte.

Die Anwesenheit einer weiteren Person in dem kleinen Haus hatte ihm bewusst gemacht, wie einschränkend seine Regeln auf jemand anderen wirken konnten. Kinley war ein vorbildlicher Gast gewesen, aber er konnte sehen, dass er ihr mehr als einmal Unbehagen bereitet hatte, sowohl mit seiner strengen Haushaltsführung als auch mit seiner übertriebenen Fürsorglichkeit. Und doch konnte er nichts von beidem ändern. Er brauchte Ordnung und Struktur – und wenn es um Kinley ging, konnte er nicht genug Sicherheitsvorkehrungen treffen. Er wäre nicht besorgt, wenn er selbst in Gefahr schweben würde. Er hatte die Ausbildung und Erfahrung, um damit umzugehen. Kinley hatte das nicht, also musste er sie beschützen. Vielleicht konnte er nicht ihr Liebhaber und Beschützer sein, während er gleichzeitig Vollzeitvater war.

Seine SEAL-Kameraden waren in ähnlichen Situationen gewesen und hatten es geschafft. Und es hatte damit geendet, dass die Frauen dauerhaft in ihrem Leben geblieben waren. Das war nicht das, wonach er suchte. Oder doch? Er schüttelte den Kopf. Er konnte sich einfach nicht vorstellen, wie das mit ihm und Kinley funktionieren sollte. Er hatte immer gedacht, dass er dazu bestimmt sei, allein zu sein. Es war ihm vertraut und es war einfacher. Sicherer. Daran hatte sich nichts geändert.

„Ich werde in meinem Garten arbeiten“, sagte sie in die Stille, die zwischen ihnen herrschte. „Ich brauche Zeit für mich.“

„Du solltest nicht …“ Er war sofort besorgt, dass sie angegriffen werden könnte.

„Ich werde in meinem Garten sein“, beharrte sie und machte ihm klar, dass dies nicht zur Diskussion stand. „Ich komme schon zurecht. Du hast bestimmt etwas zu tun.“ Sie fügte nicht ‚ohne mich‘ hinzu, aber das war der Sinn ihrer Worte. Sie hatte wahrscheinlich recht. Sie brauchten beide etwas Freiraum.

15

Kinley war glücklich darüber, am nächsten Tag in ihre Praxis gehen zu können und etwas Normalität zu haben – und es machte sie noch glücklicher, als nach dem Abendessen ein paar Freunde von Matthew vorbeikamen, damit ihre Kinder mit Anaya spielen konnten. Das war eine willkommene Abwechslung, denn die Lage zwischen ihr und Matthew war angespannt. Und sie merkte, dass sie seine SEAL-Freunde Kenton und Anderson und deren Ehefrauen mochte. Mia und ihre Mädchen kannte sie bereits, und es war schön, Violet und ihren Sohn Nate kennenzulernen. Die Männer gingen in den Garten, um ein Bier zu trinken, und die Frauen unterhielten sich im Wohnzimmer, während die Kinder in der Nähe auf dem Boden spielten.

Kinley fühlte sich anfangs etwas unbeholfen. Es war nicht ihr Haus und es stand ihr nicht zu, die Gastgeberin zu spielen. Aber die beiden anderen Frauen bezogen sie bald in ihr Gespräch ein. Sie hätten nicht unterschiedlicher sein können – Mia war ein Freigeist, der in einer Bäckerei arbeitete, während Violet als Analytikerin für eine Regierungsbehörde die Welt bereist hatte –, aber sie schienen sich gut zu verstehen.

„Für Kenton wäre ein Hausbrand eine absolute Katastrophe", sagte Mia gerade zu Kinley. Die beiden duzten einander inzwischen genauso, wie alle anderen es taten. „Als er von dem Feuer erfuhr, besprach er mit den Mädchen Brandschutzmaßnahmen und testete alle Rauchmelder – und das, noch bevor er wusste, dass es bei dir Brandstiftung war. Solche Dinge nimmt er ganz genau."

Violet lachte. „Das kannst du laut sagen. Anderson und ich haben mit Nate darüber gesprochen, was man im Notfall tun sollte. Er ist nicht zu klein, um das zu verstehen. Ich will ihm nur keine Angst machen."

„Es ist gut, dass ich allein lebe", sagte Kinley. „Ich musste mir keine Sorgen darüber machen, ob jemand anderes es nach draußen schafft." Nicht, dass sie sich selbst in Sicherheit gebracht hatte. Sie hätte es getan, wenn sie noch eine Minute Zeit gehabt hätte, darüber nachzudenken, aber dann war Matthew aufgetaucht.

„Auch keine Haustiere?", fragte Mia.

„Ich arbeite viel, aber ich möchte irgendwann eine Katze oder einen Hund haben." Sie fügte nicht hinzu, dass sie wollte, dass ihr Kind ein Haustier hatte, falls es mit der Adoption klappte. Das war ihr in ihrer Kindheit verwehrt worden. Ihre Eltern hatten sich unzählige Gründe einfallen lassen, warum sie keins haben konnte, aber sie sehnte sich nach der bedingungslosen Liebe, die ein Haustier geben konnte.

„Wir haben einen Welpen und er ist eine … Herausforderung." Violet seufzte. „Anderson wollte ihn trainieren, aber natürlich wurde er ausgerechnet in der Woche, in der wir Rocky bekamen, zu einem Einsatz abkommandiert. Also war ich anfangs ganz allein."

Nach dem, was Matthew Kinley erzählt hatte, gehörte Anderson zum selben SEAL-Team wie Kenton und Patrick, den sie noch nicht kennengelernt hatte. Und dann waren da noch die Männer aus Matthews Team. Sie hatte Garrett kurz in der Einfahrt getroffen, als er Matthew abgeholt hatte, um mit ihm zu ihrem Stützpunkt zu fahren.

Jonathan sollte eigentlich bald zu Besuch kommen, aber das war schon mehr als einmal verschoben worden. Sie versuchte nicht, die Feinheiten der Welt zu verstehen, in der sich diese Männer bewegten. Ein Gespräch mit den Frauen, die sie liebten, würde ihr vielleicht einen Einblick geben, aber sie wollte vor ihnen nicht als etwas anderes als Matthews Nachbarin auftreten.

„Es macht aber auch Spaß, sie unter Kontrolle zu halten", sagte Mia mit einem Grinsen und Kinley erinnerte sich daran, dass sie über Haustiere und nicht über Männer sprachen.

„Irgendwie schon", stimmte Violet ihr zu. „Rocky ist unglaublich liebenswert und Nate ist begeistert von ihm. Ein Junge und sein Hund, ihr wisst schon."

Kinleys Herz schmerzte, obwohl sie versuchte, weiterhin zu lächeln. Sie wünschte sich so sehr ein eigenes Kind, mit dem sie ins Tierheim gehen konnte, um sich dort ein Haustier auszusuchen und es in ein Zuhause voller Liebe und Lachen mitzunehmen.

„Was glaubt ihr, worüber sie sich so angeregt unterhalten?", fragte Mia. Durch die Glasschiebetür konnten sie die drei Männer sehen, die zusammen auf der Terrasse standen.

Matthews Gesicht wirkte ernst, aber das war in letzter Zeit ständig der Fall. Vor dem Brand hatte sie mit ihm einige wunderbare, unbeschwerte Momente erlebt. Das fehlte ihr.

„Wer weiß?", erwiderte Violet, als ihr Mann seine Hand auf Matthews Schulter legte, als wollte er ihn trösten. „Vielleicht geht es immer noch um die Mission."

„Die Mission, bei der Matthews Hand verletzt wurde? Ich schätze, so etwas macht einem auch noch lange danach zu schaffen", meinte Kinley.

„Ich kenne die Details nicht“, sagte Mia. „Die Männer behalten sie für sich, aber einer ihrer engen Freunde wurde getötet. Es war für sie alle sehr schwer.“

Matthew hatte das angedeutet. Ansonsten wusste sie nur, wie es zu Matthews Verletzung gekommen war. Es ging um eine Bombe und ein Lagerhaus in Kolumbien. Mehr wollte sie gar nicht wissen. Nicht wirklich. Sie wollte nicht daran denken, was Matthew hätte zustoßen können.

„Oje“, sagte Mia bei einem Blick auf die Kinder. „Ich sehe ein Gähnen.“

„Bald ist Schlafenszeit“, fügte Violet hinzu. „Es ist Zeit, uns zu verabschieden, Nate.“ Sie winkte ihrem Mann durch die Glasschiebetür zu, um seine Aufmerksamkeit zu erregen, und zeigte auf ihre Armbanduhr.

Kurz danach brachen alle auf und dreißig Minuten später hatte Kinley Anaya ins Bett gebracht. Das wurde langsam zur Gewohnheit und sie genoss es. Sie mochte das Ritual von Bad, Geschichte und Bett. Sie würde es noch mehr mögen, wenn Matthew ihr dabei Gesellschaft leisten würde. Aber er war beschäftigt, wie sie Anaya schon dreimal hatte erklären müssen, als diese nach ihm fragte. Sie fand, dass seine abendlichen Sicherheitskontrollen warten konnten, aber er machte sie aus Gründen, die sie nicht verstand, immer in der Dämmerung.

„Sie möchte noch einen Kuss“, sagte Kinley, als sie die Küche betrat.

Matthew saß am Tisch und hatte seinen Laptop aufgeklappt. „Danke, dass du sie bettfertig gemacht hast.“

„Kein Problem.“

Als er den Raum verließ, machte sich Kinley eine Tasse koffeinfreien Kaffee. Sie hatte sich in ihr Haus geschlichen und ihre Nespresso-Maschine aus der Küche geholt. So konnte sie ihren Lieblingskaffee trinken, ohne Matthews Bedürfnis nach extra starkem, schwarzem Kaffee in die Quere zu kommen.

Sie brühte sich eine Tasse auf und setzte sich mit ihrem Handy an den Tisch, um die Nachrichten zu überfliegen. Ihr Blick wanderte zu dem Laptop und der Webseite, die Matthew sich angesehen hatte – sie gehörte einem Kindermädchen-Service. Ah, damit war er also beschäftigt. Es musste sein, aber Anaya tat ihr leid. Sie liebte ihren Onkel und würde am Boden zerstört sein, wenn sie für längere Zeit auf ihn verzichten musste, während er im Einsatz war.

Falls er eingesetzt werden könnte. Kinleys abschließende Beurteilung von Matthews Hand deutete darauf hin, dass seine Tage als Bombenexperte vorbei waren, auch wenn er etwas anderes glaubte. Manchmal spielte der Glaube eine große Rolle bei der Genesung, aber er konnte keine Berge versetzen. Das hatte sie ihm während der Therapie ehrlich gesagt. Jetzt war es an den Spezialisten in der Navy, über sein Schicksal zu entscheiden.

Auf jeden Fall bereitete er sich auf den aktiven Dienst vor. Er kam zurück und setzte sich neben sie.

„Hattest du Glück?“, fragte sie und nickte in Richtung des Bildschirms.

„Ich habe Anaya in der Kindertagesstätte auf dem Stützpunkt angemeldet, aber das löst nur einen Teil meines Problems. Der Papierkram für die Vollzeitbetreuung durch ein Kindermädchen ist komplizierter. Und es ist mir wichtig, das ordentlich zu erledigen. Ich möchte, dass sie die Struktur und Unterstützung hat, die ich als Kind nicht hatte.“

Er hatte bereits erwähnt, dass er die Struktur brauchte, die ihm die Navy auferlegte. Sie hatte ihm aus einer schwierigen Jugend herausgeholfen … aber brauchte er sie noch? War sie das Beste für Anaya? Kinley konnte sich das nicht vorstellen. Das Mädchen brauchte seine Liebe und Aufmerksamkeit mehr als alles andere. Aber er war so darauf bedacht, sich an die Regeln zu halten – er schien Angst zu haben, dass seine Welt zusammenbrach, wenn er es nicht tat.

Ihr kam etwas in den Sinn. Hatte er sie nicht getadelt, weil sie das Gleiche getan hatte? Sie lehnte sich zurück und ließ ihren Kaffee auf dem Tisch abkühlen, während sie darüber nachdachte. Konnte sie es ihm gegenüber erwähnen? Warum nicht.

„Warst du nicht derjenige, der mich ermutigt hat, bei der Adoptionsbewerbung ich selbst zu sein, anstatt davon besessen zu sein, alles richtig zu machen?“, fragte sie.

„Ja.“

„Vielleicht musst du dich gar nicht so sehr an die Struktur und die Regeln halten, wie du denkst. Wie wäre es, wenn du dich nicht um jedes Detail kümmerst, sondern die Formulare einfach so gut wie möglich ausfüllst und es dabei belässt?“

„Wenn der Papierkram nicht vollständig ist, werde ich nicht für die Vermittlung eines Kindermädchens in Betracht gezogen“, sagte er. Sie ließ ihm ein paar Sekunden Zeit, um über seine Antwort nachzudenken. „Okay, ich verstehe, was du meinst. Aber das hier ist etwas anderes. Ich kann es mir nicht erlauben, beim Ausfüllen der Formulare etwas unvollständig zu lassen.“

„Ich aber schon?“ Ihr Problem war, dass sie zu viele Informationen hatte, nicht zu wenige, aber das Prinzip war dasselbe.

„Du kannst das, weil du so ziemlich die perfekteste Frau bist, die mir je begegnet ist.“ Er grinste sie zum ersten Mal seit zwei Tagen an und sie lachte.

„Niemand ist perfekt.“

„Bist du sicher?“, fragte er, als er seinen Laptop zuklappte und sich zu ihr umdrehte.

Sie wusste nicht, ob sie seine Bemerkung als Kompliment oder als Kritik auffassen sollte. Was hatte sie einmal über Menschen mit schönen Gesichtern gelesen? Man konnte sie später nicht mehr beschreiben, denn es waren die Makel, die Gesichter interessant und einprägsam machten.

Sie hatte nicht den Anspruch, perfekt zu sein. Sie hatte Fehler und darüber war sie froh. Ihre Eltern hatten versucht, sie zu ihrer Vorstellung von Perfektion zu machen, aber sie hatte schließlich gelernt, sich ihren Bemühungen zu widersetzen. Auch darüber war sie froh. Das machte sie zu einem Individuum.

„So sicher, wie ich nur sein kann", sagte sie. „Ich möchte nicht, dass du oder jemand anderes denkt, ich sei mehr, als ich tatsächlich bin."

„Zu spät." Seine Stimme war sanfter geworden und er griff nach ihrer Hand, hob sie an seine Lippen und küsste ihre Handfläche. „Willst du, dass ich es dir beweise?"

„Wie soll das gehen?", fragte sie, aber ihr Herzschlag beschleunigte sich.

„Komm mit mir ins Bett."

„Es ist noch zu früh." Sie schenkte ihm ein schelmisches Lächeln.

„Wir werden nicht schlafen." Er zog sie auf die Füße. „Zumindest nicht so bald."

Sie überlegte, ob sie ihm widerstehen sollte, aber das Bett war der einzige Ort, an dem sie sich völlig einig waren. Die Anspannung wegen der Bedrohung, dic Sorge um ihre Adoptionschancen, die Fragen danach, was sie füreinander waren, verschwanden nur in der Nacht, wenn er sie liebte.

„Es geht nicht darum, dass einer von uns beiden perfekt ist." Das wollte sie klarstellen.

Er schüttelte den Kopf und umfasste ihr Gesicht mit seinen großen Händen. „Wenn ich dich ansehe, bist du es. Lass es mich dir zeigen, Kinley."

Sie fragte sich flüchtig, was er sah. Er war ihr näher gekommen als jeder andere, um einen realistischen Eindruck von ihr zu haben – zumindest hatte sie das gedacht. Aber wenn er Perfektion entdeckt hatte, dann hatte er sie gar nicht wirklich gesehen.

Trotzdem ließ sie sich von ihm in sein Schlafzimmer führen, denn ob perfekt oder nicht, es fühlte sich gut an, bei ihm zu sein. Sie löste sich von ihm und zog ihr Sommerkleid aus. Es verfügte über einen integrierten BH, sodass sie im Handumdrehen nur noch ein weißes Spitzenhöschen trug. Er kam zu ihr und legte seine Hände um ihre Taille.

„Siehst du? Perfekt."

Sie war gut in Form. Sie trainierte und ernährte sich gesund, aber kein menschlicher Körper war perfekt. „Ich habe Narben."

„Wo?" Er tat so, als ob er sie inspizieren würde.

„Am Knie. Du musst es bemerkt haben." Sie war in der Highschool wegen einer Sportverletzung operiert worden. Sie zeigte auf die Stelle.

„Das ist mir nie aufgefallen." Er hatte Narben an der Hand, die von seiner letzten Mission stammten, und weitere Narben an seinem Oberkörper und seinen Beinen. Er war ihren Fragen ausgewichen, als sie sich danach erkundigt hatte.

„Siehst du? Ich bin doch nicht perfekt." Ihre Worte waren halb scherzhaft, halb ernst.

„Doch."

Sie seufzte. „Ich kann dich nicht umstimmen, oder?"

„Nein“, sagte er. Er nahm ihre Brüste in seine Hände und streichelte sie. „Hör auf, es zu versuchen.“

Also tat sie das und widmete ihre Aufmerksamkeit dem Beweis dafür, wie perfekt sie *zusammen* waren, wenn sie sich liebten. Sie öffnete den Knopf seiner Jeans und schob den Reißverschluss nach unten.

„Zieh die Jeans aus“, sagte sie und zerrte sie über seine Hüften. Er stieg heraus. „Und das auch.“ Sie deutete auf seine Unterwäsche.

„Was ist mit dir?“ Seine Finger glitten über den Bund ihres Höschens.

„Du zuerst“, verlangte sie und leckte sich fast über die Lippen, als er gehorchte. Er war schon hart und sie liebte es, dass sie eine solche Wirkung auf ihn hatte. Er griff nach ihrer Hand und führte sie zu seinem Schwanz. Mit seinen Fingern über ihren streichelten sie ihn gemeinsam. Sein Kopf fiel nach hinten und sein Gesicht ließ keinen Zweifel daran, wie sehr er es genoss.

„Sag mir, dass das nicht perfekt ist“, murmelte er.

„Es ist heiß.“

Er grinste. „Okay. Perfekt und verdammt heiß.“ An der Spitze seiner Erektion bildete sich ein Tropfen, den sie unbedingt probieren musste. Sie ließ sich auf dem weichen Teppich auf die Knie fallen und strich mit ihrer Zunge darüber. Seine Hände ballten sich an seinen Seiten zu Fäusten. „Mach das noch einmal. Bitte.“ Seine Stimme war nicht mehr als ein Knurren. Sie leckte ihn erneut, bevor sie ihn ganz in ihren Mund nahm. Sein Körper war vor Verlangen angespannt und er zitterte fast, was dazu führte, dass sie noch fester saugte. „Ich kann es nicht zulassen, dass ich jetzt schon komme.“

Seine Hände waren plötzlich in ihren Haaren und zogen sie von ihm weg. Er hielt sie fest, während er tief einatmete und darum kämpfte, die Kontrolle zu behalten. Sie konnte sich ein zufriedenes Lächeln nicht verkneifen.

„Ich werde diesen Gefallen erwidern.“

Sie schlüpfte aus ihrem Höschen, wobei sie darauf achtete, verführerisch die Hüften zu wiegen, bevor sie sich mit gespreizten Beinen auf dem Bett ausstreckte. „Bitte.“

Er atmete zitternd aus und kam zu ihr, wobei er sich mit einer Hand neben ihrem Körper abstützte. Der Kuss, mit dem er begann, war verheerend, heiß und sinnlich. Er bewegte sich immer weiter nach unten und widmete sich ihren Brustwarzen, bevor er mit seiner Zunge über ihren Bauch strich. Die erste Berührung an ihrer Klitoris war federleicht, aber so intensiv, dass sie sich an die Bettlaken klammerte. Als er sie mit seiner Zunge erkundete, verlor sie fast den Verstand.

„Ich liebe es, wie feucht du für mich bist“, murmelte er, bevor er an ihr saugte. „So unglaublich …“

„Sag nicht perfekt.“ Sie konnte kaum laut genug sprechen, um gehört zu werden, so stark waren die Empfindungen, die sie durchströmten. Sie wimmerte, als er die Innenseiten ihrer Oberschenkel küsste und sich dann zurückzog. Sie hörte, wie eine Schublade geöffnet wurde und die Kondomverpackung knisterte.

„Du raubst mir den letzten Rest meiner Selbstbeherrschung, Kinley.“ Er kehrte zu ihr zurück und wartete einen Herzschlag – gerade lange genug, damit sich ihre Blicke trafen –, bevor er in sie eindrang. Während er sie ausfüllte, dachte sie flüchtig über ihre Verbindung nach, die über Nachbarschaft, Freundschaft oder sogar ein Liebesverhältnis hinausging.

Jetzt konnte sie nicht darüber nachdenken, was das bedeutete. Das würde sie später tun. Für den Moment schmiegte sie sich an ihn und gab sich der Ekstase hin. Nachdem sie beide zum Höhepunkt gekommen waren, ließ er sie nur kurz allein, um das Kondom zu entsorgen, bevor er zurückkam und sie zu sich unter die Decke zog. Sie war schon fast eingeschlafen.

„Du kannst nicht behaupten, dass das irgendetwas anderes als perfekt war“, murmelte er und küsste sie zärtlich.

Sie wollte ihm widersprechen, aber sie war zu überwältigt von dem, was zwischen ihnen passiert war, um ihre Gedanken in Worte zu fassen.

16

Matthew hatte Anaya in der Kindertagesstätte abgesetzt, obwohl er keine konkreten Pläne hatte. Sie hatte darum gebeten, da sie dort Freunde gefunden hatte. Und er dachte, dass es keine schlechte Idee sei, sie an die Tagesbetreuung zu gewöhnen. Es würde ihr den Wechsel in die Kindertagesstätte auf dem Stützpunkt erleichtern. Außerdem war es so einfacher, ein paar Besorgungen zu machen.

Er konnte jederzeit wieder auf den Stützpunkt ziehen, aber er würde Kinley nicht schutzlos zurücklassen. Smit war immer noch eine Bedrohung und ließ Matthew keine Ruhe. Er wollte die Sache zu Ende bringen. Das Warten darauf, dass Smit wieder angriff, machte ihn fast verrückt. Aber der Kerl war abgetaucht. Brendan hatte angerufen und gesagt, dass Smit am Tag der Brandstiftung, also vor sechs verdammten Tagen, die Schlüssel zu seinem gemieteten Haus in der Stadt abgegeben hatte. Keiner wusste, wo er jetzt war.

Matthew durchsuchte sein Grundstück und das von Kinley nach etwas, das ihm ungewöhnlich erschien, aber er fand nichts. Er blieb an dem Tor stehen, das ihre Gärten trennte, atmete tief durch und dachte nach. Was würde das Team tun, wenn es bei einem Einsatz eine solche Flaute gab?

Das war einfach. Aufklären. Sie würden weitere Informationen sammeln und eine Risikobewertung vornehmen. Das war genau der Weg, den er einschlagen musste. Und er kannte die Person, die ihm dabei helfen konnte. Während Kinley in ihrer Praxis in Sicherheit war, fuhr Matthew zum Polizeirevier und fragte nach Brendan Hogue.

„Heute ist der ganze Papierkram dran", sagte Brendan, nachdem er Matthew in sein kleines Büro geführt und ihn gebeten hatte, sich zu setzen. Der Schreibtisch war mit Akten bedeckt. „Ich schiebe es auf, aber irgendwann holt es mich ein."

„Abgeschlossene Fälle oder aktuelle?"

„Sowohl als auch. Die meisten davon sind nicht besonders aufregend. Graffiti im Park, Beschwerden über Telefonbetrug, eine Fahrerflucht, bei der sich herausstellte, dass ein Teenager Grandpas Auto ausgeliehen hatte und nicht wusste, wie schnell es beschleunigt. Aber deswegen sind Sie ja nicht hier." Brendan griff in eine Schublade und zog einen grünen Ordner heraus. „Ich bewahre meine besonderen Projekte an einem anderen Ort auf." Er blätterte den Ordner durch und wählte mehrere Dokumente aus. „Das sind die Polizeiberichte von Kinleys Autounfall und dem Brand." Er legte sie vor Matthew auf den Schreibtisch. „Und das sind meine Recherchen über Frank Smit."

Matthew nahm die losen Zettel von dem Detective entgegen.

„Wir haben immer noch nichts, was Smit mit den Angriffen auf Kinley in Verbindung bringt. Brandstiftung ist eine schwere Straftat, aber es gibt nicht den geringsten Beweis dafür, dass er etwas mit dem Feuer zu tun hatte. Ich bin unter dem Radar geblieben und habe so viele Informationen gesammelt, wie ich konnte. Ich bin den Fall immer wieder durchgegangen, aber vielleicht hilft eine neue Perspektive. Werfen Sie einen Blick darauf."

Matthew legte die Polizeiberichte von dem Autounfall und dem Brand beiseite und konzentrierte sich auf das, was Brendan über Smit herausgefunden hatte. Er überflog die Zettel und las sie dann noch einmal gründlich durch. Schließlich blickte er enttäuscht auf. „Das ist nicht sehr viel." Er hatte sich mehr Informationen erhofft.

„Ich denke, das spricht Bände", sagte Brendan. „Ich habe zwei Decknamen ausfindig gemacht, aber egal nach welchem Namen man sucht, es gibt nicht viel da draußen. Wenn er wirklich ein Mafia-Killer ist, heißt das, dass er gut ist. Er hinterlässt keine Spuren. Er ist nicht auffällig."

„Und er ist geduldig." Das war nicht gerade beruhigend, denn es bedeutete, dass Smit wahrscheinlich untergetaucht war und auf eine günstige Gelegenheit wartete, wieder zuzuschlagen.

„Das größte Aufsehen, das er je erregt hat, war bei dem Anschlag auf den Bürgermeister. Dabei wurde er fast erwischt. Ein Augenzeuge gab eine Beschreibung ab, die gut auf Smit passen könnte."

„Wenn die Verletzungen, wegen denen Kinley ihn behandelt hat, zu den bekannten Fakten über den Tathergang und die Flucht des Schützen passen, wäre es schwieriger, einen Zusammenhang abzustreiten", sagte Matthew.

„Ja. Durch Kinleys Aussage würde sich die Beweislage gegen ihn verdichten. Mit ihrem Status als Therapeutin und ihrem Wissen über seine Verletzungen wäre sie im Zeugenstand sehr glaubwürdig."

„Wenn wir das erkennen können, kann Smit es auch. Er wird sie nicht in Ruhe lassen. Nicht auf lange Sicht."

„Stimmt." Der Detective seufzte. „Ich wünschte, ich wüsste, wo er jetzt ist."

„Wir können versuchen, seine nächsten Aktivitäten anhand dessen, was wir wissen, vorherzusagen. Er hat schon drei ‚Unfälle' herbeigeführt, die nicht erfolgreich waren. Was macht ein Auftragskiller in so einem Fall?“

„Er greift auf das zurück, womit er sich auskennt.“

„Schusswaffen“, sagte Matthew. „Aber da Kinley ihn behandelt hat, ist es wahrscheinlich, dass er sich eine Verletzung an der Hand zugezogen hat.“ Er wusste nur zu gut, dass das bleibende Folgen haben konnte. „Kann er eine Waffe präzise abfeuern?“

„Kinley müsste diese Frage am ehesten beantworten können.“

„Sie hat mir nichts Vertrauliches über Smit erzählt, aber ich kann mir vorstellen, dass die Richtlinien für die Zusammenarbeit mit den Strafverfolgungsbehörden anders sind.“

Brendan nickte. „Das sind sie.“

„Gut. Ich schicke ihr eine Textnachricht, dass sie vorbeikommen soll, sobald sie mit ihren Patienten fertig ist.“ Er schrieb ihr eine kurze Nachricht und widmete sich wieder den Informationen, die Brendan zusammengetragen hatte. Smit war immer diskret und vorsichtig gewesen, aber diese Situation war kein Auftrag, für den er angeheuert worden war. Es war etwas Persönliches. Kinley könnte ihn ins Gefängnis bringen.

Wie verzweifelt würde Smit also werden? Würde er es riskieren, sie ohne Rücksicht auf den Kollateralschaden in der Öffentlichkeit anzugreifen? Oder wartete er auf eine Gelegenheit, sie in einen Hinterhalt zu locken? Und welche Art von Angriff würde er bevorzugen?

Matthew dachte immer noch über diese Fragen nach, als Brendan mitgeteilt wurde, dass Kinley eingetroffen war. Der Detective machte sich auf den Weg, um sie in sein Büro zu führen. Matthew hatte Kinley schon am Morgen gesehen, aber sein Herz schlug trotzdem schneller, als sie hereinkam. Sie trug dasselbe hellblaue Shirt wie an jenem ersten Tag, als sie sich kennengelernt hatten. Sie hatte schon damals seine Aufmerksamkeit erregt und daran hatte sich nichts geändert. Sobald er mit ihr im selben Raum war, wollte er sie festhalten. Das war teilweise sein Beschützerinstinkt, aber es steckte noch mehr dahinter. Er wusste nur nicht, was es war oder wie er damit umgehen sollte.

„Ihr wolltet mich sehen?“

„Bist du zu Fuß hergekommen?“, fragte Matthew.

„Beth hat mich hergefahren. Ich bin vorsichtig“, versicherte sie ihm und klang ein wenig irritiert über seine Frage. Nun, das ließ sich nicht ändern.

„Setz dich.“ Brendan schob einen weiteren Stuhl an seinen Schreibtisch. „Wir wollen mit dir über Smits körperliche Einschränkungen sprechen.“

Sie presste die Lippen zusammen. „Du weißt, dass ich dazu nichts sagen darf.“

„Ich weiß, dass du rechtliche und berufliche Verpflichtungen gegenüber deinen Patienten hast“, sagte Brendan. „Aber es gibt spezielle Datenschutz- und Vertraulichkeitsrichtlinien für die Strafverfolgung und eine davon besagt, dass du bestimmte Informationen, einschließlich der Art der Verletzung, weitergeben darfst, um einen Verdächtigen zu identifizieren oder ausfindig zu machen.“

Matthew konnte ihren Gesichtsausdruck nicht deuten. Sie sollte froh sein, dass das Gesetz ihr erlaubte, ihnen bei der Suche nach Frank zu helfen, aber sie wirkte deutlich weniger eifrig, als er erwartet hatte.

Nach einer Pause sagte sie schließlich: „Okay. Was wollt ihr über Franks Verletzungen wissen?“

„Kann er eine Waffe abfeuern?“, fragte Brendan.

Sie dachte darüber nach. „Technisch gesehen schon. Sein rechter Zeigefinger, von dem ich annehme, dass er sein Abzugsfinger ist, macht nicht immer das, was er will. Absicht und Ergebnis stimmen manchmal nicht überein. Aber mit genügend Konzentration könnte er den Abzug betätigen."

„Präzise?", fragte Matthew.

„Die Präzision wäre wahrscheinlich beeinträchtigt. Als ich ihn das letzte Mal behandelt habe, haben wir daran gearbeitet, seine Tendenz, nach links abzudriften, zu korrigieren. Wenn er seitdem keine zusätzliche Therapie bekommen hat, bezweifle ich, dass sich das gebessert hat."

Matthew fand das irgendwie beruhigend. „Was ist mit anderen Verletzungen?"

Kinley zögerte, bevor sie antwortete: „Er erholt sich von zwei Beinbrüchen, obwohl das nicht der Grund dafür war, dass er zu mir kam. Er hat gute Fortschritte gemacht und kann wieder gehen. Das weißt du ja – du hast ihn an jenem Tag in meiner Praxis gesehen."

Das schien das Ausmaß der Informationen zu sein, zu deren Herausgabe Kinley bereit war, und nachdem Matthew sich bei Brendan für die Akteneinsicht bedankt hatte, begleitete Kinley ihn zu seinem Truck. Er ging die gesammelten Informationen noch einmal in Gedanken durch und das Ergebnis gefiel ihm nicht. Er war davon überzeugt, dass ein Angriff unmittelbar bevorstand, also musste er Kinley noch näher bei sich behalten – und er musste sicherstellen, dass andere Unschuldige nicht ins Kreuzfeuer gerieten.

„Ich werde Kenton und Mia bitten, Anaya eine Weile bei sich zu Hause aufzunehmen", sagte er.

„Warum? Oh." Kinley beantwortete schnell ihre eigene Frage. „Es tut mir leid, Matthew. Ich wollte nie, dass es so weit kommt. Würde es sie aufregen, wenn ich weggehe? Vielleicht sollte ich einfach verschwinden. Ich könnte mir ein Hotelzimmer nehmen."

„Nein." Auf keinen Fall wollte er, dass sie allein auf sich gestellt war. Außerdem würde Anaya das Ganze als eine lustige Übernachtung bei Emma und Ava betrachten. Es war auch eine gute Übung für sie, wenn sie zur Abwechslung einmal von ihm getrennt war. Der Zeitpunkt, an dem er wieder auf eine Mission gehen würde, kam immer näher. Sie sollten sich beide daran gewöhnen.

Matthew rief kurz bei Mia an, um sie um den Gefallen zu bitten, und sie sagte bereitwillig zu. Sie hielten an seinem Haus an, um eine Tasche für Anaya zu packen, und brachten das Mädchen dann von der Kindertagesstätte direkt zu Mia. Wie er erwartet hatte, freute sich Anaya darauf, mit ihren Freundinnen zusammen zu sein. Er hoffte nur, dass das so bleiben würde. Als er und Kinley bei ihm zu Hause ankamen, stand Jonathans Auto in der Einfahrt, was ein weiterer Glücksfall war. Offenbar war dieser Besuch nicht so gescheitert wie die letzten. Matthew war mehr als erleichtert, ein zusätzliches Paar fähiger Augen und Hände um sich zu haben.

Er stellte Kinley Jonathan vor und sie kochten gemeinsam das Abendessen. Danach gingen er und Jonathan hinaus auf die Terrasse, um zu reden. Er erläuterte seine Sicherheitsbedenken und ergänzte alle Details, die Jonathan noch nicht kannte.

Matthew hatte das Gefühl, dass er alles getan hatte, was ihm möglich war. Er hatte Anaya in Sicherheit gebracht und zusammen mit Jonathan konnte er Kinley beschützen. Als er ins Schlafzimmer ging, fühlte er sich ruhiger als den ganzen Tag über. Die Situation war so gut unter Kontrolle, wie sie nur sein konnte.

Er fand Kinley zusammengerollt auf einem Sessel vor, wo sie ein Buch las. Sie schob es beiseite, als er eintrat, machte aber keine Anstalten, aufzustehen. Seit sie das Polizeirevier verlassen hatten, war sie sehr still. Wahrscheinlich machte ihr die Anspannung zu schaffen.

„Ich dachte, du schläfst schon“, sagte er. Er hatte sich darauf gefreut, sich neben sie zu legen und sie zu wecken. Im Bett hatten sie nicht die Kommunikationsprobleme, die sie sonst plagten. Was auch immer sie tagsüber voneinander trennte, schien nachts überbrückt zu werden, wenn er sie in seinen Armen hielt.

„Ich habe es versucht.“

„Du musst dich ausruhen“, riet er ihr. „Ich weiß, dass du dir Sorgen machst, aber während Jonathan hier ist, können wir deine Sicherheit noch besser gewährleisten. Ich verspreche dir, dass dir nichts zustoßen wird, bis wir Smit unschädlich gemacht haben.“

„Das ist es nicht, was mich wachhält.“ Sie musterte sein Gesicht, bevor sie weitersprach. „Ich will wissen, was danach passiert. Was passiert mit uns?“

„Uns?“, wiederholte er und versuchte erfolglos, ihrem Gedankengang zu folgen.

„Ja. Uns.“ Sie wirkte erschöpft, aber ihre Augen funkelten. „Oder sind das nur die Umstände und der Sex?“

Nein. Nicht für ihn. Aber er hatte sich auch keine gemeinsame Zukunft mit ihr ausgemalt. Er war zu sehr damit beschäftigt, dafür zu sorgen, dass sie überlebte und überhaupt eine Zukunft hatte.

„Hast du dir überlegt, in Hartsville zu bleiben?“, fuhr sie fort, als er ihre Frage nicht beantwortete. „Vielleicht könntest du Detective werden. So wie Brendan. Darin wärst du großartig.“

Halt … Moment. Sie war mit ihren Gedanken schon viel weiter als er. Lag das daran, dass sie am Nachmittag zusammen auf dem Polizeirevier gewesen waren? Oder war es unvermeidlich gewesen, dass dieser Moment kommen würde? Wie auch immer, das Timing war verdammt schlecht.

„Ich werde die SEALs nicht verlassen." Die Navy war alles für ihn. Sie hatte ihn zu dem Mann gemacht, der er war, und er liebte seine Arbeit. „Wie kommst du überhaupt darauf? Du gehst weiterhin in deine Praxis, obwohl das im Moment wahrscheinlich nicht der sicherste Ort für dich ist – und ich habe dich dabei unterstützt, weil ich weiß, dass du das willst. Ich habe dich nicht darum gebeten, dich zu ändern, nicht einmal vorübergehend. Schon gar nicht in Bezug auf etwas so Wichtiges wie deine Karriere."

Sie setzte sich auf und ihre Füße landeten auf dem Boden. „Du hast mich dazu gedrängt, mein Adoptionsprofil zu ändern."

„Das war auch gut so. Danach hast du mehr Interesse bekommen." Er hatte ihr geholfen, oder?

„Ich habe heute Abend eine E-Mail erhalten." Sie stand auf und sah ihn an. „Die Mutter, die mich in Betracht gezogen hatte, hat sich für jemand anderen entschieden."

Jetzt verstand er, was los war, und es tat ihm weh, sie so verletzt zu sehen. „Das tut mir leid, Kinley, aber es wird andere Babys geben."

„Das rede ich mir schon seit zwei Jahren ein." Sie wischte sich eine Träne weg. „Es hilft nicht. Nach dem, was du zu Ms. Hager gesagt hast, und den Schlussfolgerungen, die sie über mich gezogen hat, kann ich froh sein, wenn die Adoptionsagentur mich nicht fallen lässt." Sie holte zitternd Luft. „Ich denke, wenn das passiert, werde ich mich neu orientieren und meine Hoffnungen auf andere Dinge richten. Das musst du auch tun."

„Was soll das heißen?", fragte er.

„Oh, Matthew, du bist zu schlau, um die Wahrheit noch länger zu leugnen. Du hast dir eingeredet, dass du irgendwann wieder Bomben entschärfen wirst, aber das wirst du nicht. Wir wissen beide, dass es so ist. Du wirst nie wieder die Geschicklichkeit und die feinmotorische Kontrolle erlangen, um es auf eine sichere Art und Weise zu tun."

Er hasste es, dass sie das Wort ‚nie' benutzte. Es war hundertmal schlimmer als ‚unwahrscheinlich'. „Hast du das in deinen Abschlussbericht über mich geschrieben?" Er hatte das Dokument, das sie an das Militärkrankenhaus geschickt hatte, nicht gesehen. Wie vernichtend war der Bericht ausgefallen?

„Nicht mit so vielen Worten. Das könnte ich dir nicht antun, weil …" Sie schüttelte den Kopf. „Das spielt keine Rolle. Sie werden es selbst merken." Sie ließ dieses Ergebnis unausweichlich klingen, aber das war es nicht. Er würde hart arbeiten, härter als je zuvor, um es zu schaffen. „Du musst dir Gedanken über deine Zukunft machen, Matthew. Wenn du das nicht tust, wirst du furchtbar enttäuscht werden. Orientiere dich um. Mach jetzt Pläne für die anstehenden Veränderungen."

„Nein." Das konnte und wollte er nicht. Seit dem Tag, an dem er neben seinem Highschool-Direktor in dem Rekrutierungsbüro gestanden hatte, war sein Lebensweg fest vorgezeichnet gewesen. Das würde sich auch jetzt nicht ändern. Seine Hand würde sich erholen und er würde einen Weg finden, sich um Anaya zu kümmern, während er im Einsatz war.

„Okay", sagte sie eine lange Minute später, als er seiner einsilbigen Antwort nichts hinzugefügt hatte. „Ich muss also den nächsten Schritt allein machen. Und zwar weg von dir. Ich will nicht dabei sein, wenn die Realität dich einholt."

„Du kannst nicht weggehen. Smit ist noch da draußen." Ihm entging nicht, dass sie auf einer persönlichen Ebene mit ihm fertig war, aber er hatte sich verpflichtet, sie zu beschützen. Das änderte sich nicht.

„Ich werde nicht weggehen, bis das hier vorbei ist", sagte sie. „Aber zwischen *uns* ist es vorbei."

„Einfach so?“ Seine Stimme war fest, sogar ein bisschen hart. Innerlich war er aufgewühlt, aber das wollte er ihr nicht zeigen.

„Ich fürchte, ja. Wir sind nicht gut füreinander, Matthew. Nicht in Anbetracht dessen, wie die Dinge jetzt sind.“

Das sollte kein Schock sein. Schließlich hatte er nach seiner Zeit in Hartsville keine gemeinsame Zukunft für sie gesehen. Ihr Leben war hier, sein Leben nicht. Trotzdem hatte sie ihm etwas bedeutet.

„Ich werde von jetzt an in Anayas Zimmer schlafen“, sagte sie.

„Nein, du bleibst hier. Ich schlafe auf der Couch.“

Sie schüttelte den Kopf. „Es ist dein Haus.“

Innerhalb weniger Minuten sammelte sie die wenigen Habseligkeiten ein, die sie aus ihrem ausgebrannten Haus mitgebracht hatte, und verließ leise das Schlafzimmer.

Erst danach setzte er sich auf die Bettkante und fragte sich, was zum Teufel passiert war. Es war besser, die Sache zwischen ihnen zu beenden – das war ihm klar –, aber die Intensität des Schmerzes in seiner Brust überraschte ihn.

17

Kinley wanderte ruhelos und nervös durch Matthews Haus. Am liebsten wäre sie in ihrem Garten gewesen, hätte Unkraut gejätet und verblühte Blüten zurückgeschnitten, um ihre überschüssige Energie abzubauen. Sogar das Verteilen von Mulch, ihre unliebsamste Gartenarbeit, wäre ihr lieber gewesen als die schreckliche Anspannung der letzten zwei Tage. Aber es war ihr verboten worden, sich draußen aufzuhalten, außer für die paar Sekunden, die sie brauchte, um in ihr Auto einzusteigen oder auszusteigen, wenn sie zur Arbeit fuhr und wieder zurückkam.

Die Abende waren am schlimmsten. Sie fühlte sich gefangen. Sie saß tatsächlich in der Falle. Seit sie aus Matthews Schlafzimmer ausgezogen war, waren sie nicht mehr als höflich zueinander und wechselten nur die wenigen Worte, die nötig waren, um auf engstem Raum zusammenzuleben. Beim Abendessen hatten Matthew und Jonathan ein wenig geredet, aber dann war Matthew zu Kenton und Mia gefahren, um Anaya zu besuchen und sie vor dem Einschlafen zu beruhigen. Es klang so, als hätte Anaya, obwohl sie es genoss, mit ihren Freundinnen zusammen zu sein, mit der langen Trennung von ihm zu kämpfen.

Kinley wusste, wie sich das anfühlte. Es brach ihr das Herz, dass es zwischen ihr und Matthew vorbei war. Sie wollte ihn nicht aufgeben, aber sie hatte Angst, dass seine Sturheit ihn zu Fall bringen würde.

Sie glaubte nicht eine Sekunde lang, dass sie alle Antworten hatte, aber sie war gut darin, eine Situation so zu akzeptieren, wie sie war. Er tat das nicht, wenn es um seine Zukunft ging, und es würde ihm letztendlich nur schaden. Sie ließ sich auf die Couch fallen und nahm eines von Matthews allgegenwärtigen Kreuzworträtselbüchern zur Hand. Sie blätterte zu dem Rätsel, an dem er gerade arbeitete. Das meiste davon war ausgefüllt. Sie konzentrierte sich auf die wenigen leeren Felder.

Ein Wort mit sieben Buchstaben für jemanden, der die Dinge so sah, wie sie waren. Das war einfach – und ironisch. *Realist.*

Ein Wort mit acht Buchstaben für einen häufig gebrochenen Handgelenksknochen. Das war auch keine Herausforderung. *Kahnbein.*

Das war nicht gut für sie.

„Wie wäre es mit einem Kartenspiel? Das vertreibt die Zeit“, schlug Jonathan vor, als er von seiner Sicherheitskontrolle wiederkam.

„Okay.“ Sie warf das Buch zur Seite. „Was spielst du gern?“

„Wir werden es einfach halten. Wie wäre es mit Rommé?“

„Einverstanden.“ Sie holte ein Kartenspiel aus einer Schublade und mischte es. Sie spielten die erste Runde und unterhielten sich dabei über alles Mögliche. Es war gemütlich und entspannte sie. Mit ihm zu reden, fiel ihr leicht und sie war neugierig auf ihn. „Was ist mit dir? Wolltest du schon immer ein SEAL sein?“

„Ja, aber …“ Er teilte die Karten aus.

„Was?“, fragte sie leise.

„Ich würde mit niemandem tauschen wollen, aber ein SEAL zu sein, erfordert Opfer." Er zuckte mit den Schultern. „Ich schätze, niemand kommt ohne Reue durchs Leben."

„Wer war sie?" Irgendwie wusste Kinley, dass er von einer Frau sprach.

Jonathan warf ihr einen Blick zu. „Sie ist jetzt DEA-Agentin, aber wir waren zusammen auf der Navy-Akademie."

„Habt ihr euch geliebt?"

„Das weiß ich nicht so genau. Ich denke, man könnte sagen, dass wir gar nicht so weit gekommen sind."

„Weil du weggegangen bist?" SEALs mussten bereit sein, für ihre Pflicht zu leben und für eine Mission alles andere stehen zu lassen. Allerdings fragte sie sich, ob das auf alle von ihnen zutraf. Für einige von Matthews SEAL-Kameraden schien ihre Familie an erster Stelle zu stehen.

„Wir hatten damals unterschiedliche Ziele und sind getrennte Wege gegangen", sagte Jonathan. „Ich habe sie vor Kurzem wiedergesehen, weil sie untersucht, was in Kolumbien schiefgelaufen ist."

Kinley hatte den Eindruck, dass er ihr nicht die ganze Geschichte erzählte. „Das muss seltsam für dich sein."

„Die ganze Mission war ein Desaster." Seine Augen verdunkelten sich. „Matthew hat dir bestimmt gesagt, dass ich der Teamleiter bin. Ich habe mich als verdammt schlechter Anführer erwiesen. Ein SEAL wurde getötet. Andere, darunter Matthew, wurden verwundet."

„Du konntest nicht vorhersehen, was passieren würde."

„Mag sein. Aber jemand anderes hätte vielleicht eine andere Entscheidung getroffen, die zu einem besseren Ergebnis geführt hätte." Ein Alarm auf Jonathans Handy ertönte und er überprüfte ihn. „Eine

Außenkamera ist ausgefallen. Sie muss wahrscheinlich nur zurückgesetzt werden … aber bleib drinnen und halte dich von den Fenstern fern, bis ich zurück bin. Vorsicht ist besser als Nachsicht." Er holte eine Pistole, die sie bisher nicht bemerkt hatte, aus dem Safe im Schrank und ging zur Tür hinaus.

Sie setzte sich zurück auf die Couch und dachte über Jonathans Worte nach. Sie gaben ihr einen Einblick in Matthews Denkweise. Beide waren Kämpfer und bereit, alles andere aufzugeben, um ihre Mission zu erfüllen und ihr Team zu unterstützen. Jonathan hatte eine Frau aufgegeben, die ihm offensichtlich etwas bedeutet hatte. Er und Matthew lebten für das, was sie taten, und sie war dankbar, dass es Menschen wie sie gab. Aber das bedeutete nicht, dass sie sich ein erfüllendes Privatleben vorenthalten sollten.

Sie schloss für einen Moment die Augen und ließ ihrer Fantasie freien Lauf. Was wäre, wenn es einen Weg für Matthew und sie gäbe, trotz allem eine richtige Beziehung zu führen? Es würde Arbeit und Kompromisse erfordern, aber war das nicht in jeder Beziehung so?

Hatte sie Matthew zu schnell aufgegeben? Sie zuckte zusammen, als sie daran dachte, was sie im Schlafzimmer zu ihm gesagt hatte. Hatte sie nur versucht, sich selbst zu schützen, indem sie verkündete, dass es zwischen ihnen vorbei sei? Matthew war starrköpfig gewesen, aber sie hatte ihm nicht wirklich eine Chance gegeben. Hatte sie einen schrecklichen Fehler gemacht?

Plötzlich wurde ihr bewusst, dass Jonathan schon zu lange weg war. Sie war bereits auf den Beinen und auf halbem Weg zur Tür, um nach ihm zu suchen, als sie sich stoppte. Das wäre unklug. Sie sollte Matthew anrufen. Sie griff nach ihrem Handy.

„Was ist passiert?", fragte er ohne Begrüßung, als er ihren Anruf entgegennahm.

Es tat weh, dass er dachte, sie würde nur anrufen, wenn es ein Problem gab. Aber das war natürlich der Grund dafür, dass sie ihn kontaktierte. „Vielleicht nichts. Jonathan ist nach draußen gegangen, um eine Kamera zu reparieren, aber das ist schon ein paar Minuten her. Soll ich ihn suchen?"

„*Nein*", sagte er und sein Ton wurde noch schärfer. „Ich bin schon auf dem Weg nach Hause. Geh in mein Schlafzimmer und schließ die Tür ab. Jetzt sofort."

„Verstanden." Sie legte auf und dachte zu spät daran, dass sie ihn in der Leitung hätte lassen sollen. Sollte sie ihn zurückrufen? Bevor sie das tun oder ins Schlafzimmer gehen konnte, hörte sie, wie Glas zerbrach. Die Schiebetür, die zur Terrasse führte, zersplitterte, als Frank Smit mit dem Pistolengriff dagegen schlug.

Es war zu spät, um sich zu verstecken. Sie konnte nur noch hoffen, dass Matthew sich beeilte. Und was war mit Jonathan passiert? War er verletzt? Tot? Oh Gott! Das war alles ihre Schuld. Sie stoppte diesen Gedankengang, denn die Schuld lag bei dem Mann, der gerade eine Waffe auf sie richtete. Und das machte sie wütend genug, um die Angst zu verdrängen.

„Frank." Sie hielt ihre Stimme emotionslos.

„Dr. James. Es hat sich herausgestellt, dass man Sie nur schwer loswird." Er hielt seine Waffe fest in der rechten Hand.

„Sie haben es trotzdem weiter versucht."

„Ich musste es tun. Ich konnte nicht zulassen, dass Sie verbreiten, was Sie gehört haben."

„Es ist also wahr. Sie sind ein Killer." Sie hatte keine Ahnung, woher die Gefasstheit kam, die sie in diesem Moment erfüllte. Vielleicht lag es an ihrer Ausbildung, in der sie gelernt hatte, wie man Patienten beruhigte. Was auch immer die Ursache war, sie musste sie aufrechterhalten, bis Matthew erschien.

Frank zuckte mit den Schultern. „Es ist ein Job."

„Aber mich ins Visier zu nehmen, ist persönlich."

„Tut mir leid, Doc. Ich wollte es nicht. Sie sind gut in dem, was Sie tun, und ich mag Sie. Aber … Sie wissen schon", sagte er. Sie wusste es nicht, denn sie war noch nie in Versuchung gekommen, einen Menschen zu töten, egal aus welchem Grund. „Das macht es schwieriger, Sie zu erschießen", gab er zu.

„Also haben Sie es zuerst mit Unfällen und Brandstiftung versucht?" Wie viel Zeit hatte sie noch, bevor er sie umbrachte? So viel, dass Matthew vorher eintraf?

„Ich dachte, die Sache mit den Bremsen und der Einsturz des Schuppens wären weniger offensichtlich. Aber nichts davon war narrensicher. Eine Gasexplosion funktioniert normalerweise. Da es das nicht tat, muss ich es auf diese Weise machen." Er gestikulierte mit der Waffe. Auf ihrem Rücken bildete sich Schweiß und ihre Hände zitterten.

Die Hände. Das könnte die Lösung sein. Frank würde wahrscheinlich zu weit nach links schießen und sein Ziel verfehlen. Wenn sein erster Schuss danebenging … hätte sie dann genug Zeit, um aus dem Haus zu gelangen? Sie wusste nichts über Pistolen, aber sie kannte sich mit Händen aus. Selbst wenn die Waffe in der Lage war, sofort den nächsten Schuss abzufeuern, würden Franks Muskeln nicht so schnell reagieren … zumindest hoffte sie das.

„Dann bringen Sie es hinter sich", sagte sie und nahm all ihren Mut zusammen. In ihrem Kopf plante sie bereits ihren Fluchtweg an ihm vorbei zu der kaputten Glasschiebetür.

Ein Zittern ging durch seine Hand, als er sie hob und zielte. Die Sekunden verstrichen, während Kinley beobachtete, wie sich seine Muskeln anspannten und er konzentriert den Abzug betätigte. Als sie sah, dass alle notwendigen Elemente zusammenkamen, sprang sie zur Seite. Eine Geräuschexplosion erfüllte den Raum, aber sie war schon losgerannt.

„Verdammt noch mal!", schrie Frank, als sie hinaus auf die Terrasse lief.

Sie spürte, wie eine Glasscherbe, die noch im Rahmen der Schiebetür hing, ihren Arm zerschnitt, aber sie wurde nicht langsamer. Sie sprintete die ganze Länge von Matthews Garten entlang. Als sie über den hinteren Zaun kletterte, durchdrang eine weitere Kugel die Stille der Nacht. Sie rannte immer weiter, bis zu den Bäumen hinter dem Grundstück, wo sie sich verstecken konnte.

Schwere Schritte verfolgten sie, aber sie war viel wendiger. In Gedanken bedankte sie sich bei ihren Eltern für all die Jahre in Tanzkursen und Fußballvereinen. Aber sie konnte nicht ewig weglaufen. Sie brauchte ein Versteck. Im schummrigen Licht konnte sie die Form eines knorrigen, überwucherten Apfelbaums erkennen.

Ihre Leggings und ihr T-Shirt waren dunkel. Wenn sie zwischen den Blättern hochklettern könnte, würde Frank sie vielleicht nicht sehen. Außerdem hätte sie so einen besseren Überblick. Sie zog sich am untersten Ast hoch und kletterte so geräuschlos wie möglich nach oben.

„Kinley!" Matthews Stimme war deutlich zu hören, aber sie wagte es nicht, zu antworten und ihren Standort zu verraten. Frank war irgendwo da unten und suchte nach ihr.

Sie kauerte sich hin und wartete, während sich ihr Magen umdrehte. Das Adrenalin schoss durch sie hindurch, aber sie zwang sich, ruhig zu bleiben. Sie wusste nicht, wie viel Zeit vergangen war, als sie

Franks Schritte hörte. Er blieb alle paar Meter stehen und sah sich um. Sie blickte nach unten und sah die glänzende Pistole in seiner Hand.

Geh weiter, beschwor sie ihn im Stillen.

Alle ihre Sinne waren in höchster Alarmbereitschaft, sonst hätte sie nicht das kaum wahrnehmbare Rascheln anderer Schritte gehört. Matthew. Er würde wissen, wie man sich nahezu lautlos bewegte. Sie strengte ihre Augen an und hielt Ausschau nach ihm.

„Waffe runter, Smit. Die Polizei ist auf dem Weg. Es ist vorbei." Matthews Stimme war laut und deutlich in der Stille der Nacht.

In diesem Moment blieb Frank direkt unter ihrem Versteck stehen. Seine Waffe war erhoben und zielte in die Richtung von Matthews Stimme. Sie konnte nicht zulassen, dass er schoss. Er könnte zwar daneben zielen, aber sie wollte nicht Matthews Leben riskieren. Sie brauchte eine Ablenkung.

Ein paar Äpfel wuchsen am Baum, und sie schnappte sich zwei und warf sie so, dass sie in der entgegengesetzten Richtung von Matthew auf den Boden fielen. Frank drehte sich um und schoss auf das Geräusch. Er musste bemerkt haben, dass die Kugel niemanden getroffen hatte, denn er drehte sich mit erhobener Waffe zurück.

Sie streckte sich gerade nach weiteren Äpfeln aus, als noch ein Schuss ertönte und Frank auf den Boden stürzte. Matthew marschierte herbei, kickte die Pistole des Auftragskillers weg und beugte sich vor, um seine Hand an Franks Hals zu legen und seinen Puls zu prüfen.

„Kinley?", rief Matthew einen Moment später. Sein Gesicht war zu den Ästen über seinem Kopf gewandt. Er hatte ihr Versteck ausfindig gemacht.

„Ist er …?", fragte sie.

„Er ist tot. Es ist sicher, herunterzukommen."

Sie tastete sich zurück zur Mitte des Baumes und kletterte hinab. Matthews Hände legten sich um ihre Taille und ließen sie langsam herunter, bevor sie auf den Boden springen konnte. Sie drehte sich zu ihm um, schlang ihre Arme um seinen Hals und vergrub ihr Gesicht in seiner Brust. Sie brauchte seine Stärke und seinen Trost. Er hielt sie fest und keiner von ihnen sprach für einige lange Minuten.

Schließlich riss sie sich zusammen. „Woher wusstest du, wo ich war?"

„Jonathan sah, wie du in den Wald gerannt bist. Smit hatte einen Glückstreffer gelandet und ihn mit der Faust hart am Kopf getroffen, sodass er ihm nicht nachjagen konnte – aber er war nicht bewusstlos, nur benommen."

„Geht es Jonathan gut?", fragte sie, als sie in der Ferne Polizeisirenen hörte.

„Er kommt wieder in Ordnung."

„Gott sei Dank."

„Bist du verletzt?" Seine Hand ruhte auf ihrem Oberarm, wo das Glas sie geschnitten hatte.

„Es ist okay. Ich werde es überleben." Sie konnte das klebrige Blut jetzt spüren.

„Lass mich dich zurück ins Haus tragen, bevor die Polizei kommt. Es gibt keinen Grund, warum du für wer weiß wie lange hier draußen festsitzen solltest." Er wollte sie hochheben, aber sie wich zurück.

Es wäre ein Leichtes gewesen, in seine Arme zu sinken und sich von ihm verwöhnen zu lassen. Ein Teil von ihr wollte das auch. Aber sie musste wissen, dass er ihr stattdessen auf halbem Weg entgegenkommen konnte. „Ich kann selbst gehen."

„Du bist die Expertin, was Medizin betrifft." Er klang sarkastisch.

Was hatte das zu bedeuten? War er immer noch wütend über die Beurteilung, die sie den Navy-Ärzten geschickt hatte?

„Deine Hand ist nicht auf magische Weise geheilt worden, weißt du“, sagte sie. „Ich bin natürlich dankbar, dass du den Abzug betätigen konntest. Aber das heißt nicht, dass jetzt alles in Ordnung ist.“

„Aber deshalb hast du mich doch angerufen, oder?“, fragte er. „Zu deinem Schutz.“

„Ja, aber …“ Sie versuchte, sein Gesicht zu erkennen, aber die Schatten verdeckten es. Würde er sagen, dass er auch aus einem anderen Grund gekommen war? *Bitte lass es ihn sagen*, betete sie stumm. Dass er gekommen war, weil er sie liebte. Sie wollte das so gern hören. „Ich dachte, du hättest vielleicht …“ Sie hatte Mühe, Worte zu finden.

„Ich habe getan, was ich tun musste, Kinley.“ Er seufzte. „Das ist alles, was ich dir zu bieten habe.“

Sie drehte sich um und ging auf sein Haus zu. Sie liebte ihn – das konnte sie sich endlich eingestehen –, aber das war nicht genug.

18

Matthew fuhr auf den Parkplatz der Kindertagesstätte und eilte zur Tür. Er war spät dran, um Anaya abzuholen. Er hatte den ganzen Tag in Besprechungen verbracht, was nicht gerade seine Lieblingsbeschäftigung war, und die letzte hatte sich ewig hingezogen. Er hatte bereits mit den Fingern auf den Tisch getrommelt, als er endlich gehen durfte.

„Tut mir leid.“ Er rannte um Punkt sechs Uhr durch die Tür. Er hasste es, wenn Anaya als letztes Kind übrig blieb.

„Keine Sorge.“ Hazel, die Leiterin, lächelte ihn an. „Wir sind an kurzfristige Terminänderungen gewöhnt. Irgendjemand ist immer bereit, länger zu bleiben. Rufen Sie uns einfach an.“

„Das weiß ich zu schätzen. Wie hat sie sich heute geschlagen?“ Sie waren schon seit einer Woche auf dem Stützpunkt, aber heute war erst Anayas dritter Tag in der dortigen Kindertagesstätte.

„Ganz gut.“

Er konnte an Hazels Tonfall erkennen, dass es ein Problem gab. „Hatte sie ein Missgeschick?“

„Nein, das war in Ordnung. Sie ist gut darin, uns Bescheid zu sagen, wenn sie auf die Toilette muss. Aber eines der anderen Kinder hat sie geärgert. Es hat sie an den Haaren gezogen."

„Sie wurde gemobbt." Darüber hatte er sich Sorgen gemacht, weil sie das neue Kind war.

„Ich fürchte, ja. Wir haben einen Wiedergutmachungskreis mit Anaya, dem anderen Kind und unserer Betreuerin gemacht. Ich habe auch mit dem Vater des Jungen gesprochen."

„Okay." Es gefiel ihm nicht, aber er wusste nicht, was man sonst tun konnte. „Soll ich mit ihr darüber reden?"

„Warten Sie, bis sie von selbst darüber spricht", riet ihm Hazel. „Das ist in diesem Alter normalerweise das Beste."

„Sonst noch etwas?"

„Sie war beim Mittagsschlaf nicht müde, aber eine halbe Stunde nach dem Mittagsschlaf der anderen Kinder war sie erschöpft und launisch. Nichts Ungewöhnliches – sie ist in der Übergangsphase. Wir verstehen das. Das ist bei uns sogar normal. Kinder kommen und gehen hier so schnell, wenn ihre Eltern versetzt oder auf einen Einsatz geschickt werden."

„Das kann ich mir vorstellen." Ihm war klar, dass das beim Militär dazugehörte, aber über die Auswirkungen auf die Kinder hatte er noch nie nachgedacht. Er war nicht sicher, ob ihm der Gedanke gefiel, dass Anaya mit ständigen Veränderungen konfrontiert werden würde. Er wollte, dass sie ein richtiges Zuhause hatte und sich in ihrer Umgebung geborgen fühlte. Seit dem Tod ihrer Mutter hatte er versucht, ihr das zu geben – und es war ihm gelungen, als sie noch in Hartsville gewohnt hatten. Sie hatten sich in ihrem kleinen Ranchhaus gut eingelebt.

Er versuchte, sich nicht zu oft an jene Wochen zu erinnern, denn das führte immer zu Gedanken an Kinley. Jeglicher Kontakt zwischen ihnen war abgebrochen. Seit Smits Tod hatte er sie nur einmal gesehen und das auch nur ganz kurz auf dem Polizeirevier.

Er hatte keine Ahnung, wie es ihr ging. Gut, nahm er an, aber er wollte mit ihr reden und sicherstellen, dass sie sich von dem traumatischen Erlebnis erholt hatte.

Es ist aus zwischen uns, rief er sich zum vierhundertsten Mal in dieser Woche ins Gedächtnis.

„Onkel Matthew!" Anaya kam mit ihrem Rucksack auf dem Rücken herausgerannt. Er umarmte sie, aber ihre Unterlippe bebte, was nie ein gutes Zeichen war. „Dieser gemeine Junge hat an meinen Haaren gezogen."

„Ich habe davon gehört. Das tut mir leid, Kleine."

„Macht er das wieder?"

„Das glaube ich nicht. Wenn doch, sagst du Ms. Hazel Bescheid, okay?"

„Okay." Sie schmiegte sich an ihn, als er sie zu seinem Truck trug.

Er fuhr zurück zu dem Haus, das ihnen auf dem Stützpunkt zugewiesen worden war. Es war klein, aber für sie beide ausreichend. Zum Abendessen legte er ein paar Hotdogs auf den Grill im Garten. Seine Nachbarn waren auch draußen und er kam mit ihnen ins Gespräch. Der Mann, Bill, war Sanitäter und seine Frau hatte eine zivile Anstellung auf dem Stützpunkt. Sie hatten zwei Kinder, Zwillinge, die etwas älter als Anaya waren. Bald sausten alle drei Kinder die Rutsche im Garten der Nachbarn hinunter.

„Ich sollte mir auch so etwas zulegen", sagte Matthew und sah den Kindern beim Herumtollen zu. Kinleys Garten war ein fantastischer

Spielplatz für ein Kind gewesen, deshalb war ihm gar nicht in den Sinn gekommen, dass er sich irgendein Spielgerät zulegen sollte.

Schon wieder Kinley. Wie lange würde es dauern, bis er sie vergaß?

Er würde sie niemals vergessen. Die Erkenntnis war entmutigend.

„Das Ding können Sie bald haben, wenn Sie wollen", bot Bill ihm an. „Ich werde nach San Diego versetzt. Wir können es nicht mitnehmen."

„Ein großer Schritt", kommentierte Matthew, aber das war nicht ungewöhnlich.

„Ja. Es ist nicht unser erster Umzug, aber mit den Kindern ist es schwieriger. Ich fahre voraus, und Cammy besucht ihre Familie in Illinois und trifft mich dann in ein paar Wochen dort. Das funktioniert."

„Schade, dass Sie bald weggehen."

Bill zuckte mit den Schultern. „So ist das Leben."

„Stimmt." So war auch Matthews Leben, seit er achtzehn Jahre alt gewesen war. Er begann sich jedoch zu fragen, ob es das *richtige* Leben war. Gab es noch etwas anderes für ihn? Er liebte die Struktur und die Disziplin des Militärs, aber er wusste nicht, wie er seine Aufmerksamkeit aufteilen sollte.

Das war nie ein Problem gewesen, bis er begonnen hatte, sich um Anaya zu kümmern, und sie immer lieber gewonnen hatte. Bei jeder Entscheidung ging es nun auch darum, was das Beste für sie war. Er hatte stets gewusst, was das Beste für ihn selbst war. Die Navy hatte ihn gerettet.

Brauchte er überhaupt noch die Struktur der Navy oder hatten sich seine Prioritäten geändert? Er sah, wie Anaya über den Rasen auf ihn zu lief. Sie umklammerte mit ihrer Hand eine rote Blume.

„Ich habe ihr erlaubt, eine Blume zu pflücken!“, rief Cammy. „Sie sagte, sie sei für Kinley. Ist das Ihre …?“

„Sie ist eine Freundin“, sagte Matthew schnell. „Kinley ist unsere Freundin.“

„Ich will Kinley sehen“, beharrte Anaya. Sie hatte ähnliche Wünsche wiederholt geäußert und Matthew hatte keine Ausreden mehr, warum das angeblich nicht möglich war.

„Sie ist zu weit weg, Kleine“, war das Beste, was ihm einfiel. Und er meinte damit nicht nur die geografische Distanz.

Kinley fühlte sich nah und fern zugleich an, als Matthew zu seinem ersten Physiotherapie-Termin auf dem Stützpunkt ging. Er brachte eine Reihe von Tests hinter sich, bevor er einem jungen Physiotherapeuten zugeteilt wurde. Nach fünf Minuten in dessen Gesellschaft war Matthews einziges Wort für Dr. Dawson ‚überschwänglich‘.

„Wie lautet Ihre Prognose, Doc?“ Matthew hatte sich die Frage bis zum Ende der ersten Untersuchung aufgespart, während der Dr. Dawson mehrmals ‚fantastisch‘, ‚ausgezeichnet‘ und ‚erstaunlich‘ gemurmelt hatte.

„Nach etwa zehn Sitzungen sollten Sie wieder im Einsatz sein. Wir werden hart arbeiten – darauf können Sie sich verlassen –, aber die Hand ist spektakulär verheilt.“

„Wirklich?“ Matthew wollte diesen euphorischen Worten Glauben schenken, aber erst am Vorabend war es ihm nur mit Mühe gelungen, den winzigen Druckknopf an einem Puppenkleid für Anaya zu schließen. Er bezweifelte, dass sich das nach zehn Sitzungen ändern würde.

„Auf jeden Fall. Die erste Sitzung ist gleich heute. Sind Sie bereit?“

„Lassen Sie uns anfangen.“

Matthew schloss sich dem Enthusiasmus des Mannes an und tat sein Bestes, um die Übungen auszuführen, aber er dachte immer wieder daran, wie sehr sich die Methoden dieses Physiotherapeuten von Kinleys Methoden unterschieden. Dr. Dawson feuerte ihn an, als wäre er der Quarterback einer Highschool-Footballmannschaft. Das war nicht das, was Matthew brauchte. Er mochte Kinleys praktische, geradlinige Einstellung. Sie hatte ihn definitiv herausgefordert, aber ihr Feedback war genauso maßvoll gewesen, wie ihre Erwartungen hoch waren.

Am Ende der Sitzung wollte Matthew in die Realität zurückkehren. „Okay, Doc. Sagen Sie mir die Wahrheit. Als Sie meinten, ich würde bald wieder im Einsatz sein … Was genau heißt das? Werde ich wieder in der Lage sein, Bomben zu entschärfen, oder nicht?“

„Sagen Sie niemals, dass Sie zu irgendetwas nicht in der Lage sind. Es geht darum, sich vorzustellen, was man erreichen will“, tadelte ihn der Physiotherapeut. „Sie müssen optimistisch bleiben. Konzentrieren Sie sich auf das Ziel.“

Das klang wie ein Haufen Blödsinn. Matthew konnte sich eine Menge Dinge vorstellen. Irgendwo in seinem Kopf stellte er sich vor, wie er und Kinley zusammen in Hartsville lebten, mit Anaya in den Park gingen und sich auf einer Bank in der Sonne küssten. Er konnte sich das alles vorstellen, aber es vor seinem geistigen Auge zu sehen, bedeutete nicht, dass es auch wirklich passieren würde.

Er unternahm einen weiteren Versuch, den Physiotherapeuten zu einer konkreten Aussage zu bewegen. „Sie denken also, dass ich wieder in mein SEAL-Team zurückkehren und denselben Job machen kann wie vorher?“

Eine unangenehme Pause folgte, bevor Dr. Dawson antwortete: „Oder Sie könnten es in Betracht ziehen, Ausbilder zu werden. Das ist auch eine tolle Tätigkeit. Die Navy braucht immer gute Leute, um die nächste Generation auszubilden.“

„Alles klar. Danke, Doc.“ Matthew verließ das Krankenhaus und ging nach draußen. Er konnte sich selbst zusammenreimen, was das bedeutete. Ausbilder zu werden, war ein realistischeres Ziel für ihn. Seine Geschicklichkeit und Feinmotorik würden nicht so schnell zurückkehren, wie es nötig wäre, um wieder Bomben entschärfen zu können.

Kinley hatte recht gehabt. Natürlich hatte sie recht gehabt, aber er hatte sich die Wahrheit nicht eingestehen wollen.

Ich werde nie wieder auf eine SEAL-Mission gehen.

Er zwang sich, diesen Gedanken zu verarbeiten. Dann wartete er auf die bodenlose Enttäuschung. Und wartete. Er empfand Bedauern und etwas Trauer, aber das war nicht die Reaktion, mit der er gerechnet hatte.

Hm.

Er holte Anaya von der Kindertagesstätte ab, fuhr zu seinem Haus und warf den Grill wieder an. Anaya hatte heute einen besseren Tag gehabt und war in einer gesprächigen, ausgelassenen Stimmung. Verdammt, er liebte sie. Sie verbrachten den Abend zusammen und spielten im Garten, bis es fast dunkel war.

„Schlafenszeit für kleine Mädchen“, verkündete er schließlich, auch wenn er noch nicht bereit war, allein zu sein.

„Sehen wir Kinley morgen?“, fragte Anaya, als er sie ins Bett brachte.

„Nein, Kleine, ich …“ Was war diesmal seine Ausrede? Er hatte keine und konnte sich auch keine ausdenken – denn er wollte Kinley genauso gern sehen wie Anaya. Und warum zum Teufel konnte er das nicht?

Weil sie das, was zwischen ihnen gewesen war, beendet hatten.

Hatte es enden müssen? Gab es eine Chance, auf dem aufzubauen, was sie begonnen hatten?

„Weißt du was? Wir werden bald zu ihr fahren. Versprochen." Er gab Anaya einen Kuss und ging in sein Schlafzimmer. Er hatte seine Sachen erst halb ausgepackt. War das ein Zeichen dafür, dass er irgendwie wusste, dass er nicht auf dem Stützpunkt bleiben würde? Er hatte immer noch den Mietvertrag für das kleine Ranchhaus in Hartsville. Er könnte dorthin zurückkehren.

Aber konnte er sein Leben ändern und aus medizinischen Gründen um seine Entlassung aus der Navy bitten? Ihm wurde bewusst, dass er nicht mehr der Jugendliche war, der sich ohne die Struktur des Militärs in Schwierigkeiten bringen würde. Das war er schon lange nicht mehr.

Er war ein verliebter Mann und brauchte ganz andere Dinge. Himmel, es tat gut, endlich zuzugeben, dass er Kinley liebte. Ihm fiel eine schwere Last vom Herzen – aber diese Last konnte jederzeit zurückkehren und ihn wieder erdrücken, wenn er es nicht richtig anstellte. Er musste einen Weg finden, sie zurückzuerobern, und er würde damit beginnen, dass er sich änderte.

Das tat er gern, wenn es bedeutete, dass er wieder mit Kinley zusammen sein konnte.

19

Kinley rieb das Eichengeländer des Hauses, das sie gemietet hatte, mit Zitronenöl ein. Das wunderschöne viktorianische Gebäude war ein echtes Prachtstück und größer als ihr Haus am anderen Ende der Stadt. Es gefiel ihr schon jetzt und sie fand es wundervoll, dass es nur zwei Häuser von Mia und Kenton entfernt war und sich in einer Straße befand, in der jeder freundlich zu sein schien.

Sie dachte wieder an das Gespräch mit ihrem Vermieter, der in Savannah lebte. Das Haus hatte seiner Tante gehört, die verstorben war. Er hatte einer kurzfristigen Vermietung zugestimmt, während Kinleys Haus renoviert wurde. Etwas Kurzfristiges war aber wohl doch nicht das, was sie brauchte. Die Schadensregulierung der Versicherung war ein langwieriger Prozess und der Wiederaufbau ihres ausgebrannten Hauses würde wahrscheinlich noch viel mehr Zeit in Anspruch nehmen.

Kinley hatte nicht so lange in der Schwebe hängen wollen und als sie gemerkt hatte, dass ihr Vermieter das Haus loswerden wollte, hatte sie etwas Ungewöhnliches getan. Sie hatte angeboten, es zu kaufen, kurz im Internet recherchiert und einen Preis genannt. Irgendetwas an dem Haus hatte sie in seinen Bann gezogen und sie hatte spontan eine Entscheidung getroffen. Sie hatte bereits einen Termin mit der Bank vereinbart, um die Finanzierung zu besprechen, und hoffte darauf, dass dieses schöne Haus bald wirklich ihr gehören würde.

Sie konnte es kaum erwarten. Sobald ihr anderes Haus renoviert war, würde sie es verkaufen oder vermieten, aber das hier sollte ihr Zuhause werden. Sie plante bereits den Garten, den sie anlegen wollte. Es war aufregend und überwältigend, aber es war auch gut für sie. Sie brauchte ein Ziel und einen Fokus, denn ohne Matthew und Anaya fühlte sich ihr Leben leer an.

Trotz ihrer Bemühungen waren sie immer in ihren Gedanken. Sie fragte sich, ob Anaya der Garten dieses Hauses gefallen würde oder was Matthew tun würde, um ihn sicherer zu machen.

Und nachts … oh, nachts vermisste sie seine Arme noch mehr als Anayas offenes Lächeln.

Aber sie waren weg, also musste sie allein weitermachen. Dazu gehörte auch eine neue Bleibe.

Sie hatte gerade das Geländer fertiggestellt, als sie Schritte auf ihrer Veranda hörte. Eine Sekunde lang klopfte ihr Herz in der Hoffnung, dass es Matthew sein würde, aber sie wusste, dass es nicht so war, vor allem als sie Frauenstimmen hörte.

„Hallo!“, rief Mia. „Ich habe Verstärkung mitgebracht.“

Kinley öffnete lächelnd die Tür. Sie konnte Matthew nicht haben, aber gute Freundinnen waren auch ein Geschenk. „Hallo, Nachbarin.“ Mia war unglaublich hilfsbereit gewesen. Sie war diejenige, die Kinley erzählt hatte, dass das Haus leer stand, und sie hatte ihr geholfen, Möbel zu finden. Sie war bemerkenswert einfallsreich und tatkräftig. Durch sie hatte Kinley die Partnerinnen der anderen SEALs, die in der Stadt lebten, kennengelernt. Violet hatte sie bereits gekannt, aber Mia hatte sie auch Imogen und Harley vorgestellt. Sie gaben ihr das Gefühl, eine von ihnen zu sein und nur vorübergehend ohne ihren Mann zu leben, genauso wie sie, wenn ihre Partner auf Missionen waren. Das war sehr nett, aber sie konnte nicht vergessen, dass sie und Matthew sich getrennt hatten – nachdem sie nie wirklich zusammen gewesen waren. Ihre Trennung war dauerhaft.

„Was ist hier los?“, fragte sie, als die vier Frauen gemeinsam ihr Haus betraten.

„Wir dachten, du könntest Hilfe beim Einrichten gebrauchen“, sagte Imogen. „Ich habe meine Nähmaschine mitgebracht, falls du möchtest, dass ich dir Vorhänge nähe oder ein Kissen neu beziehe. Das ist meine Leidenschaft.“

„Ich dachte, das wäre Patrick.“ Violet zwinkerte ihr zu.

„Na gut, es ist meine Leidenschaft, wenn er weg ist“, stellte sie klar. „Ich nähe ausgefallene, dekorative Kissen. Ich liebe Spitzenborten, Perlen und Quasten.“

„So etwas könnte ich auf dem Sofa gebrauchen“, sagte Kinley. „Es ist irgendwie ein bisschen langweilig.“ Sie liebte das tiefblaue Samtsofa mit den dunklen Holzfüßen, das sie zu einem guten Preis gefunden hatte, aber ein wenig mehr Farbe wäre ihr willkommen.

„Ich bin schon dabei“, sagte Imogen.

„Wie kann ich helfen?“, fragte Harley. „Lass dich von der Schwangerschaft nicht täuschen. Ich bin durchaus einsatzfähig. Ich kann sogar noch meine Zehen sehen.“

„Das wird nicht so bleiben“, murmelte Violet.

„Meine Sachen für die Küche sind immer noch in Kartons verpackt“, sagte Kinley. „Einiges davon habe ich aus dem alten Haus mitgebracht. Den Rest haben Mia und ich gefunden. Könnt ihr mir beim Auspacken helfen?“

„Wir schaffen das schon.“ Violet und Harley machten sich auf den Weg in die Küche.

„Ich bin mit dir in der Putzkolonne. Was kommt als Nächstes?“, fragte Mia.

Sie arbeiteten die nächsten zwei Stunden zusammen. Kinley liebte es, das Gelächter und Geplauder der Frauen im Haus zu hören. Es fühlte sich bereits wie ein Zuhause an.

„Zeit für eine Pause!“, rief Mia. „Kommt alle ins Esszimmer.“ Kinley und Mia waren gerade damit fertig geworden, die Holzelemente zu polieren und die Möbel aufzustellen. „Ich habe ein paar Köstlichkeiten mitgebracht.“

„Deshalb sind wir Freundinnen.“ Imogen kam ins Zimmer und zupfte einen losen Faden von ihrer Bluse. „Mia hat immer etwas Leckeres dabei.“

„Das habe ich auch schon gemerkt“, sagte Kinley, während sie die Petits Fours und die Zitronenstangen auf Tellern anrichtete. Sie holte einen Krug Eistee mit Minze aus dem Kühlschrank und sie setzten sich alle hin, um das Essen und die Erfrischung zu genießen.

Kinley hörte zu, als die anderen über ihre Kinder und Schwangerschaften sprachen. Sie erfuhr, dass Imogen auch ein Kind erwartete, aber noch nicht so weit war wie Harley. Violet und Anderson versuchten gerade, ihr zweites Kind zu bekommen. Kinley hatte ihnen erzählt, dass sie selbst keine Kinder bekommen konnte, aber hoffte, eines zu adoptieren.

„Wäre es nicht lustig, wenn wir alle dicht hintereinander Babys bekämen?“, fragte Violet. „Dann hätten sie viele Spielkameraden.“

Mia lachte. „Wir haben schon eine ganze Menge zusammen, aber je mehr, desto besser.“

„Ich freue mich schon so sehr auf dieses Baby.“ Harley rieb mit einer Hand über ihren Bauch. „Die Kleine wird mir Gesellschaft leisten, wenn Garrett im Einsatz ist.“

„Das ist die richtige Einstellung“, sagte Mia. „Das können harte Zeiten sein.“

„Das lerne ich gerade.“ Harley seufzte. „Und Garrett hatte bisher nur kurze Einsätze, da die Ermittlungen noch laufen. Ich fürchte mich vor den langen Einsätzen.“

„Das stehst du durch“, tröstete Imogen sie.

„Einen SEAL zu lieben, ist nicht einfach“, sagte Mia mit einem Blick auf Kinley.

„Ich halte mich aus dieser Diskussion heraus. Ich bin nicht in einer Beziehung mit Matthew.“ Kinley hatte das Gefühl, das klarstellen zu müssen.

„Aber du liebst ihn“, sagte Violet. „Das ist zumindest meine Einschätzung, nachdem ich euch beide zusammen gesehen habe.“

„Meine Einschätzung beruht nicht auf Logik, wie die von Violet“, mischte sich Mia ein. „Aber ich habe beobachtet, wie er dich ansieht und wie du ihn ansiehst.“

Kinley war nicht sicher, wie sie die Frauen von ihren Mutmaßungen abbringen sollte. Zwischen ihr und Matthew war es aus – so war es nun einmal. Sie machte ihren Patienten keine falschen Hoffnungen und auch sich selbst würde sie keine machen. „Er zieht es vor, auf dem Stützpunkt zu wohnen, weil es das Leben ist, das er will.“

„Er *sagt,* dass er das will“, verbesserte Harley sie. „Garrett ist davon überzeugt, dass Matthew deinetwegen zurückkommt.“

Kinley wusste nicht, wie sie es fand, dass ihr Liebesleben in den anderen Haushalten besprochen wurde, aber es gab ihr einen winzigen

Hoffnungsschimmer, dass Harley diese Information preisgab. Von allen SEALs kannte Garrett Matthew am besten.

„Ganz genau. Und wenn er zurückkommt, musst du ihn wieder an dich heranlassen“, sagte Mia mit sanfter Stimme. „Er braucht dich und Anaya braucht dich auch. Und was noch wichtiger ist: Er liebt dich und ich bin ziemlich sicher, dass du ihn liebst. Habe ich recht?“

Kinley nickte. „Aber es ist kompliziert. Und chaotisch.“ Sie mochte es, wenn alles nach Vorschrift gemacht wurde, und auch Matthew liebte Struktur. Könnten sie auch mit Chaos umgehen?

„Erwartest du eine perfekte Liebe?“, fragte Imogen.

„Nein, aber ich fürchte, Matthew schon.“ Er hatte immer behauptet, sie sei perfekt, egal wie sie dagegen argumentierte.

„Korrigiere mich, wenn ich falschliege“, sagte Violet, „aber habt ihr zwei nicht alle Regeln gebrochen, wenn es um die Liebe geht?“ Sie zählte sie an ihren Fingern ab. „Er war dein Patient. Ihr seid schnell zusammengezogen. Aus der Not heraus, das ist mir klar, aber trotzdem. Du hast seine Nichte lieb gewonnen – wer würde das nicht? Sie ist bezaubernd. Und du hast dich in deinen Beschützer verliebt. Daran ist nichts perfekt. Und doch liebt ihr euch.“

„Vielleicht sind das aber auch die Gründe dafür, dass wir nicht zusammen sind.“ Kinley versuchte, sich einen Reim auf all das zu machen. Sie liebte Matthew und wollte bei ihm sein, also nährten die Argumente ihrer Freundinnen die Vorstellung, dass sie beide zusammen sein könnten. Aber sie wollte sich nicht noch mehr Enttäuschungen einhandeln.

„Gib ihm einfach eine Chance, wenn er nach Hartsville zurückkommt“, riet Mia ihr. „Das ist alles, was wir sagen. Und egal, ob ihr glücklich bis ans Ende eurer Tage lebt oder nicht, wir werden alle Freunde sein.“

„Danke. Ich …“ Kinleys Handy klingelte und sie erkannte die Nummer der Adoptionsagentur. „Wartet kurz. Ich muss diesen Anruf entgegennehmen.“ Sie schnappte sich ihr Handy und ging in die Küche. „Hallo.“

„Dr. Kinley James? Hier spricht Mary Beth Miller. Ich übernehme Ms. Hagers Klienten.“

„Oh, freut mich, Sie kennenzulernen“, sagte Kinley. „Ich wusste nicht, dass Ms. Hager die Agentur verlassen hat.“

„Sie hat sich eine Auszeit genommen, um sich um Familienangelegenheiten zu kümmern. Es tut mir leid, dass sie sich bei Ihrem letzten Treffen nicht von ihrer besten Seite gezeigt hat.“

„So kann man es auch nennen.“ Kinley wollte nicht nachtragend sein, aber Ms. Hagers Verhalten war wirklich schrecklich gewesen. Nicht, dass die Frau jemals besonders nett gewesen wäre. „Möchten Sie sich mit diesem Anruf vorstellen?“

„Ja, und ich möchte Ihnen gratulieren. Sie bekommen ein Baby!“

„Was?“ Es fiel ihr schwer, das zu glauben. Sie hatte so lange gewartet und nichts davon gehört, dass sie wieder in Betracht gezogen worden war. „Im Ernst?“

„Ja. Eine Mutter hatte zwischen Ihnen und einer anderen Klientin geschwankt, aber sie hat sich heute für Sie entschieden und alles unterschrieben.“

„Das ist fantastisch. Einfach wunderbar.“ Ihr Gesicht war bereits feucht von Tränen. Bei ihrem letzten Treffen mit der Agentur war sie obdachlos gewesen, von einem Mafioso verfolgt worden und hatte eine Beziehung mit einem Mann gehabt, den Ms. Hager nicht guthieß. Trotz alledem war es endlich so weit. Sie war ausgewählt worden.

„Die Mutter meinte nach dem Durchlesen Ihres Profils, dass Sie

‚echt' wirken. Genauso hat sie es formuliert. Und das Empfehlungsschreiben hat dann den Ausschlag zu Ihren Gunsten gegeben."

„Welches Empfehlungsschreiben?", fragte Kinley.

„Der Brief von Matthew Templeton. Ich habe gehört, dass Sie seine Nachbarin waren und ihm mit seiner Nichte geholfen haben. Er hat einige sehr schmeichelhafte Dinge über Sie geschrieben und darüber, was für eine tolle Mutter Sie sein würden."

„Oh. Davon wusste ich gar nichts." Sie hatte ihm gesagt, er solle es nicht tun, aber er musste es trotzdem getan haben. Sie würde ihm nie genug dafür danken können.

„Ich schicke Ihnen die Details per E-Mail. Sie müssen die Dokumente im Anhang unterschreiben und an uns zurückschicken – und sich dann in ein paar Monaten auf ein Baby einstellen. Wir bleiben in Kontakt. Nochmals herzlichen Glückwunsch, Dr. James."

„Vielen Dank. Auf Wiederhören." Sie brannte darauf, es jemandem zu erzählen, und war froh, Freundinnen im Haus zu haben. Sie stürzte ins Esszimmer.

„Was ist los? Du weinst ja." Mia war sofort auf den Beinen.

„Das war die Adoptionsagentur. Eine Mutter hat mich für ihr Kind ausgewählt. Ich bekomme ein Baby. Ich werde Mutter." Freudentränen liefen ihr über das Gesicht, als sie ihre Freundinnen umarmte und mit Glückwünschen überschüttet wurde.

Der Moment war fast perfekt. Es widerstrebte ihr, dieses Wort zu benutzen, aber es war das einzige Wort, das ihre Gefühle ausdrückte. Sie hatte so lange auf diesen Moment gewartet. Er hätte nur noch besser sein können, wenn Matthew bei ihr gewesen wäre, um ihre Freude zu teilen.

20

Als Kinley einige Tage später aufwachte, fand sie eine Textnachricht von Mia vor.

Er ist zurück. Ich habe dir gleich gesagt, dass er wiederkommt. Das ist deine Chance.

Mia fügte nicht ‚Ruiniere es nicht' hinzu, aber es war definitiv angedeutet. Kinley hatte nicht die Absicht, es zu ruinieren. Sie hatte die letzte Woche genutzt, um sich in ihrem neuen Haus einzuleben und nachzudenken. In drei Monaten würde sie sich um ein Baby kümmern, was ihr ein Ventil für ihre Liebe geben würde. Früher wäre das genug gewesen. Aber sie hatte entdeckt, dass sie so viel mehr zu geben hatte.

Falls Matthew bereit war, es anzunehmen. Sie dachte, dass er das war. Sie *hoffte*, dass er das war.

Sie war nicht sicher gewesen, bis sie das Empfehlungsschreiben sah, das er an die Adoptionsagentur geschickt hatte. Es war unglaublich. Sie hatte geweint, während sie über seine herzerwärmenden Worte staunte. Seine Erzählung davon, wie sie mit Anaya in ihrem märchenhaften Garten gespielt hatte, hatte sie dazu gebracht, jenen Abend noch einmal zu durchleben. Und auch all die anderen Abende, an denen sie mit dem kleinen Mädchen gebacken und es ins Bett gebracht hatte. Er hatte sogar erwähnt, dass sie als Therapeutin eine sanfte Art, aber auch hohe Ansprüche an sich selbst hatte, und die Vermutung geäußert, dass sie ein Kind auch so erziehen würde.

Das war genau das, was sie geplant hatte, und jetzt sollte sie die Chance dazu bekommen. Und Matthew hatte einen großen Teil dazu beigetragen. Sie musste ihm auf jeden Fall danken. Sobald sie mit ihrem letzten Patienten für diesen Tag fertig war, fuhr sie zu seinem kleinen Ranchhaus. Mia hatte ihr erzählt, dass er wieder dort eingezogen war.

Als sie auf das Haus zuging, sah sie, dass die Eingangstür offen stand. Sie klopfte an und Sekunden später erschien Anayas süßes Gesicht auf der anderen Seite des Fliegengitters. Das Mädchen lächelte breit und drückte seine Hände an das Gitter. Kinley winkte Anaya zu und wusste, dass ihr eigenes Lächeln genauso strahlend war.

„Es ist offen. Komm herein!“, rief Matthew und sie zögerte. Er klang mürrisch.

Aber sie war aus einem bestimmten Grund hier, also straffte sie die Schultern und trat ein. Anaya streckte sofort ihre Arme aus, damit Kinley sie hochhob. Kinley konnte nicht widerstehen. Es fühlte sich so gut an, das kleine Mädchen zu umarmen. Sie trug Anaya ins Wohnzimmer.

„Ich habe dir doch gesagt, dass du einfach hereinkommen kannst – du musst nicht jedes Mal anklopfen“, sagte Matthew, ohne aufzublicken. Sein Laptop war aufgeklappt und er starrte auf den Bildschirm. Er hatte Stricknadeln in der Hand und ein Knäuel weißer Wolle lag auf seinen Knien. „Sie ist so schnell. Ich komme nicht mit. Verdammt, ist das schwer.“ Er pausierte das Video, das er sich ansah. „Ich muss es noch einmal versuchen.“

„Kinley ist hier!“, verkündete Anaya und Matthew stand so schnell auf, dass das Wollknäuel von ihm wegrollte. Er drehte sich mit einem zaghaften Lächeln zu ihr um.

„Ich dachte, Jonathan wäre zurückgekommen“, murmelte er. Seine Augen wanderten über sie, und sie tat es ihm gleich und nahm seinen Anblick in sich auf. Ihre Unbeholfenheit verschwand und sie wusste nur noch, wie sehr sie ihn liebte. Aber wo sollte sie anfangen?

Sie sah auf seine Hände. „Strickst du?“ Er hatte beteuert, dass er kein Interesse daran hatte, irgendeine Art von Handarbeit zu machen.

„Ja, ich …“ Seine Wangen färbten sich rosa. „Ich lerne es gerade.“

„Was wird das?“, fragte sie. Sie konnte erkennen, dass er bereits ein paar Reihen auf den Nadeln hatte.

„Eine Babydecke. Für dich.“

„Wirklich?“ Das war das Süßeste, was sie je gehört hatte. Wenn sie ihn nicht schon geliebt hätte, hätte sie sich bei dem Gedanken, dass der große, harte SEAL ihr eine Babydecke strickte, Hals über Kopf verliebt.

„Ja. Es sollte eigentlich eine Überraschung sein, aber …“ Er legte die Stricknadeln auf den Couchtisch und rieb seine verletzte Hand. Er schien nervös zu sein. Hatte er genau wie sie das Gefühl, dass so viel von diesem Gespräch abhing? „Glückwunsch. Mia hat mir die Neuigkeiten erzählt.“

„Danke. Deshalb bin ich vorbeigekommen.“ Sie setzte Anaya auf den Boden und das Mädchen spielte mit seinem rosafarbenen Pony. „Ich wollte dir für das Empfehlungsschreiben danken. Die Mutter des Kindes hat der Agentur gesagt, dass es ihr bei ihrer Entscheidung geholfen hat. Ich kann gar nicht in Worte fassen, wie viel mir das bedeutet.“ Sie hoffte, dass er es auch so verstand.

„Das Baby, das du adoptierst, wird das glücklichste Kind der Welt sein, wenn es dich als Mutter hat.“ Seine Worte brachten sie fast zum Weinen, aber sie war aus einem bestimmten Grund hier und wollte keine Tränen vergießen, bevor sie nicht gesagt hatte, was sie sagen musste.

„Es ist ein Junge. Ich bekomme einen Sohn.“ Sie konnte es immer noch kaum glauben und war aufgeregt, aber auch voller Vorfreude.

„Das freut mich für dich.“ Matthew kam auf sie zu. Seine Hände hoben sich, als ob er nach ihr greifen wollte, und fielen dann an seinen Seiten herunter. „Ich bin froh, dass du hier bist. Ich muss dir ein paar Dinge sagen. Heute Abend, wenn Anaya im Bett ist, wollte ich bei dir vorbeikommen. Jonathan hat angeboten, auf sie aufzupassen.“

„Ich habe auch ein paar Dinge zu sagen. Wie wäre es jetzt gleich?“

„Okay. Ich würde gern anfangen, wenn es dir nichts ausmacht.“ Er warf einen Blick auf Anaya, die für den Moment zufrieden zu sein schien, bevor er seine Aufmerksamkeit wieder Kinley zuwandte. „Ich muss mich zunächst einmal bei dir entschuldigen. Du hast gesehen, was ich nicht sehen wollte.“

„In Bezug auf deine Hand?“, fragte sie. Es war ihre Aufgabe, das zu sehen.

„In Bezug auf mein Leben. Ich war so sicher, dass ich nur als SEAL erfolgreich sein könnte. Ich dachte, ich bräuchte das Militär. Das war auch einmal so, aber das ist lange vorbei. Du bist diejenige, die mir gezeigt hat, dass ich etwas anderes machen kann.“ Er seufzte, bevor er weitersprach. „Meine Identität war so sehr damit verbunden, ein Beschützer und Kämpfer zu sein, dass ich nicht dachte, ich könnte ein guter Mann sein, ohne diese Rollen auszufüllen.“

„Ein guter Mensch zu sein, hat nichts mit irgendeiner Karriere zu tun.

Das kommt von innen." Sie wollte ihn berühren, um ihre Worte zu bekräftigen, aber sie wartete.

„Ich bin dabei, das herauszufinden", sagte er. „Ich habe beschlossen, die Navy zu verlassen und mich als Zivilist an der Polizeiakademie einzuschreiben. Ich habe mit Brendan gesprochen und die Polizei in Hartsville wird mich bei meiner Bewerbung unterstützen."

„Du wirst das großartig machen." Sie freute sich für ihn, aber sie wusste immer noch nicht, was das für sie bedeutete. Doch er würde in der Stadt bleiben und das konnte nur gut sein.

„Ich hoffe es."

„Natürlich", beharrte sie mit fester Stimme. „Du bist stark und klug und dir liegen die Menschen am Herzen."

„*Du* liegst mir am Herzen. Ich liebe dich, Kinley. Du siehst mich so, wie ich bin. Du bringst mich dazu, ein besserer Mensch und ein besserer Vater für Anaya zu sein." Endlich griff er nach ihrer Hand und hielt sie fest. „Und wenn du mich lässt, will ich auch ein Vater für deinen zukünftigen Sohn sein."

„Das willst du?" Ihre Stimme brach vor Rührung. Das war genau das, was sie sich gewünscht, aber kaum zu hoffen gewagt hatte.

„Wenn du es auch willst. Ich werde für euch da sein, egal was passiert." Sein Daumen streichelte ihren Handrücken.

„Ich will, dass du es bist, aber es gibt Dinge, die ich zuerst sagen muss." Dieser Moment war ihre Chance und sie wollte sie nicht ungenutzt verstreichen lassen. „Du hast mich auch so gesehen, wie ich bin. Du hast mich ermutigt, etwas zu wagen und meine Regeln zu brechen – und du hattest recht." Sie schlang ihre Finger um seine und ihr Lächeln wurde breiter. „Ich habe jede Menge Regeln mit dir gebrochen. Mia hat mich deswegen geneckt."

„Hat sie das?“ Er zog sie näher an sich. „Sie ist eine gute Freundin. Das sind sie alle. Aber ich will nicht über unsere Freunde reden, sondern über uns. Wirst du in deinem Leben einen Platz für mich finden?“

„Ja.“ Es war an der Zeit, dass sie laut aussprach, was sie in ihrem Herzen spürte. „Ich liebe dich, Matthew. So sehr. Und ich möchte, dass wir beide, Anaya und unser kleiner Junge eine Familie werden.“

„Es gibt nichts, was ich mehr will als das.“ Sein Arm legte sich um ihre Taille, während seine andere Hand ihre Wange berührte. Sie ließ ihre Handflächen auf seiner Brust ruhen, spürte den gleichmäßigen Schlag seines Herzens und wusste, dass es ihr gehörte. Worte waren nicht mehr nötig. Die Art, wie sie einander ansahen, sagte alles. Schließlich senkte er seinen Kopf und küsste sie.

Sie hatte keine Ahnung, wie lange sie sich geküsst hatten, als sie einen Ruck an ihrem Hosenbein bemerkte. Sie blickte nach unten und sah seine Nichte, die sie anlächelte.

„Ich auch“, verlangte Anaya. „Ich will auch Küsse.“

Matthew lachte. „Für unser Mädchen gibt es immer Küsse.“ Er hob sie hoch, und die drei umarmten und küssten einander. Nach einer Minute zappelte Anaya, bis er sie absetzte, und rannte weg, um zu spielen. Matthew wandte seine Aufmerksamkeit wieder Kinley zu und gab ihr einen weiteren zärtlichen Kuss. „Später wird es noch viel mehr Küsse für dich geben“, murmelte er an ihren Lippen.

„Das hoffe ich sehr.“ Kinley spürte, wie Wärme und Glück sie durchströmten. Es war wie ein Wunder, aber sie begann, daran zu glauben. Allen Widrigkeiten zum Trotz hatte sie einen fantastischen Mann, den sie liebte, und die Familie, die sie sich immer gewünscht hatte. Vielleicht würde das Leben nie perfekt sein – aber das hier war schon ganz nah dran.

ENDE VON DIE BEHANDLUNG DES SEALS

HARTSVILLES SEAL HELDEN BUCH 5

Die Scheineheefrau des SEALs, 23 Februar 2021

Das Überraschungsbaby des SEALs, 2 März 2021

Die plötzliche Familie des SEALs, 9 März 2021

Die Mitbewohnerin des SEALs, 7 Januar 2025

Die Behandlung des SEALs, 14 Januar 2025

Die Affäre des SEALs, 21 Januar 2025

Liebst du heißblütige und leidenschaftliche SEALS? Dann lies weiter für eine exklusive Leseprobe von Leslie Norths ***Die Affäre des SEALs*** und ***Das Babyglück der SEALs.***

VIELEN DANK!

Vielen Dank, dass ihr mein Buch gekauft, heruntergeladen und gelesen habt. Es fällt mir schwer, in Worte zu fassen, wie sehr ich meine Leser schätze. Wenn es euch gefallen hat, dann denkt bitte daran, eine Bewertung zu schreiben. Ich höre so gern von meinen Lesern! Ich möchte euch auch weiterhin glücklich achen.

P.S.: Hättest du gerne exklusive Leseproben, Gewinnspiele, Rezensionsexemplare, viele Extras und Bilder von Bad Boys?

Dann besuche:
www.leslienorthbooks.com/leslie-north-deutsch

ÜBER LESLIE

Sind Sie neu bei Leslie North? Leser empfehlen, mit dem Buch „Der Autoritäre" zu beginnen! Stellen Sie sich eine sonnige Mary Poppins aus Minnesota vor, die bei einem mürrischen irischen Milliardär als Kindermädchen angestellt ist. Die Geschichte ist eine Mischung aus Humor, Rache, Leidenschaft, Herzschmerz, Hoffnung und witzigen Wortgefechten. Oder, wie eine Leserin es ausdrückte: „Diese Geschichte hat mich in den romantischen und albernen Momenten zum Lachen gebracht."

Leslie North ist das Pseudonym einer mysteriösen USA-Today-Bestseller-Autorin, die romantische Komödien und zeitgenössische Liebesromane wie eine Chefin (eine sehr herrische Chefin) schreibt. Der Umhang der Anonymität lässt sie ihrer wildesten Kreativität freien Lauf, insbesondere in diesen sexy, ohnmachtserregenden Szenen, die einen erröten lassen.

Tatsächlich gesteht sie, dass sie ihre fiktive Persona Leslie North mehr liebt als ihr alltägliches Ich! Ihre Bestseller sind bekannt für ihre starken Charaktere, insbesondere für die kämpferischen und scharfzüngigen Heldinnen, die sich nicht scheuen, einen Alpha-Boss herauszufordern. Und der Humor? Sagen wir einfach, dass Sie die Menschen in Ihrer Umgebung vor plötzlichen Lachanfällen warnen müssen.

Leslies Affinität für Liebesromane begann, als sie in ihrer örtlichen Bibliothek über einen abgegriffenen Liebesroman stolperte. Kurz darauf begann sie zu schreiben, und der Rest war, wie man so schön sagt, Geschichte – eine, die einen zum Lachen und zum Weinen bringt. Heute lebt sie in einem gemütlichen Häuschen an der britischen Küste, wo sie lange, gemütliche Spaziergänge mit ihren beiden Dalmatinern George und Fergie unternimmt, die so verspielt sind, wie sie klingen.

Sie ist ganz verrückt nach Leserfeedback, also wenn Sie ihr etwas zu sagen haben, nur zu – machen Sie ihr eine Freude.

Finden Sie Leslie auf:

Webseite leslienorthbooks.com/leslie-north-deutsch

Lovelybooks lovelybooks.de/autor/Leslie-North

instagram.com/leslienorthbuecher
facebook.com/LeslieNorthDE
amazon.com/author/leslienorth

KLAPPENTEXT

Die Affäre des SEALs: Ein Militär-Liebesroman über einen Navy SEAL und eine unerwartete Schwangerschaft

Romantik und Risiko gehen Hand in Hand, als das ungeborene Kind eines Navy SEALs bedroht wird …

Navy SEAL Jonathan Winter und DEA-Agentin Tabitha Andrews haben eine lange gemeinsame Vorgeschichte. Und sie ist dabei, noch länger zu werden. Tabitha ist entschlossen, nach einer gescheiterten Mission Jonathans Unschuld zu beweisen. Aber bei ihren Ermittlungen steht ihr ein Hindernis im Weg … ihr Babybauch.

Die beiden haben eine Nacht voller Leidenschaft miteinander verbracht – und jetzt kämpft Tabitha gegen die Zeit. Sie ist die Einzige, die an Jonathans Unschuld glaubt, also muss sie weiter an dem Fall arbeiten. Und das ist ihr nur erlaubt, solange ihre Vorgesetzten nicht erfahren, dass sie ein Kind von dem umwerfenden Navy SEAL erwartet.

Jonathan ist so erzogen worden, dass er eine Heirat für die einzige Option hält, als er von Tabithas Schwangerschaft erfährt. Und als ihm klar wird, dass ihr Leben aufgrund ihrer Ermittlungen in Gefahr sein könnte, hat er nur noch ein Ziel. Er muss Tabitha – und sein ungeborenes Kind – in Sicherheit bringen.

Vor Jahren haben sie entschieden, dass eine Beziehung zwischen ihnen nicht von Dauer sein kann. Aber die Zusammenarbeit bei der Lösung eines tödlichen Rätsels könnte dieses eigenwillige Paar in eine Richtung führen, mit der keiner von beiden gerechnet hat …

Hole dir deine Ausgabe von *Die Affäre des SEALs*
Erhältlich am 21 Januar 2025
(Jetzt vorbestellbar!)
www.LeslieNorthBooks.com

EXKLUSIVER AUSZUG

Kapitel Eins

Jonathan setzte sich auf, rieb sich über das Gesicht und blinzelte in das frühe Morgenlicht. Verdammter Traum. Schon wieder. Er rollte sich an den Rand des Bettes und wartete, bis das Schlimmste vorbei war. Selbst nach drei Monaten konnte er kaum eine Nacht durchschlafen, ohne von dem Albtraum heimgesucht zu werden – und was ihn daran am meisten quälte, war die Tatsache, dass alles darin wirklich passiert war.

Es war immer das Gleiche: Die Razzia auf dem Areal war nach Plan verlaufen. Dann entdeckte sein Team, dass es unschuldige Zivilisten gab, die gezwungen wurden, dort zu leben und zu arbeiten.

Sie versuchten, die Menschen herauszuholen, aber es ging nicht schnell genug. Dann fanden sie den Sprengstoff. Sein Kumpel Matthew war dabei und versuchte, die Bombe zu entschärfen, während um ihn herum das Chaos ausbrach. Jonathan wachte immer in diesem Moment auf, Sekunden bevor Sebastian getötet wurde. Er konnte es kommen sehen, aber es stand nicht in seiner Macht, es zu verhindern.

Er schüttelte den Kopf und stand auf. Seitdem hatte er sich jeden Tag dieselben Fragen gestellt. Was war nur schiefgelaufen? Was hätte er anders machen können? Das war die Frage, die ihm am meisten zu schaffen machte. Wenn er andere Entscheidungen getroffen hätte …

Der Gedanke daran ließ ihn alles infrage stellen. Und er hatte keine Antworten.

Er war von den Ermittlern der DEA und der Navy unzählige Male befragt worden. Die Art und Weise, wie sie sich bei ihren letzten Verhören ausgedrückt hatten, deutete darauf hin, dass es einen Insider gab, der die Mission sabotiert hatte. Jonathan konnte sich beim besten Willen nicht vorstellen, wer das sein könnte. Er hatte jeden in Betracht gezogen, sogar Menschen, von denen er wusste, dass sie so etwas auf keinen Fall tun würden – Menschen wie Garrett und Matthew, die jetzt beide hier in Hartsville lebten.

Er hatte erst vor zwei Tagen wieder mit ihnen darüber gesprochen, als sie sich in dem Haus getroffen hatten, in das Matthew kürzlich mit Kinley eingezogen war. Sie hatten keine besseren Theorien als er.

Die Vorstellung, dass jemand mit der Ermordung eines seiner Männer davonkommen könnte, war schon schlimm genug. Dass es jemand sein könnte, der angeblich für dieselbe Regierung arbeitete, der er diente, war ein Skandal.

Und auf einer eher egoistischen Ebene wusste Jonathan – dessen Vater und Großvater beide Navy-Admiräle gewesen waren – nur zu gut, dass jemand anderes der Sündenbock sein würde, wenn der wahre Schuldige nicht gefunden wurde. Jemand musste den Kopf hinhalten … und wenn das geschah, war er das leichteste Opfer. Schließlich war es seine Aufgabe gewesen, das Team anzuführen. Es würde nicht viel brauchen, um ihm die Schuld in die Schuhe zu schieben. Schon allein der Verdacht könnte seine Karriere ruinieren.

Er konnte nur hoffen, dass die Ermittler fair waren. Tabitha war eine von ihnen, was ihn etwas beruhigte. Nicht, dass er direkt mit ihr gesprochen hätte. Sie arbeitete im Hintergrund, aber er wusste, dass sie sich schützend vor ihn stellen würde, wenn sie konnte. Er wollte sie unbedingt anrufen, und zwar nicht nur wegen der Mission. Sie hatten sich an jenem Morgen, nachdem sie sein Hotelbett geteilt hatten, mit einer Umarmung und einem langen Kuss voneinander verabschiedet. Er hatte angenommen, was sie ihm in der Nacht angeboten hatte, und es hatte seinen Schmerz für ein paar Stunden gelindert.

Er war dankbar dafür und hoffte, dass er ihr auch ein wenig Vergnügen bereitet hatte. Sie waren immer gut zusammen gewesen. In den elf Jahren, seit sie die Akademie verlassen hatten, hatte er oft an sie gedacht. Sie bei der letzten Mission dabeizuhaben, war großartig gewesen – bis alles in einem Desaster geendet hatte. Sie war klug, selbstbewusst … und schön. Hatte er sich durch ihre Anwesenheit ablenken lassen und etwas übersehen, das er hätte bemerken müssen?

Im Moment wollte er nur wissen, dass es ihr gut ging. Sie stand unter großem Stress, genau wie er. Aber er konnte sie nicht anrufen. Jeder Hinweis darauf, dass er sich in die Ermittlungen einmischte, wäre schlecht für sie beide. Dieses Wissen hatte ihn bislang davon abgehalten, sie zu kontaktieren – aber nicht davon, ihre Kontaktdaten mehrmals auf seinem Handy aufzurufen. Er griff nach seinem Handy auf dem Nachttisch und hoffte, eine Nachricht von ihr vorzufinden, aber er wusste, dass es sinnlos war.

Bewegung war das Einzige, bei dem er in diesen Tagen Ruhe fand. Er zog sich Sportkleidung an und nahm sich vor, mindestens zehn Meilen zu laufen. Später würde er ins Fitnessstudio gehen. Danach könnte er fragen, ob einer seiner SEAL-Kameraden Hilfe bei der Renovierung seines Hauses brauchte. Er hatte eine Menge Zeit totzuschlagen, da er nicht auf eine Mission gehen oder auf dem Stützpunkt trainieren durfte, bis ihn die Ermittlungen von jeglichem Verdacht auf Fehlverhalten freisprachen.

Jonathan trat aus seiner Tür und nahm sich einen Moment Zeit, um seine Playlist zu starten. Er war noch in der Einfahrt, als ein Auto mit einem Uber-Aufkleber auf dem Armaturenbrett auf der Straße anhielt. Er blinzelte zweimal und traute kaum seinen Augen, als Tabitha hinten ausstieg und sich eine Laptoptasche über die Schulter hängte, während der Fahrer einen Koffer aus dem Kofferraum holte.

„Danke", sagte sie zu dem Fahrer, bevor sie sich dem Haus zuwandte und Jonathan ein schwaches Lächeln schenkte. Sie sah müde und mehr als nur ein bisschen ängstlich aus, was nicht zu ihr passte. Normalerweise war sie unter Druck der Inbegriff von Gelassenheit. Immer. Was war hier los? Und warum war sie in Hartsville?

Was auch immer der Grund dafür war, es konnte warten. Er würde sich zuerst um sie kümmern und später Fragen stellen. Er trat vor und gab ihr einen kurzen Kuss auf die Wange, bevor er ihr den Koffer abnahm. „Komm herein. Es ist … es ist gut, dich zu sehen.“ Und das war es auch. Es war, als hätten seine Gedanken und Wünsche sie zu ihm gebracht.

„Es ist auch gut, dich zu sehen. Wir haben eine Menge zu besprechen, Jonathan.“ Zwischen ihren Augen bildete sich eine Falte und sie presste die Lippen zusammen. Er legte seinen Arm um ihre Taille, um sie zur Tür zu führen. Sobald sie im Haus war, warf er einen prüfenden Blick die Straße hinauf und hinunter und seine SEAL-Instinkte regten sich. Irgendetwas stimmte nicht. Ganz und gar nicht. Warum sonst sollte sie hier sein?

„Bist du in Gefahr?“, fragte er, nachdem er die Tür verriegelt und die Alarmanlage eingeschaltet hatte. Er war dankbar, dass Matthew das Sicherheitssystem aufgerüstet hatte, als er noch hier gewohnt hatte.

„Das glaube ich nicht.“ Sie legte ihre Laptoptasche auf einen Tisch im Eingangsbereich. „Zumindest nicht in nächster Zeit.“ Das gefiel ihm überhaupt nicht. „Wo ist das Badezimmer?“

„Den Flur hinunter und dann rechts. Ich bin in der Küche.“ Er schenkte ihr ein kleines Glas Orangensaft und ein größeres Glas Wasser ein. Als Nächstes war das Essen an der Reihe, denn er vermutete, dass sie noch nicht gefrühstückt hatte. Er stellte eine Pfanne auf den Herd und holte den Karton mit den Eiern aus dem Kühlschrank. Er hatte gerade eines aufgeschlagen, als sie in die Küche kam. „Hier, setz dich und trink etwas.“

„Ich will mich nicht setzen. Ich habe Stunden im Bus verbracht, um hierherzukommen.“ Sie nahm anmutig eine Yoga-Position ein – eine Dehnung, die er zwar nicht benennen konnte, aber als ihre Lieblingsposition erkannte, um sich nach langem Sitzen zu entspannen. Das war schon immer ihr Ding gewesen. Yoga und Meditation. Ihre Augen waren geschlossen, sodass er sie noch einmal in Ruhe betrachten konnte. Ihr langes, blondes Haar hatte sie zu einem Zopf geflochten. Er mochte es offen, aber sie hatte das immer als unpraktisch bezeichnet. Ihre Haut war blass, noch blasser als sonst. Aber sie war wunderschön. Das änderte sich nie. Sie atmete tief ein und öffnete ihre blauen Augen. Sie trafen seine, aber er konnte nicht erkennen, was in ihr vorging.

„Dehne dich weiter, wenn du willst, aber du musst etwas essen und trinken." Er deutete auf die Gläser auf dem Tisch und wandte sich wieder den Eiern zu. Er machte genug Rührei für sie beide, während sie eine schnelle Yoga-Routine durchführte.

„Du brauchst dich nicht um mich zu kümmern", sagte sie, als er ihr einen Teller mit Rührei und Toast auf den Tisch stellte. Er machte sich nicht die Mühe zu widersprechen und war froh, als sie zuerst etwas trank und sich dann endlich setzte. „Ich sollte wohl besser damit beginnen, warum ich hier bin."

„Iss erst einmal etwas." Er hatte so viele Fragen, angefangen damit, warum sie mit dem Bus nach Hartsville gefahren war, aber er wollte sie nicht drängen. Sie aß die Hälfte ihres Frühstücks und leerte schweigend das Glas Wasser.

„Ich bin jetzt bereit. Danke." Sie presste die Lippen zusammen und schien sich zu sammeln.

„Es muss um die Ermittlungen gehen", sagte er. Das war die einzige logische Schlussfolgerung und ihr Verhalten ließ ihn vermuten, dass es keine guten Nachrichten für ihn gab.

Sie seufzte. „Teilweise. Ich fange damit an." Sie schob ihren Teller beiseite. „Ich habe vor zwei Tagen einen Beweis gefunden, der dich vollständig entlasten wird."

Damit hatte er nicht gerechnet. Er hatte sich innerlich auf das Schlimmste vorbereitet. „Das ist großartig. Was für einen Beweis?"

„Ein mit einem Zeitstempel versehenes Standbild. Es stammt aus einem Video, das zeigt, wie du einer einheimischen Familie hilfst, ihre Sachen zu packen und zu verschwinden, und zwar genau zu dem Zeitpunkt, als ein Anruf aus dem Camp der SEALs getätigt wurde. Dieser Anruf warnte Valencia vor der bevorstehenden Razzia auf dem Areal. Wer auch immer den Anruf getätigt hat, ist wahrscheinlich der Verräter. Das Bild beweist, dass du es nicht gewesen sein kannst." Das waren mehr Informationen, als er in den letzten drei Monaten erhalten hatte. „Die Frage ist: Warum hast du nie Rechenschaft darüber abgelegt, was du an jenem Abend gemacht hast?", fuhr sie fort. „In all den Verhören hast du nie erwähnt, dass du den Leuten beim Umzug geholfen hast. Warum?"

„Das konnte ich nicht. Ich wurde zur Verschwiegenheit verpflichtet." Die Familie war verängstigt gewesen. Der Drogenbaron Valencia hatte die ganze Region im Würgegriff gehabt und niemand hatte die Gegend ohne seine Erlaubnis verlassen dürfen. Die geplante Razzia, die am nächsten Tag stattfinden sollte, war geheim gewesen, sodass Jonathan der Familie nicht hatte versichern können, dass Valencia bald kein Problem mehr darstellen würde. Er hatte nur versprochen, dass er kein Wort über ihre Flucht verlieren würde.

Hätte es der Familie geschadet, wenn er den Ermittlern davon erzählt hätte, jetzt, da alles vorbei war? Vielleicht nicht … aber sie wäre wahrscheinlich auch nicht begeistert gewesen, wenn die amerikanischen Behörden sie aufgespürt hätten, um Fragen zu stellen. Jonathan hatte beschlossen, sein Wort zu halten und zu schweigen. Außerdem hatte ihn bei den Ermittlungen niemand explizit gefragt, wo er genau zu jenem Zeitpunkt gewesen war, sondern nur, wo er sich an jenem Abend allgemein aufgehalten hatte. „Ich wusste nicht, dass der entsprechende Zeitraum wichtig war. Außerdem wollte ich die Familie nicht in dieses Chaos hineinziehen."

„Okay. Ich verstehe, dass du sie beschützen wolltest, aber dadurch hast du dich selbst in Gefahr gebracht.“ Sie lehnte sich zurück und dachte kurz nach. „Das sollte mich nicht überraschen.“

Es gefiel ihm, dass sie so über ihn dachte, aber er spürte, dass sie noch mehr zu sagen hatte. „Was noch?“

„Ich denke, du bist damit vollständig entlastet, aber Todd Aaronson, mein Vorgesetzter, ist anderer Meinung“, sagte sie. „Er glaubt nicht, dass die Beweise stichhaltig genug sind, also habe ich beschlossen, dich direkt zu befragen.“

„Und deshalb bist du hier? Du hättest mich anrufen und dir den Weg sparen können.“

„Nein, ich musste dich persönlich treffen“, widersprach sie. „Und ich musste … für eine Weile verschwinden.“

„Warum?“ Irgendetwas stimmte nicht mit ihr. Sie verhielt sich nicht wie sie selbst, nicht einmal annähernd.

Sie stieß einen Seufzer aus. „Als ich nach der Entdeckung des Bildes von der Arbeit nach Hause kam, hing ein Zettel an meiner Wohnungstür, der mich inständig warnte, alles, was ich gesehen hatte, schnell zu vergessen.“

„Du wurdest bedroht“, sagte er schlicht und verbarg seine aufsteigende Wut. Wer zum Teufel hatte das getan?

„In gewisser Weise. Die Nachricht hat mich darin bestätigt, dass ich auf der richtigen Spur bin – aber sie bedeutet auch, dass der Verräter mir auf der Spur ist. Mein Gefühl sagt mir, dass es jemand von der DEA war. Kein SEAL. Das ist in meiner Abteilung keine beliebte Theorie, wie du dir vorstellen kannst. Jeder dort ist überzeugt, dass der Verräter ein Mitglied deines Teams ist, wenn nicht sogar du selbst. Ich habe beschlossen, dass es … sicherer ist, wenn ich hier bei dir bin.“

Seine Wut wich der Sorge um sie. Tabitha war nie jemand gewesen, der davonlief. Sie war mutig, hart im Nehmen und angriffslustig. Wie konnte ein Zettel an ihrer Tür sie so tief erschüttern? Das passte nicht zusammen. Er war froh, dass sie zu ihm gekommen war, aber es ergab keinen Sinn.

„Ich ahne, was du denkst." In ihrem Lächeln war ein Hauch von Sorge. „Warum habe ich mich nicht gewehrt? Warum bin ich weggelaufen wie ein verängstigtes Kaninchen?"

„Kein Kaninchen. Aber ja, es scheint … nicht zu dir zu passen." Und wenn sie ihn sehen wollte, warum sollte sie sich dann verstecken? Sie war mit dem Bus gereist und nicht mit dem Flugzeug, um anonym zu bleiben. Er wettete, dass sie ihr Ticket bar bezahlt und einen falschen Namen angegeben hatte.

„Das ist die andere Sache, die ich dir sagen muss. Ein weiterer Grund dafür, dass ich auf Nummer sicher gehen muss." Sie wandte kurz den Blick ab und sah ihm dann direkt in die Augen. „Ich bin schwanger und das Baby ist von dir."

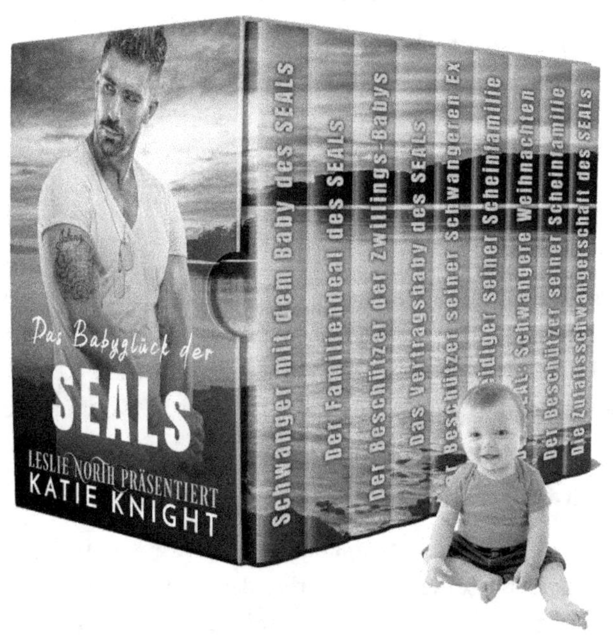

KLAPPENTEXT

Selbst hartgesottene Navy SEALs haben eine Schwäche für Babys …

Mach es dir gemütlich mit neun knallharten und sexy Navy SEALs, die ihr Leben riskieren, um die Kleinen in ihrer Obhut und die Unerwarteten, die auf dem Weg sind, zu schützen. Diese emotionsgeladene 9-Bücher-Sammlung von Katie Knight bietet stundenlange Unterhaltung mit Herzklopfen!

Das Vertragsbaby des SEALs

Um zu verhindern, dass ihr schrecklicher Cousin ihr Land bekommt, muss

Esme Hollycombe heiraten. Und einen männlichen Erben zeugen. Die einzige Person, der sie eine vorübergehende Ehe zutraut, ist ihr Leibwächter, Navy SEAL Zachary Raybourn. Werden sie merken, dass daran gar nichts vorgetäuscht ist?

Der SEAL: Schwangere Weihnachten

Nachdem Amelia Cafferty ihre Kleinstadtbäckerei eröffnet hat, beginnen mysteriöse Ereignisse ihr Geschäft zu schädigen. Zu allem Überfluss hat sie gerade herausgefunden, dass ihr heißer One-Night-Stand mit dem Navy SEAL Maxwell Bloom zu einer Schwangerschaft geführt hat. Kann ein bisschen Weihnachtszauber noch zu einem Happy End führen?

Der Familiendeal des SEALs

Zwei Wochen Freiheit und eine heiße Affäre mit einem sexy Navy SEAL sind alles, was Prinzessin Cassandra von George Ward will. Selbst nachdem sie entdeckt hat, dass sie mit seinem Kind schwanger ist. Aber die beiden können ihre Anziehung zueinander nicht ignorieren. Können Menschen aus so unterschiedlichen Welten gemeinsam ihr Glück finden?

Die Zufallsschwangerschaft des SEALs

Navy SEAL Demetri Lewis verbrachte eine unvergessliche Nacht mit Diana, der kleinen Schwester seines besten Freundes. Wochen später erhält Demetri eine schockierende Nachricht. Diana ist schwanger … mit seinem Baby. Doch als ihr Leben bedroht wird, wird der Schutz von Diana zur wichtigsten Aufgabe in Demitris Leben …

Der Verteidiger seiner Scheinfamilie

Der ehemalige Navy SEAL Jackson Sheppard ist vollkommen damit überfordert, einen Säugling zu beschützen. Also greift er auf die Fähigkeiten seiner neuen Angestellten, Aurora Sunshine, zurück. Doch je mehr Zeit er mit Aurora verbringt, desto mehr wird ihm klar, wie schön es wäre, nach dem Ende der Mission ein Leben mit ihr aufzubauen …

Der Beschützer seiner schwangeren Ex

Das Leben von Navy SEAL Brock Hardy nimmt eine überraschende Wendung, als eine Sozialarbeiterin auftaucht, um ein Baby abzugeben, für das sich seine verstorbene Schwester als Pflegemutter angeboten hatte. Dann kommt Monica Ingram, die einzige Frau, die er je geliebt hat, mit einer noch schockierenderen Nachricht an. Sie ist schwanger – und er ist der Vater!

Der Beschützer seiner Scheinfamilie

Simon Stone, ein ehemaliger SEAL, arbeitet mit der smarten, sexy Reporterin Alisha Lewis an einer hochriskanten Observation. Nach einer Nacht voller ungezügelter Leidenschaft stellt Alisha fest, dass sie schwanger ist und sich in diesen sexy SEAL verliebt hat. Aber fühlt er auch so?

Der Beschützer der Zwillings-Babys

Nachdem ihr Chef und Ex, Devon Shepperton, tot aufgefunden wird, fürchtet Lake Bailey um ihre eigene Sicherheit und die ihres ungeborenen Kindes.

Aber als Devons Zwilling auftaucht, der Navy SEAL Drake, um den Nachlass seines Bruders zu regeln, wird Lake klar, dass die größte Gefahr darin besteht, sich in diesen ruppigen, sexy SEAL zu verlieben …

Schwanger mit dem Baby des SEALs

Navy SEAL Jeremy Quinn hatte schon immer eine Schwäche für Gina Greenwood, die kleine Schwester seines Kameraden. Als ihr Bruder vermisst wird, wendet sich Gina an Jeremy – und eine kleine emotionale Unterstützung führt zu einer heißen Nacht voller Leidenschaft. Sie vertraut Jeremy ihr Leben an, aber kann sie ihm auch ihr Herz anvertrauen …

Hier geht es zum Download von

Das Babyglück der SEALs

www.LeslieNorthBooks.com

EXKLUSIVER AUSZUG

Schwanger mit dem Baby des SEALs

Prolog

Jeremy Quinn drückte die Hand des jüngsten Mitglieds seines SEAL-Teams. Davey wurde gewöhnlich „Kid“ genannt, nicht nur wegen seines Alters, denn er war noch nicht ganz einundzwanzig, sondern wegen seiner jugendlichen und optimistischen Einstellung. Davey konnte sich zusammenreißen und während einer Mission ruhig und gelassen bleiben, doch den Rest der Zeit über war er so lebhaft und enthusiastisch wie ein Kind, das zu viel Zucker gegessen hatte. Außer in diesem Moment. Denn jetzt hing er nach einem verpfuschten Einsatz in Afghanistan an lebenserhaltenden Maschinen. Jeremy wurde zum mittlerweile hundertsten Mal in den letzten Tagen von Frustration und Schuldgefühlen übermannt, nachdem eine scheinbar routinemäßige Aufklärungsmission schiefgelaufen war.

Jeremy konnte es immer noch nicht glauben. Fünf Männer lagen mit Verletzungen im Krankenhaus, darunter „Das Kind", dem eine monatelange Reha bevorstand, wenn er von den lebenserhaltenden Maschinen wieder loskam. Aber wenigstens war Davey hier, wurde behandelt und war auf dem Weg der Genesung. Das Schlimmste war, dass Blake Greenwood, Jeremys engster Freund in der Einheit, vermisst wurde und offenbar während des Schusswechsels gefangen genommen worden war.

All das wäre schon quälend genug gewesen, aber zu allem Überfluss sollte Jeremy auch noch den Kopf hinhalten. Sein erzwungener „Ruhestand" bei der Navy und den SEALs ging schneller über die Bühne, als er jemals irgendetwas beim Militär hatte laufen sehen. Am nächsten Tag wäre er bereits auf dem Weg in die Staaten. Seine Karriere bei den Sondereinsatzkräften war die einzige, die er je gewollt hatte, doch sie war vorbei.

„Bis bald, Junge", sagte Jeremy, drückte noch einmal die Hand seines Teamkollegen und verließ dann die Intensivstation.

Auf dem Weg nach draußen schaute er noch bei den anderen vier Verletzten vorbei, sprach ihnen aufmunternde Worte zu und verabschiedete sich dann von ihnen. Sobald er den Stützpunkt verlassen hatte, würde er kaum noch Kontakt zu ihnen haben können, was auch bedeutete, dass er nichts über Blakes Verbleib oder mögliche Rettungsversuche erfahren würde.

Es würde furchtbar werden. Er würde nach San Diego zurückkehren und dann? Sollte er Däumchen drehen? Sich einen Job in der zivilen Welt suchen? Zeit mit seiner Familie verbringen? Das hatte er im Alter von achtzehn nicht gewollt und das wollte er auch mit zweiunddreißig nicht. Sein Leben war darauf ausgerichtet, seinem Land zu dienen. Er wusste nicht, was er sonst tun sollte.

Jeremy verließ gerade das Krankenhaus, als er hörte, wie jemand seinen Namen rief. „Hey, hast du einen Moment Zeit?" Zwei seiner unverletzten

Teamkameraden kamen auf ihn zu. Mason Roberts war der technische Assistent ihres Teams und hatte ursprünglich die Kampfschwimmer-Ausbildung mit Jeremy absolviert hatte. Sie waren seit mehr als zehn Jahren Freunde. Bei ihm war ein neueres Mitglied des Teams, Percy Baldwin. Jeremy hatte ihn in die Einheit aufgenommen, da er ein kluger Kopf war und über beeindruckende Fähigkeiten verfügte.

„Wir wollten noch mit dir sprechen, bevor du gehst", sagte Mason, als die drei vor dem Eingang des Krankenhauses standen. „Können wir uns irgendwo in Ruhe unterhalten?" Der Flugplatz Bagram in Afghanistan war wie eine eigene Stadt. Ständig landeten Flugzeuge, während Lastwagen vorbeipolterten und Soldaten aus allen militärischen Bereichen vorbeimarschierten.

Percy führte sie in das Quartier, das ihr Team sich teilte, und schloss die Tür, die die Schlafkojen von ihrem Bereitschaftsraum trennte. Glücklicherweise war sonst niemand da, also nahmen sie am runden Tisch Platz. „Mehr Privatsphäre werden wir nicht bekommen", sagte Percy und warf Mason einen vielsagenden Blick zu.

Jeremy lehnte sich in seinem Stuhl zurück und wartete darauf, dass sie aussprachen, was ihnen durch den Kopf ging.

„Zunächst einmal wollen wir dir sagen, wie falsch wir es finden, dass du zum Sündenbock gemacht wirst. Es war nicht deine Schuld, was geschehen ist", sagte Mason. „Und wir glauben, dass es ein Fehler ist, dich auf diese Weise aus dem Dienst zu entlassen. Es ist nicht richtig."

„Was geschehen ist, ist wirklich übel." Percy umklammerte mit beiden Händen die Tischkante. „Ich kann es immer noch nicht glauben, aber niemand gibt dir die Schuld, auch nicht die Jungs, die verletzt wurden. Außer mit Kid haben wir mit allen gesprochen und du weißt, dass er dich genauso wenig als den Schuldigen sehen würde."

„Danke, das weiß ich zu schätzen", sagte Jeremy. Ihre Worte würden zwar an seiner Situation nichts ändern können, aber sie waren dennoch ein kleiner Trost. Sie hatten den Einsatz durchgeführt, weil er Informationen von einer Quelle erhalten hatte, die Jeremy selbst gepflegt und überprüft hatte. Es hatte eine sichere Aufklärungsmission sein sollen, doch stattdessen hatte es sich als Falle entpuppt. Jeremy war sich immer noch nicht im Klaren darüber, was schiefgelaufen war und wie die Situation so schnell aus dem Ruder hatte laufen können. Hatte seine Quelle sie verraten? Hatte jemand die Nachricht abgefangen und ihnen die falschen Koordinaten übermittelt? Wer war wirklich verantwortlich für das, was geschehen war? Er wusste es nicht - und es war viel zu einfach, sich selbst die Schuld zu geben, besonders da seine Teamkollegen verletzt worden waren. Er hasste es, seine Männer im Stich zu lassen und seine Pflicht nicht zu erfüllen.

Die Chefetage war natürlich nur zu gerne bereit, ihm die *ganze* Schuld in die Schuhe zu schieben. Man hatte ihm sogar unterstellt, seine Einheit absichtlich in Gefahr gebracht zu haben, um sich als Macho hervorzutun und ein Stück vom Kuchen abzubekommen. Allein die Vorstellung, dass er so etwas tun würde, war entsetzlich ... aber die Vorgesetzten schienen nur allzu gewillt, es zu glauben. Zumindest behaupteten sie das. Solange sie ihm dafür die Schuld geben konnten, mussten sie sich nicht selbst der Verantwortung stellen.

„Was wir wirklich damit sagen wollen“, fuhr Percy mit gesenkter Stimme fort, „ist, dass du zwar offiziell nicht mehr zum Team gehörst, wir dich aber trotzdem weiter auf dem Laufenden halten wollen. Wir nehmen an, dass du deinen Namen reinwaschen willst und wir haben vor, dir dabei zu helfen, soweit wir dazu in der Lage sind.“

„Das ist tatsächlich meine Priorität“, sagte Jeremy. Er würde keinen Zugang mehr zu Informationen haben, nachdem er die Navy verlassen hatte, und da die hohen Tiere nicht daran interessiert zu sein schienen, die Sache näher zu untersuchen, und offenbar weiterhin nur mit dem Finger auf ihn zeigen wollten, wäre es unmöglich, Antworten zu bekommen. „Doch im Moment bin ich mir nicht sicher, wie ich das anstellen soll.“

„Richtig, und genau da kommen wir ins Spiel“, sagte Mason. „Du wirst zwar in die Staaten zurückfliegen, aber wir können dich auf dem Laufenden halten und dir dabei helfen, nach Informationen zu graben. Wir werden alles, was in unserer Macht steht, für dich tun.“

Sie würden für ihn ein Risiko eingehen und möglicherweise Regeln brechen, indem sie Sicherheitsfreigaben missachten, aber er konnte sich nicht dazu überwinden, ihr Angebot abzulehnen. Denn Jeremy war sich sicher, dass er mit ein wenig Zeit und neuen Informationen herausfinden konnte, was wirklich passiert war. Dann könnte er seinen Namen reinwaschen und Blake finden.

„Was wisst ihr über die bisherigen Bemühungen, Blake zu finden?“ fragte

Jeremy. Ihm waren keine Details mitgeteilt worden, und er nahm an, das lag daran, dass man ihn in den Ruhestand schickte.

Percy knurrte. „Nichts. Nicht das Geringste."

„Was zum Teufel soll das?", fragte Jeremy, der wütend wurde. Ihre Vorgesetzten waren also bereit einen guten Mann einfach zu opfern. Das ergab doch keinen Sinn.

„Nichts Offizielles", stellte Mason klar. „Ich verstehe das nicht, und genau deshalb wollen wir dir helfen. Wenn wir in Erfahrung bringen, wer dahintersteckt, könnten wir herausfinden, wer ihn entführt hat und wohin sie ihn gebracht haben könnten. Wir versprechen, alles zu tun, was wir können, um Blake zurückzuholen."

Jeremy nickte, als er an Blakes Familie dachte. Da Jeremys Eltern ihn nicht immer willkommen geheißen hatten, hatte er im Laufe der Jahre große Teile seines Urlaubs in Blakes Haus verbracht. Die Mutter seines Freundes war eine unverwüstliche, fürsorgliche und liebevolle Frau. Sein Stiefvater war ein guter Kerl, der eine enge Beziehung zu seinen beiden Stiefkindern pflegte.

Und dann war da noch Blakes jüngere Schwester Gina. Sie war schon lange zu einer Frau herangereift, die eine Anziehungskraft auf Jeremy ausübte. Er konnte es nie genau definieren und hatte nie etwas dahingehend unternommen. Aber zwischen ihnen knisterte es schon lange, was sich immer wieder in kleinen Meinungsverschiedenheiten äußerte. Und er hatte jede einzelne davon genossen.

Jeremy wusste nicht, wie er ihr oder Blakes Familie gegenübertreten sollte, wenn er in die Staaten zurückkehrte während sein Freund noch immer vermisst wurde.

„Ich werde euer Angebot, mir zu helfen, annehmen", sagte Jeremy zu Mason und Percy, als er ihnen die Hand schüttelte. „Es bedeutet mir viel, eure Unterstützung zu haben." Er wollte es auf keinen Fall auf sich beruhen lassen. Sobald er wieder in den Vereinigten Staaten war und sich eingelebt hatte, würde er alles in seiner Macht Stehende tun, um Blake zu finden.

Kapitel Eins

Jeremy hatte eine Hand in die Hüfte gestemmt und hielt mit der anderen sein

Handy ans Ohr, während er aus dem Wohnzimmerfenster seines Apartments starrte. Für einen kurzen Moment erwog er, das Telefon durch die Scheibe zu werfen. Es würde ihm eine vorübergehende Befriedigung verschaffen. Doch er atmete nur tief durch und lauschte weiter dem Vortrag seines Vaters.

Laurence Quinn war es gewohnt, seinen Willen durchzusetzen. Vielleicht lag es daran, dass er eine jahrzehntelange Karriere im Kongress als Vertreter Kaliforniens hinter sich hatte. Und Jeremy wusste, wie sehr es seinen Vater ärgerte, dass sein jüngerer Sohn ihm nie die gleiche Aufmerksamkeit oder den gleichen Respekt entgegenbrachte wie seine Wähler.

„Dad", unterbrach Jeremy seinen Vater. „Ich bin vor zwei Tagen nach Hause gekommen. Ich bin noch nicht bereit, mich auf eine Karriere festzulegen." Nach seiner Rückkehr aus Übersee hatte er eine Woche auf einem Stützpunkt in den USA verbracht, um die Formalitäten seiner Entlassung zu erledigen. Und nun stand er als ein Mann da, dem man alles genommen hatte, das ihm wichtig war, und befand sich in einer kargen Wohnung, während er sich mit seinem Vater stritt. So hatte er sich sein Leben nicht vorgestellt.

„Du musst dich aufraffen und dich der Herausforderung stellen", sagte Laurence ohne einen Hauch von Mitleid. „Es ist der einzige Weg, dein Gesicht zu wahren."

„Meinst du damit mein oder dein Gesicht?", blaffte Jeremy zurück. Sein Vater hatte ihm schon Vorträge darüber gehalten, wie man ‚das Gesicht wahrt', als Jeremy ein unbändiger zehnjähriger Junge gewesen war. Die Belehrungen waren eindringlicher geworden, als er ein Teenager war, denn zu der Zeit hatte er einige Grenzen überschritten und war durch einige kleinere Vergehen aufgefallen. Jedes Mal hatte er sich die gleiche Ansprache darüber anhören müssen, wie negativ sich sein Verhalten auf die Familie und die Karriere seines Vaters auswirkte. Schließlich war seine Familie dazu übergegangen, ihn zu verstecken und ihn nicht einmal mehr bei PR-Veranstaltungen zu zeigen, damit er sie nicht in Verlegenheit bringen konnte.

„Beide. Dein Bruder kandidiert für den Senat. Wir können uns keine schlechte Presse leisten", sagte Laurence. „Ich habe mit Deans Wahlkampfteam über deine Situation gesprochen, und wir sind uns einig. Es muss so aussehen, als ob du bereit warst, in den Ruhestand zu gehen, weil sich dir eine Gelegenheit geboten hat, der du nachgehen willst. Diese Gelegenheit müssen wir erschaffen, und zwar schnell."

„Hast du das etwa nicht schon längst getan?“ Jeremy war aufrichtig überrascht, denn für gewöhnlich hatte sich sein Vater immer einen Plan zurechtgelegt.

„Wenn es sein muss, kann ich mich sofort darum kümmern. Ich verfüge über Einfluss“, entgegnete Laurence beharrlich. „Lass mich kurz nachdenken. Du hast zwar keine Ausbildung, aber deine Erfahrung beim Militär kann dir einige Türen öffnen, wenn du es richtig anstellst.“

Jeremy wurde wütend. Seine mangelnde Ausbildung an einer höheren Schule war schon seit Jahren ein wunder Punkt. Seine Eltern würden ihm nie verzeihen, dass er sich gegen das College und für die Navy entschieden hatte. Aber wenn sie glaubten, er hätte keine Ausbildung genossen, dann wussten sie nicht viel über das Training, das er während seiner Zeit beim Militär durchlaufen hatte. Er hatte viel gelernt. Allerdings hatte er keinen Abschluss.

„Ich bin noch nicht bereit, irgendwelche Entscheidungen zu treffen“, wiederholte Jeremy. Was in Afghanistan vorgefallen war, beschäftigte ihn immer noch. Er hatte sich die Mission immer wieder durch den Kopf gehen lassen und versucht, sie von allen Seiten zu betrachten. Was war mit den Koordinaten passiert? Wie hatten sie nur in eine Falle tappen können? Was hätte er anders machen können, um sicherzustellen, dass Blake mit ihnen aus der Wüste zurückkam?

Verdammt, es machte Jeremy zu schaffen. Er war für sie alle verantwortlich gewesen, und diese Last wog schwer auf seinen Schultern. Er hatte sich noch nie so machtlos gefühlt und konnte kaum schlafen oder essen. Er konnte nur noch daran denken, seinen Namen reinzuwaschen und Blake zu retten. Diese beiden Dinge waren ihm hundertmal wichtiger, als das Bedürfnis seines Vaters zu befriedigen, nach außen den Schein wahren zu wollen.

„Verdammt, Jeremy“ sagte Laurence, wobei seine Frustration in seiner Stimme wie immer deutlich zu hören war. „Du musst deine Fehler in der Vergangenheit lassen und nach vorn blicken.“

„Nein“, sagte Jeremy und machte sich nicht die Mühe, seine Beweggründe zu erklären. Er konnte sein Leben nicht weiterleben, bevor er nicht alles richtiggestellt hatte. „Ich werde meinen Namen reinwaschen und Blake finden.“

„Lass es gut sein“, warnte sein Vater. „Du könntest in ein noch größeres Hornissennest stoßen. Und dann kann ich dir vielleicht nicht mehr helfen.“

„Das wäre möglich“, stimmte Jeremy zu, „aber es ist meine Entscheidung.“

„Du könntest dadurch Deans Kampagne gefährden“, sagte Laurence. Und damit waren sie beim eigentlichen Problem angelangt.

Bevor er seinem Vater mitteilen konnte, dass er sich einen Dreck um die Kampagne scherte, klingelte es an der Tür. Er ging zum Eingang und überlegte sich noch, dass er vielleicht Vorsicht walten lassen und die Tür nicht einfach so öffnen sollte. Doch es war ihm egal. Falls ihm jemand Ärger mache wollte, würde er so wenigstens das Gespräch mit seinem Vater beenden können.

Er riss die Tür auf und schnappte nach Luft. Gina.

Mein Gott, es war schön, sie zu sehen. Sie lächelte nicht, aber mit ihren dunklen Haaren und Augen, die die mexikanische Abstammung ihrer Mutter verrieten, war sie so schön wie eh und je. Ihr Make-up war wie immer makellos, und ihre Kleidung brachte ihre Figur stilvoll zur Geltung. Solange er sie kannte, hatte sie sich immer derart adrett zurecht gemacht.

www.ingramcontent.com/pod-product-compliance
Lightning Source LLC
LaVergne TN
LVHW010055170826
845678LV00012B/2149
* 9 7 9 8 2 3 0 0 5 2 3 8 8 *